ハヤカワ文庫JA
〈JA1087〉

ススキノ探偵シリーズ

猫は忘れない

東 直己

早川書房
7101

猫は忘れない

登場人物

俺……………………………ススキノの便利屋
松江華………………………〈バレアレス〉のオーナー
高田…………………………レストランのオーナー。空手の達人
岡本…………………………〈ケラー〉のバーテンダー
種谷…………………………退職警官。元刑事
茂木…………………………刑事。巡査部長
松尾…………………………北海道日報の部長
アキラ………………………立ち飲み屋の主人
金浜…………………………フリーのシステム・エンジニア
濱谷…………………………〈濱谷人生研究所〉の所長
塚本美奈子（ミーナ）……〈まろうど〉のママ
ナナ…………………………ミーナの飼い猫
山越麻紀子…………………訓徳女子高の元教師
松本百合……………………〈ラウンジ ゆり〉のママ。訓徳女子高ＯＧ
西村充三郎…………………屋台の焼鳥チェーン店の社長
三好定実……………………〈喋りバー〉の主人。元教員
大羽貴子……………………中学校教師
桐原満夫……………………橘連合桐原組組長
相田…………………………桐原の元側近。神経難病で療養中

1

預かった鍵を鍵穴に差し込むと、ドアの向こうで、チリンチリンと小さな鈴が鳴る音がして、「みゃー」とナナが鳴いた。今日で付き合いは三日目だが、こいつはなぜか俺がドアに着く前に、ドアの向こうに来て待っているらしい。どういうシステムになっているのかわからない。不思議だ。

ドアを開けると、思った通り、白黒まだらのナナが、マクラメ織りの玄関マットにちょこんと座って、尻尾を腰の周りに巻き付けるように畳んで、俺の目を見上げた。玄関が薄暗いせいか、瞳孔が開いているので、一所懸命俺のことを見つめているように見える。

「よう。今日からひとりだろ」

俺はそう言いながら靴を脱いで、上がり込んだ。

「今日明日明後日、三日間の辛抱だ。それくらい、我慢できるだろ」

猫相手に馬鹿らしい、とは思うが、黙り込んで世話をするのもなんだかおかしい。俺はなんだかんだと喋りながら、廊下を奥に進んだ。ナナは、「にゃ〜あっん、にゃ〜あっん」と何か訴えるような変な鳴き方をしつつ、俺のふくらはぎや足の甲に頭や体をこすり付けながら、俺と一緒に進む。チリンチリンと鈴の音が一緒にくっついてくる。

ナナの餌はダイニングキッチンの作りつけ食器棚の一番上に入れてある。ミーナは背が低いので、ナナの餌を出す時には、必ず踏み台を使うらしい。俺はその必要がないので、特に背伸びもせず棚の一番上の扉を開けて、カリカリ餌の小分けパックが入っている、徳用サイズの紙箱を取り出す。それが、ナナは気に入らないらしい。いやしくも餌を取り出すなら、踏み台を使うのが常識じゃないの？　という気分であるらしい。少なくとも、ミーナは「この子、気分害してる」と言って笑った。

で、俺が手を伸ばして棚の扉を開けると、ナナはいつものように面白くなさそうな視線をこっちに向ける。

「たった三日の辛抱だ」

俺が言うと、ナナは「それにしたって……踏み台を使わないなんて……」という表情で、不満そうに俺の手許を見ている。俺は無視して紙箱からカリカリ餌を小分けにしたビニールの小袋を二袋取り出して、紙箱を棚に戻した。

ナナの餌皿は二枚、並んでいる。その二枚の皿に、それぞれカリカリ餌を一袋ずつ入れてやる。ナナは行儀のいい猫なので、まず午前中に片方の皿をきれいにして、夕方に、もう片方の皿を平らげるんだそうだ。

ナナは、別に俺に礼を言うでもなく、平然としてカリカリ餌を食べ始める。途端に、俺のことなど眼中になくなった。

俺は餌皿の脇に置いてある飲み水のためのパイ焼き皿を持って立ち上がり、流しで軽く皿を洗って拭い、水を中程まで入れて戻った。

ナナは俺を見上げて、水の皿を見て、プイと餌に戻る。その脇に水の皿を置いてやったら、餌を半分ほど残して、餌皿から離れた。

これはちょっと珍しい。今まで、こんなことはなかった。とは言え、今日で付き合いはまだ三日目だが。

ナナは、餌のことを既に忘れ去ったような顔付きで、ミーナの寝室のドアの前にちんまりと座った。古代エジプト壁画で猫がよくやっているポーズだ。尻尾をゆらゆらと揺らしてから、また腰に巻き付けるような具合にまとめて、顎を上げ、俺の顔を見つめて「カカカカ」という奇妙な鳴き声を出した。

「ミーナは留守だぞ。知ってるんだろ」

俺はそう言って、念のため、ドアを細く開けてみた。

驚いたことに、ミーナはベッドの中にいた。こっちに顔を向けて、横たわっている。ベッドの脇に、荷造り途中のキャスター付きバッグが倒れていて、衣類が辺りに散乱している。

飛行機は、今朝の九時過ぎ新千歳発の仁川行きだ。で、今は午前十一時。

おいおい。どうなってるんだ。あんなに楽しみにしていたのに。

思う。

と、思った時には、すでに俺は、なにが起きたのか予想して、覚悟を決めていたようにも

ナナが、俺の右足に体をこすり付け、そして静かな姿勢で座り、「カカカカカ」と鳴いて、「にゃ〜っあん」と切なそうに二回鳴いた。それからまた、「カカカカ」という声を出した。

俺はベッドに近寄った。冷え切った晩秋の空気。眠っているミーナに近付いても、ミーナからはなんの温もりも伝わってこない。俺は羽毛布団越しに、ミーナの肩に触れた。揺すぶった。ミーナは静かだ。

触るまでもなかった。死んでいる。

思わず溜息が出た。

実に平凡な言い方だが、ミーナは眠っているように見えた。特に、口をきちんと閉じているので、整った顔立ちが崩れず、なにか深遠な哲学的な夢を見ながら眠っているように見える。ふっくらした唇は、今にも微笑みそうだった。キレイな女だったんだな、と改めて思った。ミーナは、ただ一点を除いては、静かに眠っているとしか見えない。ただ、後頭部、というのか盆の窪のところに、安っぽい果物ナイフが突き刺さっているので、眠っているわけではない、というのがはっきりわかる。

ミーナと最後に会ったのは、昨日の昼前だ。約束通り、この部屋に十一時にやって来て、チャイムを鳴らしたら、すぐに出て来た。で、俺はナナをちょっと抱いて、それから餌と水をやって、猫じゃらしで五分ほど遊んだ。その間ミーナは、今付き合っている男の話に夢中

と開いて画面を見るわけだが、老眼なので、画面の文字が読めない。ケータイを置いて、老眼鏡を探し出し、やっとのことで画面を見ると「公衆電話」だ。で、むっとしながら、それでもなんとか電話に出る。

「誰だ」

種谷が、むっとした声で出た。

2

「じゃ、死体発見に至った事情を、順序よく、話してください」

茂木仁志巡査部長は、言葉遣いの丁寧なやつだ。刑事にしては珍しい。まぁ、俺に対して敬語を使うのは、おそらくは共通の知人である種谷に対する敬意の表れなんだろう。種谷は、一部では尊敬されている退職刑事で、俺とは腐れ縁が未だに繫がっている爺さんだ。

「猫に餌をやりに来たんだ」

「……なんで？」

「飼い主に頼まれたから」

「飼い主、ってのは……この部屋の所有者である、塚本美奈子さん、ですね」

「表札には、そう書いてあるな。本名は知らない。俺にとっては、ミーナだった」

「この人は、お勤めはどこですか？」

「……勤めか。……ま、スナックのママだ」

「こんなに若いのに？」

「パトロン《ハゲ》がいるのかもな。そこらへんは、俺はなにも知らない」

「……年齢は、知ってますか？」

「二十七だ、と言ってたけど」

「本当でしょうか」

「本当だと思うよ。最近のススキノの女は、名前も、歳も、男の存在も、一切隠さないからな」

「……そうなんですか」

「……いや……そうだな。隠す女もいる。一概には言えないか」

「なんというスナックですか？」

「南五条西五丁目、55《ゴーゴー》第一ビル五階、〈まろうど〉」

「マロウド？　どういう字を書く？」

「ひらがなだ」

「なるほど。……で、店の女の子は？」

「何人かいたな。でも、ほとんど喋ったことはない。俺は、ママの客だ」

「女の子たちの名刺などは？」

「もらった名刺は、……ほとんど手許にない。いつの間にか、なくなるんだ」

茂木は（しょうがねぇな）というような感じで眉をひそめ、ひとつ咳払いをして続けた。

「……で？　なんで死体を発見したんですか？」

「今、それを話そうとしてたんだけど、あんたが横から口を挟んだんだ」

「そうだったっけ？」

茂木の口調が砕けてきた。俺のぞんざいな話し方に合わせているんだろう。そこで俺は思い出した。この男には、二回、危ないところを助けられている。あまり乱暴な口を利くのも考え物だな。

俺は黙って頷いた。で、話を続けた。

「ミーナに、頼まれたんだ。ソウルに三泊四日の日程で、遊びに行く。その間、猫の『ナナちゃん』に餌と水をやってほしいの、って話だった」

「三泊四日か。……それくらいなら、餌や水を多めに置いておけば、猫はひとりでなんとかするんだけどな」

「猫を飼ってる？」

茂木は頷いた。

「娘の小学校入学の祝いに、買ってやったんだ。飼いたい、とせがまれて」

「歳は？」

「今年、五歳。まぁ、もうオバサンだな。……猫は……ナナ？」

俺は頷いた。

「歳はいくつなんだろ」

「知らない。俺はただ、餌をやるだけだ」

「ウチのパピと同じくらいかな。……じゃ、遺体発見までの事情を……」

「だから、今、それを話していたわけだ。で、あんたが横から口を挟むから……」

「そうだっけ？　ま、じゃ、とにかく、流れを教えてください」

「で、ナナに餌をやってくれ、と頼まれて、引き受けた」

「いくらで？」

「一日五千円だ。ショボイ仕事だけど、別に金のためにやるわけじゃないからな。友だちだから、金はいらないよ、と言ったんだ。でも、俺の口座に二万円、〝ミーナ〟名義で振り込まれた」

「いつ？」

「昨日だ」

「名義が〝ミーナ〟ね……。そんな振り込み、できるのかね」

「できるんだろ。現にそうなってるんだから。ネットバンキングとかさ」

俺と茂木は、鑑識課員の邪魔にならないように、リビングの椅子に座って話し合っていた。

部屋の真ん中の、やや大きなテーブルの上にデスクトップパソコンが置いてある。電源は入っていない。

「なるほどね」

茂木は納得した顔で、「で？」と先を促す。

「最初にナナに会ったのは、一昨日だ。ミーナが俺をナナに引き合わせたわけだ。ミーナは、一日分の餌を、毎日午前十一時にやる。昼夜二回分の餌を一度に用意するんだ。で、水も換える。俺は、ミーナにナナを紹介されて、そして餌と水をやる手順を教わったわけだ」

茂木は頷いた。

「で、ちょっと遊んでやってくれ、と言われたんで、猫じゃらしで五分くらい遊んでやった。で、それくらいでいいんじゃない？　なんて言われたんで、それでやめた。で、ナナにバイバイ、と言って、部屋を出た」

茂木は頷いた。

「で、昨日も十一時にここに来た。まだミーナは寝ていたらしい。起き抜けの顔で、両手で顔を隠して目だけ出して、『顔、見ないで』なんて言って、『あとよろしく』、と。寝室に入って行ったんで、俺はひとりでナナに餌と水をやった」

「猫は、馴れてた？」

「まぁな。『この際だから、許してやる』ってな顔だった。俺が、踏み台を使わずに餌を取るのが心底気に食わない、という顔をしていたけどな」

「なんだって？」

俺は立ち上がり、ＤＫの食器棚を開いて、説明した。どこにいたのか、そこにナナがやって来た。「にゃ〜っあん」と鳴きながら、俺の足に体をこすり付ける。

「どこにいたんだ？」

俺が尋ねると、握り拳のような前足で床をしっかりと踏みしめ、俺の目をじっと見上げる。

「怯えてんだろうな。知らない人間がいっぱい入って来たから」

茂木が独り言のように言う。俺はしゃがみ込んで、ナナを抱いてやった。ナナはゴロゴロ言いながら、俺の胸に頭をこすり付ける。このスーツもシャツもネクタイも、後でススキノ市場のクリーニング屋に出すから、毛が付いてもどうってことはない。

「猫は、どうするんだ？」

茂木が心配するような口調で言う。

「とりあえず……俺の部屋に連れて行くさ。この猫の面倒を見てくれ、と死んだ友だちに頼まれたわけだからな。金も振り込まれた。最低限、四日間は面倒を見る。……それに、ミーナによれば、この猫は今まで一度も外に出たことがないんだそうだ。だから、……外に出たら、あっさりとなにかの事故で死んじゃう、か、病気を伝染《うつ》されるんじゃないか」

茂木は深刻そうな表情で、ゆっくりと頷く。そして、考え考え、言った。

「……トイレを持って行った方がいいな。あと、餌の皿と水の皿、餌。気に入りのオモチャ」

「勝手に持って行っていいのか」

「いや、……鑑識が終わったら、こっちで手続をする。……まだ少し時間がかかるな。ＯＫ

になったら、ケータイを鳴らす……」

「だから」

茂木は頷きながら、うんざりした顔で言う。

「ああ、そうだな。わかってる。ケータイは持たないんだったな」

「そうだ。嫌いなんだ。第一、音質が悪い。あんなブツブツ切れる音が平気なのは、よほど音感が鈍いやつだけだ」

「じゃ……まぁ、二時間くらいしたら、私のケータイを鳴らしてくれ」

俺は頷いて立ち上がった。

「じゃ」

「神経痛か何か？」

「なにが？」

「ずっと手袋を脱がないからさ」

「ああ、これか。なにかにぶつかると、指の先っぽがズキン、と痛むことがあるんだ」

「なんなの？」

「わからない。医者は、レントゲンにはなんの異常もないってんだけどね」

「ふ〜ん……」

「ま、五十を過ぎるとね。色々とね」

「ふ〜ん……そんなもんかな」

茂木は釈然としない、という表情でポツリと呟いた。茂木がいくつなのかは知らないが、せいぜい四十そこそこくらいだろう。実感が湧かないのも無理はない。第一、作り話だしな。茂木は、俺の薄い模造皮革の手袋を疑わしそうな目で見て、もう一度「そんなもんかな」と呟いた。

＊

一旦、自分の部屋に戻った。

ジーンズTシャツに着替えて、着ていたスーツから金と「ノーザンセブン・ツーリスト」のホルダーをジーンズの尻ポケットに移し、スーツやシャツ、ネクタイをススキノ市場のクリーニング屋に出した。そのまま住んでいるビルの一階にある二十四時間営業の喫茶〈モンデ〉に入って、スーパーニッカのストレートをダブル、それと、まずいことは重々承知しているナポリタンスパゲティを頼んだ。

で、「ノーザンセブン・ツーリスト」のホルダーをしみじみと眺めた。NとTを組み合わせて作ったロゴはなんだか垢抜けなくて、シロウトが作ったように見えた。今は、この程度のロゴマークなら、パソコンを使えばシロウトでも簡単に作れる。

チケットはふたり分入っていた。会社の名前は、今まで一度も聞いたことがない。いわゆる格安チケットというやつだろうか。なんだか古くさいスタイルで、一昔前の発券システムの生き残りのような感じだ。頼りない薄い紙のチケットが数枚、綴じられている。カーボン紙で複写した、ほとんど同じような書類で、なんとなく、宅急便の伝票を思わせる。名義人欄は、片方が〝Minako Tsukamoto〟27歳、もう片方が〝Makiko Yamakoshi〟38歳。ホルダーの中には、そのほかに韓国の入国票（飛行機の中で書き込む書類だ）や、安っぽいソウルの観光パンフレット（A4裏表カラー印刷、一枚のみ）。それにホテルのバウチャー券と朝食ブッフェの券。何年も前にタイプライターで作って、それをずっとコピーして使っているような、安っぽい紙切れだ。そんなような紙切れセットが二人分入っている。

俺はそれらを眺めながら、まずいナポリタンスパゲティを食い、スーパーニッカを飲んだ。紙ホルダーの裏側には、「ノーザンセブン・ツーリスト」の住所電話番号、サイトのURLなどが印刷してある。俺はまずいスパゲティを残さずに食べ、スーパーニッカも飲み干して、部屋に戻った。

電源を入れると、ガタガタと音がするパソコンを起動させた。こんな音を出すようになってもう五年以上経過している。なかなかしぶとい。ブラウン管だったモニターが、ある日突然死んだので、現在のモニターは中古の液晶だ。旧式のパソコンに液晶モニターが載っかっている光景は、なにか羽織を着て革靴を履いた明治の男が、頭に山高帽を載せて歩いているような、こっちの胸をキュンとさせる愛らしさがある。

「ノーザンセブン・ツーリスト」のサイトは、パッとしないものだった。最終更新日は先月の中頃。「お客様の声」には、「大変楽しい旅をありがとうございました」という投稿があるが、その日付は一昨年の冬だ。ミーナが言っていたツアーを探してみた。

……おそらく、「エステ三昧！　ワンランクアップ☆淑女のリゾート3日間inソウル」というのがそれだろう。ホテルはミョンドンパレスおよび同クラス、となっている。ホテルの口コミサイトを調べてみた。そんなに評判は悪くない。ただ、星（ソウルの場合は無窮華《ムグンファ》の花だが）二つのレジデンスっぽいホテルであるようで、「接客マナーや豪華な雰囲気を求めてはいけない」とか「なにより明洞の真ん中という立地が素晴らしい。ショッピングでちょっとくらい荷物が重くなっても平気。寝に帰るだけの部屋、と割り切って」「この立地でこの料金。文句を言ったらバチが当たる」というような、条件付きでの高評価であるようだった。

俺は歯を磨いてシャワーを浴びて、明るい灰色の地に赤いペンシルストライプの入ったスーツを着た。もちろん、ダブル、サイドベンツ。茶色のシャツに紺色の斜め縞のネクタイを締めて、部屋から出た。

3

「ノーザンセブン・ツーリスト」の社長は、名刺によれば福原浩樹という名前で、「ふくはらひろき」と読むらしい。結構若い。四十代前半、という感じだ。事務所は狸小路六丁目のマンションの二階にあり、ちょっと広めのワンルームを事務所に転用している。机は社長のもののほかに三つあり、どれにもパソコンが載ってはいるが、なんとなく、社員はいないような感じがした。

「今、みんな出払ってまして」

あるいは、もしかしたら、奥さんか恋人が事務を引き受けていて、今はたとえば銀行に記帳に行っている、ということかもしれない。

「どうぞ、こちらへ」

衝立の向こうのソファの方を指差す。

その表情はごく自然で、緊張や猜疑、困惑などは感じられない。このようすでは、まだ警察からはなんのアプローチもないようだ。

「すみません、会社から急いで出て来たものですから、ちょっと名刺を持ち合わせなくて」

俺が申し訳ない、という表情で謝ると、福原は機嫌よく気楽な調子で「あ、いいえ」と右手をひらひらさせて、「で、御相談は、ソウル旅行ですか」と俺が電話で話した話題を持ち出した。俺は、ちょっとモジモジしつつ、頷いた。

「ええ」

「そうですか。正解です」

「は?」

「ウチは、ソウルは得意ですよ。優秀な現地駐在員がおりまして」

「そうなんですか」

「ええ。ですから、表裏、あらゆるソウルをご案内できますよ。自信を持って」

「はぁ。そりゃあ……」

と嬉しそうに笑って見せたが、そういう立場ではないのだ、という落ち着かない表情も浮かぶように努力した。福原は、（おや？）と思ったようだ。ＯＫ。

「実は、ソウルなんですが、実は、私の妻が今、そろそろ向こうに着いたか、という頃合いなんですが……」

「奥様が？」

「ええ。……ヤマコシマキコと申します。……こちらで、旅行の御手配を頂いたかと思うのですが」

「ヤマコシ……ああ、ええ。はいはい、ヤマコシさん。はい、承りました。確か、本日午前九時十五分、新千歳発で……」そう言って、左手首の腕時計を見た。「ただ今は、市内観光の最中ですね。で、昼食ブッフェの後、最初の汗蒸幕に向かわれるはずです」

「そうですか。まぁ、そのようにマキコも言ってました。……それで、そのマキコと同行する……している、塚本さんというのは、どんな方だったでしょうか」

「どんな……なにか、御事情がおありですか？」

「いえあの……まぁ、下らない話なんですけどね。犬も食わない、というか。……私はその……まぁ、マキコとは歳が離れていますんでね。あれをひとりでどこかにやるのが、どうも心配でね。……それで、今日、出発前に一悶着ありまして。……それで、ええと、私は同行者である塚本美奈子さんという方が、どういう方なのか、ふたりの関係はどんな感じなのか、全然知りませんものでね。それで……」

「はぁ……」

福原は、(なんだろこのオヤジ)という表情ながらも、「塚本さんですか……」と思い出すような遠い目つきになった。

「ええと……ちょっと小柄な、スマートな、なんというか……まぁ、とてもキレイな人だな、と思いましたけどね。……髪が肩のちょっと下くらいまであって。染めてませんでしたね。爪が、あっさりしたマニキュアだけだったんで、最近珍しいな、と思いましたよ。やっぱり、ごてごてした爪よりも、ああいうのがいいですね」

なるほど。ミーナに間違いない。

「で、それじゃ、その塚本さんと、マキコの間柄、というか親密さの度合いは……」

「あ、それは全然わかりません」

「は？」

「手続などは全部、塚本さんがやりましたから。まぁ、旅慣れた方でしたね。パスポートを二通持って来て、ツアーのコースをおっしゃって。で、手配ができました、とメールをお送りしたら、その日のうちに現金を持っていらっしゃって、チケットそのほか、お受け取りになって」

「あ、マキコはこちらには来ていない……」

「ええ。なにか、外出しづらい方なのかな、と思いましたね。そう言えば。……それでも、旅行には行けるんだな、と。……今になって思い出してみると」

それはどうかな。俺の話を聞いて、後から作った記憶じゃないか？

「……そうですか」

「いずれにせよ、明々後日にはお帰りになりますよ」

「はぁ……その間、なにがあるかと思うと……」

「……」

福原は、そんなこと言われても、というような表情で、ちょっと口を尖らせてから「ま、お帰りになってから、いろいろとお話なさって下さい」と言う。

当社には一切関係ありませんから、という表情だ。それに対して、俺は（もっともですよね）という顔を作って頷いて、「どうもありがとうございました」と礼を言って、立ち上がった。そして、思い付いたように尋ねた。

「あ、そうだ。マキコは、こちらでお世話になるのは、初めてでしたか？」

「ええ」

そんなことも知らないのか、という表情で福原は頷く。

「それでは、その、塚本さんは……」

「塚本さんも、初めてのお客様です。なんでも、インターネットでお調べになって、一番安いツアーを選ばれた、とおっしゃってましたよ。実際、ウチの値付けは札幌一安いですから」

「そうなんですか」

「ええ」

そう言う福原の目には、なにか情けない怒りのようなものが漂っている。

「どうですか、ヤマコシさん」

ヤマコシって誰だ？　と思って、すぐに俺のことだと思い出した。

「え？」

「たとえば、このエステツアー、お二人がいらっしゃった。このツアー、私どもの利益は、お一人様あたり、いくらくらいだと思われます？」

「さぁ……」

「く！」

福原は笑いを嚙み殺すようにして、いきなり吐き捨てた。

「四千円ですよ！」

「え？　まさか……」

「四千円です。お二人分で、八千円。……こんな商売をするために、独立したわけじゃないんだけど。結局、安易な方、安易な方と流れて、こんなことになっちゃった。……なんで私、こんな商売してるんだろ！」

背広のポケットからマイルドセブンシリーズの何か、なんとかライトとかいうタバコを出して、せかせかと一本くわえて火を点けた。

「クソ！　……失礼しました。下らない愚痴でした。……薄利多売ってのもね……ある段階を越えると、どんどん卑しくなるもんなんですよ。ご存知ですか」

「さぁ……」

「ああ、クソ！」

福原は忌々しそうにそう言って、タバコを灰皿で揉み消した。立ち上がる。

「失礼しました」

丁寧に頭を下げる。ヤケになっているようだった。

「お邪魔しました」

俺は頭を下げて、「ノーザンセブン・ツーリスト」を出た。

＊

「もしもし」

茂木が警戒心に満ちた声で言う。公衆電話からケータイに掛けると、最近はたいがいの連中が、こういう声を出す。

「俺だ」

「ああ、なるほど。それで」

公衆電話なのか、という言葉を呑み込んで、茂木は続ける。

「すすきの交番の二階に置いてある」

「わかった。……どんな状態？」

「塚本さんの部屋にあったケージにナナを入れて、そのほかにトイレや餌皿、お気に入りのキャットフード、トイレの砂、なんてのをひとまとめにしてある」

「どれくらいの量だ？」

「段ボール箱ふた箱。プラス、ケージだ」

「タクシーだな」

「そうだな。……なるべく早くしてくれ」

「ん？」

「ナナは、小便を我慢してる」

「なるほど。わかった」

「私の名前を出して、名乗れば、話はわかるようになっている」

「了解」

＊

狸小路でタクシーを拾い、すすきの交番に向かった。交番の前で、待っててくれ、と頼んで交番に入った。一番若い警官が立ち上がり、「どうしました」と穏やかな声で言う。俺は茂木の名前を言って、自分の名前を付け加えた。

「あ、はい」

若い警官は、ひとつ瞬きをして、頷いた。そして「少々お待ち下さい」と言い残して、奥に消えた。もうひとり、少し年嵩の警官が、机の上に置いてあった書類を持って立ち上がった。

「じゃ、すみません、受領書に、お名前と住所電話番号だけ、ちょっとお願いします」

……油断した。クソ。

今から部屋に戻って手袋をはめてきたら、こりゃいくらなんでも不自然だな。腹を括るしかないか。

俺はなるべく不自然に見えないように、しかしなるべく紙やペンに指紋を残さないように、できるだけの小細工をしつつ、名前や住所電話番号などを書き込んだ。それを差し出すと、

「じゃ、すみません、印鑑お持ちでしたら、ここに捺して下さい」と言う。

持っているわけがない。

「もしお持ちじゃなかったら、ちょっと指が汚れて申し訳ないんですけど……」

などと言いながら、なんというのか知らないが、黒い小さなスタンプ台のようなものの蓋を外す。

総てを投げ出して酒を飲みに行こうかと思ったが、まぁ、そうもいかない。

「警察で指紋採られるってのはちょっとイヤだな」

冗談のようにそう言い置いて、交番から出てタクシーに駆け寄り、五千円札を渡して、待

ってくれ、と頼んだ。

「どうしたの？」

「書類に印鑑捺せってんだもん。なかったら、拇印だってさ。お断りだっつの」

「ああ、そりゃそうだわ。コンビニまで、乗せるよ」

「いや、走った方が早い」

実際、そうだった。俺はすぐに戻り、受領書に三文判を捺して、それで手続は終わった。

最初の警官が、行ったり来たりして、俺の足許にナナの入ったケージと、大きめの段ボール箱をふたつ並べて置いた。

「以上です」

俺は頷いて、言った。

「茂木さんに、よろしく」

「なんと言えばいいですか」

若い警官は、真顔だ。

「……よろしく、と言ってくれ」

「わかりました」

＊

運転手が猫アレルギーではなく、そして猫好きなので、助かった。俺の住む青泉ビルに着いたら、エンジンを止めてキーを抜いて、荷物を運ぶのを手伝ってくれた。俺が段ボールふたつを重ねて抱え、運転手はケージを運んでくれた。

「ナナちゃん、もうちょっとで着くからね。そしたら、このオジサンがおトイレに入れてくれるからね。あとちょっとだからね」

ナナは、ケージの中で縮こまって、運転手の顔を見上げ、か細い声で「にゃ〜」と鳴いた。

部屋に着いて、恐縮する運転手から、釣りを二千円だけもらい、ナナとその荷物を部屋に入れた。ケージから出した途端にそこらにションベンをされたら堪ったものじゃない。で、先に段ボール箱からナナ愛用のトイレを出して、それからケージからナナを出した。ナナは、しゃがんだ俺の太股をサッと飛び越えてトイレに飛び込み、震えながら動き回ってスタンスを決め、震えながら、もの凄い勢いで排尿した。シャーッとションベンを垂れながら俺の顔に向かって、「見るな」というガンを飛ばす。面白いから見つめてやったら、鼻の周りを膨らませて、「にゃ〜」と鳴いた。

用を済ませたナナがトイレから出てきたので、とりあえず寝室にトイレを置いて、その隣にトイレ道具を並べた。餌皿はキッチンの食器棚の足許に置くことにした。ふたつ並べて置いて、その横に水の皿を置いた。片方の餌皿に、カリカリ餌を小袋一袋分入れてやって、これでセッティングOK、ということにした。

すると、「今度は私の番です」というような呼吸で、俺をじっと見ていたナナが体を起こし、用心深く俺の部屋のあちこちを探り始めた。鼻をひくひく動かして、壁を触ったり、床に落ちていた新聞を頭で押したりし始めた。どうやら、新聞紙の角が好きらしい。非常に幸せそうだ。

どうも、飼い主を喪ったという悲しみや悼む気配が感じられないのが不思議だ。だが、まぁ、猫ってのは、そんなもんなのかもしれない。今まで、猫と付き合ったことがないので、よくわからない。

「ま、勝手にやってろ」

俺は立ち上がって、またガァガァと音を立てるパソコンを起動させた。メールが結構溜まっていた。多くはどうでもいいようなものだが、華と高田からのは別だ。

華のメールはケータイからで、素敵なお店を見付けたので、ランチでもどう？　というお誘いだった。円山にある「気さくなイタリアンのお店」だ、と書いて、外観の写真が添付されている。行きたいが、もう間に合わない。華も俺も、こういう流れには馴れている。俺がケータイを持ち歩かないので、連絡が遅れることは日常茶飯事だ。メールを返信した。

〈返信が遅くなって、申し訳ない。

知人が亡くなったので、バタバタしてた。

ランチはどうだった？

ところで、時間があったら、こっちに来ないか？

その、亡くなった知人が飼っていた猫が、俺の部屋にいるんだ。数日、引き取ることになった。その後はどうするか、考えていない。

ま、興味があれば。

ランチに関して、連絡が遅れてすまなかった。

では、また。〉

そして高田のメールを開いた。用件は、何もない。ああだこうだと、昨夜の客のエピソードを面白おかしく書いて、最後に〈ところでお前、Bill Evans の"You Must Believe in Spring"はいいぞ。こんな晩秋にはぴったりの曲だ。春愁って言葉には、秋の字が入ってるだろ〉とわけのわからないことを得意そうに書いて、突然終わっている。

〈今晩行くから、聞かせてくれ〉

と返信して、再度メールボックスを見てみたら、華からの返信があった。

〈ランチはまだ食べていません。別に、ランチメイト症候群とかじゃないよ。ただ、あなたの返信を待っていたの。

猫がいるのか。それじゃ、なにかスパークリング・ワインと、おつまみを持ってこれから行きます。

ゆっくり飲んで、一眠りしましょ〉

俺はパソコンを終了させて、部屋に軽く掃除機をかけた。それからナナを抱き上げて、目を見て言った。

「いいか。お客さんが来るからな。礼儀正しくするんだぞ」

ナナは、全く理解できない言葉を喋る原住民を見るような目つきで、俺を見つめた。

4

「白黒まだらなんだ」

華は笑顔で言って、荷物を玄関脇の台に置いて、ナナを抱き上げた。ナナはおとなしく抱かれ、そして「にゃ〜」と一度鳴いた。

「種類はなんなの？」

「ただの雑種らしい」

「ミックス？」

「最近は、そう言うんだってな。雑種でいいじゃないか。雑種なんだから。お菓子のことを、スイーツだってよ。なんでわざわざ低学歴の英米人の言葉を使うんだ」

「はいはい。でも、雑種って、珍しいね。今なら、たいがい何と何のミックス、って素性もわかるはずだけど」

そう言いながら、華はナナを抱いたまま奥に入る。俺は華の荷物を持って、後に続いた。レジ袋の中をちょっと覗いた。ヴァン・ムスーとスプマンテが一本ずつ入っている。それと、どこかで買って来たらしい、イタリア料理の詰め合わせ。ま、デリとかいうやつだ。それと、容器にパックされた焼鳥。俺はそれらの入ったレジ袋をぶら提げたまま、話した。

「それについては、ちょっと面白い話があるんだ」

「どんな？」

そう言いながら華はナナを床に置き、カラシ色のコートを脱いで、髪を左右に振り広げた。ハンガーの場所は知っている。自分でクロゼットを開けて、コートを掛けた。

「この猫は、店で買ってきたわけじゃないらしい」

「野良猫？」

「というか、捨て猫だな」

「待って。そう言えば、この猫を飼っていた人、亡くなったのね？」

「そうだ」

「どんな人？」

「ただの顔見知りだ。スナックのママだ」

「キレイな人？」

「華よりキレイな女はいないよ」

「バカね。で？　亡くなったというのは？」

「殺されたんだな」

「……」

俺は、ナナの面倒を見るようになった事情と、そしてミーナの遺体を発見した事情を話した。

いつの間にか、俺たちはソファに並んで座っていた。俺たちの前にナナがきちんと座って、俺と華を交互に見て、時折「にゃ〜ん」と鳴く。なにか、俺の話に註釈を入れているような雰囲気だった。

一通り説明して、俺は立ち上がり、まずヴァン・ムスーを冷蔵庫に入れた。それから、ボウルに氷を入れて水を張り、スプマンテを入れてソファの前の小さなテーブルに置いた。華が食器棚を開けて皿を持って来た。「デリ」と焼鳥を皿に盛る。

「焼鳥か。珍しいな」

「ちょっと、出来心。移動販売車が、ビルの前にいたのよ」

「このビルの?」

「世界のヒロセ?」

「そう。塩味専門、世界のヒロセ、って」

「そう。ヒロセはカタカナ。なんだろ。名字かな」

「今、初めて聞いた」

俺はソファに戻って、スプマンテの栓を抜いた。うまく抜けた。華が食器棚からシャンペングラスを二個持って来て、俺の横に座った。グラスにスプマンテを注いで、カチンと合わせて飲んだ。

「おいしい」

華は微笑んだ。

「幸せな気分」

俺は頷いた。

「それで？　ナナちゃんは？」

「ああ。塚本……その、亡くなった、ナナのもとの飼い主は、塚本っていうんだ」

「塚本さんね」

「そうだ。その塚本が、ある夜、と言うか、朝、と言うか。店を閉めてマンションに戻ったわけだ。すぐそこのマンションだ。で、郵便受けを覗いたら、そこにこのナナがいた」

「……捨てられていた、ということ？」

「どうもそうらしい。それにしても、大胆な捨て方だな」

「いくつくらいで？」

「それが不思議なんだけど、片手の掌に載るくらいの小ささだったんだそうだ」

「生まれて間もなく……」

「だったはずだ、と言うんだけどな」

華が俺の目を見て、首を傾げた。

「それで？　なにが不思議なの？」

「そんなちっちゃな子猫なのに、トイレの仕付けができていたんだそうだ」

「……え？」

「とりあえず、両手で包むようにして、部屋に連れ帰ったらしい。で、まぁ、酔ってもいるし、面倒だし、いろんな世話は、明日起きてから、ってことにして、ソファの上に置いて、で、自分はベッドで寝たらしい」

華は俺の目を見ながらグラスを傾け、酒を喉に流し込みながら、うんうん、と小さく頷いた。喉の動きが可愛らしかった。つっと手を伸ばして、買って来た焼鳥を一本、摘む。

「タンよ。全部、塩味なの。その焼けてるようすが、おいしそうで」

一口食べて、緩い笑顔になり、「うん、おいしい」と言う。俺も一本取って、一口食べてみた。確かにうまい塩味だった。

「確かに」

「ススキノ圏内だったら、出前もしてくれるらしいわ。軽自動車を改造したお店なの」

そう言って、貰って来たらしい名刺のような紙を寄越す。「塩味焼鳥専門　世界のヒロセ」とあり、ケータイの番号が書いてある。それを眺めていたら、華が「それで?」と先を促した。

「ああ。で、朝になって、目が醒めた。……初めのうちは、猫のことは忘れていたらしい。のんびりシャワーを浴びて、スエット上下を着て、ソファに座ろうとしたら、そこに子猫がいた。驚いて、そして、総てを思い出したらしい。で、最初に考えたのは、どっかに小便を漏らしたんじゃないか、ってことだったんだそうだ。で、青くなって辺りを見回したけど、それらしい痕跡はない。それで慌てて家を飛び出して、まず、猫のトイレと砂を買って戻ったらしい。で、猫の前でトイレに砂を入れたら、すぐにトイレに入って、ま、用を足した、と。延々としたらしい」

「……本当に、不思議ね」

「ま、最初からキャットフードを普通に食べたそうだから、見た目ほど子供じゃなかったのかもしれない、とは言ってたけど」

華はナナをしげしげと眺めていたが、不意に俺の方を見て、言った。

「ところで、その塚本さんは、……殺されたって?」

俺は頷いた。

「あなた、絶対に、そんなことに関わらないでね」

「……」

「約束して」

「先のことは、わからないよ。約束する奴ってのは、未来に対して無責任でルーズな奴だ」

「理屈はどうでもいいから。約束して。変なことに手を出さないって」

俺は、三秒ほど、粘りに粘った。だが、華の方がしぶとかった。

「……わかった」

「約束しても、守らなけりゃいい、と思ってるでしょ」

「……まぁな」

「それをわかった上で、私はあなたを信じるからね」

俺は頷いた。頷くしか、なかった。

「……まぁ、わかった」

＊

目が醒めた。光には、夕暮れの気配が混じっている。眉間に、ヴァン・ムスーのしつこい酔いが残っている。腕の中に華がいた。俺に背中を向けて、軽い寝息を立てている。俺は後ろから、華の、意外と大きな胸を両手で包み、華の長い髪に鼻を埋めた。華のシャンプーとトリートメントの香りは、相変わらずだ。自分の鼻で、華の右耳を撫でた。

「う〜ん……」

華が、眠ったまま、微かに唸った。

「さっきの約束は、なし、ってことで……」

俺が言うと、華が鼻先でせせら笑った。眠たそうな口調で、それでもしっかりと「その手には乗りません」と言う。

その瞬間、なにかがドサッと落ちて来た。チリンと音がした。俺も華も、驚いて飛び起きた。ふたりの間に、ナナが長々と伸びて、横たわっていた。俺の方にも、華の方にも全く目を向けず、明後日の方角を見て、耳を伏せている。

俺は、両手でナナを持ち上げて、軽く放り投げた。ナナはストン、と床に降りて、気持ちよさそうに伸びをして、キッチンの方に向かって行った。

「猫って、ヘンね」

華が呟いた。

「まぁ、俺たち人間も、猫から見たら、ヘンなんだろうけどな」

俺はそう言って、華の裸の肩を左手で抱いた。華は俺に体を寄せて、「シャワーを浴びて、お店に出る支度をするわ」と言った。俺は頷いた。そのままふたりは、ベッドに倒れ込んだ。

5

店に出る華を、ビルの前まで送った。辺りはすっかり黄昏ている。もうほとんどの窓には明かりが灯っていた。俺はその足で、55第一ビルに向かった。

ミーナの店、〈まろうど〉は、当然ながらシャッターが降りていた。「都合により休みます」などの貼り紙もない。だが、花束が三つ、置いてあった。それとカップ酒、ミーナが好きだったセイラム・ライト、袋詰めの卵ボーロ、ゴディバのチョコレートを詰め合わせてあるらしい、紙の箱。俺は、〈ケラー〉のマッチをシャッターの前に落とした。ミーナと何度か、〈ケラー〉には行ったことがある。その時、店の女の子がついて来たこともある。その時のことを思い出して電話を寄越すような、そんな気の利いた娘は、まぁいないだろうが、万が一、ということもある。

それから、思い付いてミーナの部屋に行ってみた。55第一ビルから歩いて十分もかからない。鴨々川の畔に建つ、真新しいマンションだ。一階にある花屋で小さな花束を作ってもらい、それを持ってエレベーターに乗って、八階で降りた。ミーナの部屋の前に制服警官がひとり立っていて、ドアに黄色い原状保存テープが張ってあるのが見えた。近付くと、制服警官がこっちを見て、俺を気にした。俺はゆっくりと進んで、警官に会釈した。警官も会釈を返した。俺は警官の脇、ドアの真正面に立ち、持って来た小さな花束をドアの前に置いた。そこには、すでにいくつかの花束と、カップ酒、ミカンなどが供えてあった。名刺が一枚挟まっている花束があった。中央区の中心部、北二条西三丁目の時計台シティビルの五階、「㈱クリエイティヴオフィス　アブロード」代表取締役社長　忍野敬之。読み方は、Takayuki Oshino。ここにも、ヘボン式で、名字と名前をひっくり返して自分の名前をローマ字表記するバカがひとり。

合掌して瞑目しつつ、電話番号とケータイの番号を頭に刻み込んだ。目を開けて腕を下ろし、頭に刻み込んだ番号が消えないように脳味噌の右側の辺りに貼り付けてから、俺は警官に尋ねた。

「なにか、わかったんでしょうか」

「いえ、私は、そういうことは一切わかりません」

「茂木巡査部長は、今、どこにいらっしゃいますかね」

「存じません」

「被害者の、猫を預かっている者なんですが」

「わかりかねます」

「ケータイを持っていたら、貸してもらえないかな。茂木巡査部長に、電話したいんだ」

「御自分のケータイをお使い下さい」

「俺は、ケータイは持ってないんだ。嫌いなんで」

「えっ！」

制服警官は、目を真ん丸にして俺の顔を見つめた。そして、かすれた声で「なんでですか」と尋ねる。

「わかりかねます」

俺はそう答えて、警官に背を向けた。

ビルを出て、一番最初に発見した公衆電話ボックスで「㈱アブロード」に電話した。三回鳴ってから、留守番電話に替わった。忍野社長のケータイに掛けてみようか、とは思ったが、どうも俺は相手が何をしているかわからない状態で、ケータイを鳴らすのが苦手だ。相手が偏屈な退職刑事なら話は別だが、相手がなにか用事を足していたり、誰かと話していたりするところに電話を掛けるのは気が引ける。

で、俺は忍野と「アブロード」のことは明日に回すことにした。

＊

〈ケラー〉はそこそこの入りだった。混んでいるわけではなく、しかし不景気なわけでもなく、うるさくもないが、ひっそりと静まり返っているわけでもない。バーにとって一番いい空気と音が漂っていた。

俺が長い一枚板のカウンターの右端に座ると、岡本さんが俺の前にピースの缶とサクロンの箱を置いてくれた。

「サウダージ、お願いします」

「……誰かが亡くなりましたか？」

「なんで？　サウダージを追悼のために飲む、なんてシステムは、俺は持ってないよ」

岡本さんは頷いた。

「それはそうですけど。口開けの一杯目がサウダージというのは、なかなか珍しいですから。なにか特別に残念な気分なのかな、と思って」

「……なるほど」

「でも、外れなら、その方が、いいです」

「……アタリだ」

「……残念でしたね」

岡本さんは、余計なことは言わずに、シェイカーをバラし始める。

「……大した付き合いのある相手じゃないんだ」

無言で頷き、ボンベイ・サファイアを注ぎ入れる。

「猫の世話を頼まれた。で、餌をやりにいったら、ベッドの中で、ここんとこを刺されて死んでた」

俺は自分の後頭部をトントン叩いた。

「飼い主の女性が、ですね」

俺は頷いた。

「残念でしたね」

「……やっぱり、誰がやったのか、それがわからないと、落ち着かないよな」

岡本さんは、無言で頷いた。そして、「気持ちはわかりますよ」と言った。

「よかった。わかってくれる人がいて」

岡本さんは、左頬でちょっと笑った。マスターの真似をしているらしい。マスターは、右頬で笑う。それを左頬にしたあたりに、オリジナリティを感じているのかもしれない。

電話の音が鳴った。ちょうどそのすぐそばに立っていたマスターが電話を取った。なにか話して、頷き、俺の前に歩いて来る。

「お電話です。女性です」

「華？」

「だとしたら、わざわざ女性です、とは言いません」

「ですよね」

「名前をお聞きしましたが、名乗るのはお嫌のようです」

俺は頷いて立ち上がり、電話に向かった。

受話器を取って名乗ると、ちょっと幼い感じの女の声が「あのう……」と言って、口ごもった。

「もしもし」

「あのう……ウチあの、〈まろうど〉の、……あのう、アキですけど。……わかります？」

この娘が、名乗らない意味がわかった。要するに、名乗っても、俺が覚えていないだろう、と思っているからだ。そして、それは正しいのだった。

「ええと。……アキちゃんね」

「あ、やっぱ、覚えてなかったりする？」

「ごめん。ちょっとわかんない。いずれにせよ、ママとこの店に一緒に来たんだな」

「え？　いずれなに？」

「あ、いや。とにかく、〈ケラー〉に一緒に行ったことがあるんだよね」

「このマッチの店だよね」

「そうだよ」

「マッチと、コースターの模様が同じだった」

「ああ、そうだ。その店だ」

「あの、知ってます？　ママが死んだの」

「知ってるよ」

「え？　夕刊で読んだとか？」

夕刊はまだ読んでいない。もう記事になっているのだろうか。

「いや、テレビで」

「あ、テレビか。新聞には出てないから、不思議だな、とかって思ってたんだけど」

「記事の締切が間に合わなかったんだろうね」

「……」

「君は、どうしてママが死んじゃったことを知ったの？」

「お店に行ったら、開いてなくて、花束とか置いてあるから、え？　え？　とか思って、隣の店のママに聞いたら、あんた知らないの、ママ殺されたんだよ、とか言うから」

「なるほど。これから、会えるかな？」

「……会うの？　会って、どうするの？」

「話をするのさ」

「なんの話？」

「ママの思い出などを」

「……あたし、ママを殺した犯人とか、知ってる」

「……」

「これから、そっちに行くね」

「場所はわかるか？」

「マッチに住所とか、書いてあるもん」

6

アキはビールを豪快に飲む娘だった。彼女が〈ケラー〉にやって来ても、その顔を見ても、ビールの飲みっぷりを見ても、ミーナと三人でこの店で飲んだことは思い出せなかったが、まぁ、これは俺が悪い。

「あ。私のこととか、覚えてないしょ」

ニヤニヤしながら言う。

「……実は、申し訳ない、そうなんだ」

「〝はぐれそうな天使〟とか、歌わされたこと、あるんだけどな。忘れたしょ」

そう言われると、そういうことがあったような気にもなってくる。とにかく、この曲を歌わせる、というのは、俺が泥酔している証拠だ。ま、ミーナの店の女の子に間違いないだろう。

「申し訳ない。もう二度と忘れない」

「無理無理」

アキはそう言って、右手をひらひら振って笑った。そして話を続けようとする。

「あのさ、ママはね……」

「その話は、ここではちょっとお休みだ」

「どうして？」

「ビールを飲んだら、店を替えよう」

「……」

アキは、釈然としないようすで、しかし、素直にビールをごくごく飲み、あっさりとタンブラーを空にした。

〈ケラー〉を出て、ススキノのやや外れ、腐りかけたような木造会館に連れて行くと、アキは呆れたような顔をした。

「さっきのお店とかの方がいい」

「そりゃそうだ。でも、もしかしたら横で誰かが聞いているかもしれない。話し声ってのは、結構横に漏れるもんだ」

「……」

俺はアキラさんの立ち飲み屋の、ガタつく引き戸を開けた。ベニヤ板のカウンターの向こうには、アキラさんはいなかった。で、カウンターから覗き込むと、内側の床の上に倒れていた。いや、倒れているわけじゃない。酒を呑んで、酔っ払って、横になって寝ているわけだ。気持ちいいんだろうな、と思った。

「なに、ここ」

「この人は、年季の入った客引き《ポーター》だ。この前、引退したんだ。で、貯金でこの店を開いた」

「ここ、店とかなの？」

「一応な。ま、この人が飲む場所だ。で、酔っ払ったら、カウンターの向こうに寝転んで、寝る。たまに客も来ることがある。アキラさんが起きてたら」

「アキラさんとかいうんだ、この人」

「ああ、そうだ。で、アキラさんが起きていたら、一緒に飲む。そのうちに、アキラさんは寝る。店に来た時、アキラさんが今みたいに寝ていたら、ひとりで、ないしは自分たちで飲んで、金を置いて、帰る」

「……」

「他人に話を聞かれる心配がない」

「この人が寝たふりとかしてたら？」

「そういうことは、絶対にない。それに、アキラさんに何か話を聞かれたとしても、アキラさんは、それを他人には絶対に話したりしない」

「ふ〜ん……」

俺は作りつけの食器棚に手を伸ばして、アキに何を飲むか尋ねた。

「そっちは何を飲むの？」

「俺か。俺は、ボトルを入れてある」

「なに？」

「スーパーニッカだ」

「ウィスキーか。……なにか、テキーラ、ある？」

「ああ、あるはずだ。飲み方は？」

「ロック」

ああ、そうだ。〈まろうど〉に、テキーラのロックを飲む女がいた。今、はっきりと思い出した。顔は思い出せないが、確かにこの娘だ。

「強いんだな」

「前も同じことを言った」

「そうか」

俺はカウンターを回って中に入り、食器棚に並んでいた十二オンス・タンブラーを二個手に取って、水道の蛇口の下で丁寧にあらった。勢いよく振って水滴を飛ばして、冷凍庫からダイヤアイスを出して、同じく水道水で軽く洗い、十二オンス・タンブラーに落とす。

内側から酒の棚を見ると、テキーラはマリアチ・ブランコがある。

「これはテキーラだけど、飲んだことはあるか？」

手に取ってみせると、アキはにっこり笑った。

「あ、マリアッチ。飲んだことある。結構、好きだったりするよ」

で、アキにマリアチ、俺自身にはスーパーのオン・ザ・ロックスを作ってカウンターを回った。途中、間違えてアキラさんの足を踏んでしまったが、アキラさんは全く無関係にぐっすり寝ている。

「どうぞ」

そう言ってアキの前にテキーラを置くと、「すいません」と言って手に取り、「乾杯とか？」と言って俺のタンブラーにカチンと当てて、一口飲んだ。鮮やかな飲みっぷりだ。

「座らないで飲む店とかって、あるんだねぇ」

不思議そうに言う。

俺は頷いて、それから気付いてもう一度カウンターを回り、小皿にピーナッツをバラバラと盛って、アキの隣に戻った。

「こんなもんで悪いな。後で、なにかおいしいものを食べに行こう。何がいい？」

「焼肉！」

「……」

「飲んだ後はね。やっぱりね」

アキはそう言って、テキーラをグイグイ飲む。俺は少々感心した。

「で、ママを殺した犯人てのは？」

「ママ、ストーカーとかに？　つきまとわれてたんだよね」

「どんなやつだ？」

「知らない。見たこととか、ないから」

「それじゃ、犯人を知ってるってことにならないだろ」

「そうなの？」

真顔で尋ねる。

「……どんな男なのか、ほんのちょっとのヒントもないのか」

「知らない……すごい大柄な人だって。それだけ一度。なんか、言ってたこととかある」

「大柄か。どういう意味だ。背が高い、ということか。それとも、太ってるってことか。普通、どういう意味で使ってる？」

「デブとかってことだと、あたしはその時思ったりしたけど？」

「デブか……」

「いや、はっきりとか、わからないけど。なに？　漠然とした？　イメージ？　とか」

「ストーカーってのは、具体的にどんなことをされてたんだろう」

「……まず、メール。一日何百通とか送られて来るとか言ってた。電池がなくなるまで、延々と送ってくるとか」

「……なるほど」

どういうことなのか、俺には具体的に今一つわからない。

「あと、お店の周りは、よくうろうろしていたみたい。ママは、出勤はだいたい八時頃とかで、店を開けたりするのは、ウチらバイトとかが六時半には開けるんだけど、その時、よくシャッターとかの前に花とかが一輪とか、置かれてたりして。不気味」

「ママの男関係は、ほかには？」

「そのストーカーのことだけで、あとはママ、うまく隠したりとかしてたと思う。あの歳で店とか持ったんだから、ハゲとかがいないはずないし」

「……そうだ、忘れてた。君は、いくつなんだ？」

「私？　正直、二十九とか」

「そうか。……じゃ、ママよりは年上なんだ」

「そういうことだね。だから、ま、人に使われてるんだろうな、とか。ママはね、いい人だけど、結構、シビアなところはシビアだから」

「たとえば？」

「自分のお客さんの誕生日とか忘れたら、罰金とか」

そりゃ当然だろうよ。

「同伴とか」

だから、そりゃ当然だって。ま、アルバイトってのは、そんなもんか。というか、だからアルバイトでいるわけだもんな。

「要するに、君が考えている犯人てのは、そのストーカーなんだな？」

「うん。私はそう思う」

「証拠があるわけじゃないし、その男の顔も見たことはないんだな」

アキはうんうん、と頷き、「とにかく、すごいデブなんだって」と言って、クイッとテキーラを飲んだ。

「おいしい」

＊

アキに焼肉を食べさせた。一通り食って、冷麺を食べ終わった。

「あ〜！　お腹いっぱい！」

「満腹か。それはなにより」

「ごちそうさま」

「で、これからどうする？」

なんの気なしに尋ねたら、「そっちこそ、どうすんの」と言う。

「俺は、行くところがある」

「どこ？」

「友だちの店だ」

「男？　女？」

「両方だ」

「夫婦でやってるとか？」

「そういうわけじゃないが」

「あたし……どっしよっかな〜！　お店はやってないし……ってか、ママ死んじゃったし……今週分の給料とか、どうなるんだろ」

「……じゃ、ママの家族を探してやろうか」

「家族？」

「で、未払いの給料を払ってくれ、って頼んでみるといいさ」

「あ、そっか」

「なにか、手がかりみたいなものはあるか？」

「な〜んもなし。家族とか、そういう話、ママは全然しない方だったなぁ……謎の女？」

「そりゃないだろ。本名丸出しで、部屋に表札まで出して、……」

だが、俺が知っていることは、ミーナの本名と店の住所と住んでいる部屋の住所だけだ。あとは電話番号が少々。なるほど。生前は意識していなかったが、改めて考えてみると、確かに少しは「謎の女」の風情があるか。

「よし。じゃ、ちょっと探してみるよ」

「お金、かかる？」

「いや。家族が金を払ってくれたら、その二割をくれればいい。家族を探すのに失敗したり、金が取れなかった場合は、金はいらない」

「……でも未払い金とかいっても、今週分だから、……今日は水曜だから、三日……二日分とかだよ。二、三万とかだよ。だから、四千円とか、六千円とかだよ」

「それでもいいよ。なんなら、一割でもいい。金額の問題じゃないんだ」

未払いの給料をなんとかしてもらいたいから家族を探してくれ、と元従業員から頼まれた、ということになれば、あれこれ調べて回る大義名分が立つ。

アキはちょっと考えて、ひとつ頷いた。

「じゃ、お願い」

テーブルの隅、壁際にあるポケットに、「メール会員申込書」と印刷してある紙切れが入っている。「焼き肉を食べてポイントを貯めよう！」「お得情報をメールでお知らせ」などと書いてある。その紙を一枚抜いて、裏返して渡した。

「OK。じゃ、この紙に、連絡先を書いてくれ」

「連絡先？」

「電話番号とか、メールアドレスとか」

「え？　すぐに送るよ」

バッグからケータイを取り出す。

「俺は、ケータイは持たないんだ」

「えええええっ！　なんで？　滞納したの？」

「違う。嫌いだから持たないんだ」

「えええええっ！」

「だから、紙に書いてくれ」

会員申込書のポケットには、小さな鉛筆が入っている。それを取り出して、渡した。

「鉛筆の使い方はわかるか？」

アキはやれやれ、という表情で首を傾げ、鉛筆を受け取って書き始めた。

書き終わって差し出す。ケータイの番号と、auのアドレスが書いてあった。

「了解。なにかわかったら、連絡する」

「お願いします」

アキは素直に頭を下げた。

*

デザートにケーキが食べたい、というアキを残して、勘定を払って焼肉屋を出た。で、その足でアキラさんの立ち飲み屋に戻った。アキラさんは、少しは酔いが醒めたらしい。カウンターの向こうの椅子に座ってうとうとしている。引き戸をガタガタ開けた俺を見て、眠たそうな顔で「よぉ」と言った。

「さっきの話、聞いてた?」

「そりゃな。聞こえるさ」

「あの娘、どう思う?」

「悪い女じゃないね。ちょっと足りないかもしれないけど、悪い女じゃない」

「そうだね。俺も、そう思った」

「で?」

「なにか、知ってる?」

「殺されたスナックママの件?」

俺は頷いた。

「あっさり片付くって噂だぞ。どうやら、ストーカーにつけ回されてたらしい。そいつが犯人、でチャンチャンだと」

「そのストーカーってのを見たやつ、誰かいるかな」

「どーかなー。不景気だしな、最近」

「そのストーカーってのを自分の目で見て、どんなやつだったか話せるやつがいたら、俺は五千円札をプレゼントしちゃうね」

「わかった。覚えておく。……そいつに直接、〈ケラー〉に電話させる。この歳になるとな。ごちゃごちゃと仲介すんのが面倒でな。口銭はどうでもいいから、当事者同士、直接話してくれ、って気分なんだ」

「歳を取った、ってこと？」

「そうなんだろうな。酒飲んで寝て、酒飲んで寝て、そのうちに飢え死にか、肝硬変で死ぬ。バラ色の人生だ」

……そう言われてみると、そんなような気がしないでもない。

「じゃ、ま、よろしく」

「了解。……なんで首を突っ込む？」

「もらった金を、返さなけりゃならないんだ」

「……そういうことか。……予算はいくらだ？」

「二万」

アキラさんはへへへッと笑った。

「ショボイ話だな！」

「全くだ」

＊

コンビニエンス・ストアで、〈ピカピカつるつるシート〉というのを買った。これは、レンジフードのフィルターを取り替える時などに使う、洗剤をしみ込ませた化学繊維の雑巾のような物だ。汚れが大変よく落ちるらしい。それは、どうでもいい。ポイントは、この「レンジクリーナー」には、チャチな薄手のビニール製の手袋が付いている、という点にある。レンジクリーナーはすぐにゴミ箱に捨てて、手袋をポケットに入れて55第一ビルに向かった。

五階の〈まろうど〉のシャッターは降りていて、花束や酒などはそのままだったが、立入禁止テープはなくなっていた。被害者の関係先ではあっても、殺人の現場ではないから、それほど重要ではないんだろう。俺は左右を眺めた。五階は、通路の両側に六軒ずつ、全部で十二軒の店があるが、そのうちの半分はシャッターが降りている。本当に、不景気だ。賑わっているビルも少なくないが、このビルは古いので、昔からの根強い客をがっちりと握っている店以外は、生き延びるのは大変なんだろうな。

……つまり、ミーナは相当健闘していた、ということか。あるいは、ハゲが頑張ったのか。

俺は手袋をはめて、〈まろうど〉のシャッターを揺さぶってみた。鍵はかかっていない。警察の後始末は、こんなもんだ。俺はしゃがみ込んで、シャッターを勢いよく持ち上げた。このガラガラッて音は、ビルの中で店をやっている連中は聞き慣れているからどうとも思わない。だが、シャッターがガタ・ガタ・ガチャとジワジワ持ち上がる音を聞くと、不審に思ってすぐに飛び出てくるか、警察に電話するか、自分の店の入り口の鍵を掛ける。したがって、シャッターは思い切り勢いよく開けるに限る。

何度も押したことのある木の扉を押すと、中は真っ暗だった。当たり前だ。入り口脇のスイッチで照明を点けた。

警察の捜索の後だが、それほどひどくはなかった。家宅捜索でなんでもかんでもひっくり返してぶちまけるのは、犯人、というか容疑者に対して、「舐めんなよ」という宣戦布告なんだそうだ。少なくとも、種谷はそう教えてくれた。「絶対潰すからな、必ず挙げるからな」という決意宣言なんだそうだ。で、今回の場合は、被害者の店に、なにか証拠になるものはないか、と入ったわけで、ことさら荒らす必要はなかった、ということなんだろう。

見覚えのある店内を見回した。

旧式のレジと、その脇に置いてあった小型の金庫がなくなっている。カウンターの内側に回ってみると、踏み台の引き出しがひとつ、なくなっていた。この踏み台の引き出しというのは、背の低いミーナが、棚の上の方に置いてある客のボトルを取る時に使うもので、まぁ、手が届かないほど高いところにボトルが置かれているということは、あまりいい客じゃないんだが、たとえば出張で、四年ぶりに奈良から来ました、御無沙汰してました、なんて客もごく稀にはいるわけだ。そんな時、その四年前のボトルを出すと、とても喜ばれる、ということはある。という状況の時に使う踏み台で、そしてその踏み台の脇には取っ手があり、それを引くと、物入れが引き出しになっていて、出て来る、というアイデア商品なのだった。

踏み台は二段で、その上の方の引き出しが、なくなっている。俺は下の方の引き出しを引いてみた。中は、空っぽだった。

さてと。ほかには……

コルク板でできた壁掛けがあって、観光や出張で来た客たち数人の名刺がピンで留めてあったのが、コルクの壁掛けごとなくなっている。

あとは、なんだ。

ミーナや女の子たちがコートなどを入れていたクロゼットも空っぽだ。

冷蔵庫の中。……なにも変わったものはない。ビニール袋をクシャクシャッと丸めた脇に、湿布薬のモーラスの袋が三つあった。変わった女だ。湿布薬を冷蔵庫に入れて保管していたのか。きっとこの冷蔵庫を開けた刑事も、ビニール袋に入った何かを見て、なんだろう、と思って出してみたんだろう。で、モーラスだった。なんだ、ってんで元に戻したんだろうな。

それにしても、ミーナはどこが痛かったんだろう。そして、なぜ冷蔵庫に入れていたのか。「冷暗所」に保管しているつもりだったのか。……モーラスは、確か医師の処方箋がなければ手に入らないことになっている湿布薬だ。

(腰か？　膝か？　まだそんな歳じゃないだろう)

なんてことを考えながら、モーラスをビニール袋に入れた。このままにしておくと、食い物にニオイが移るだろう。きっとミーナは、モーラスの袋を、二つ折りくらいにして、ビニール袋に入れ、口をきちんと縛ったんだろう、と思う。そうやって、食い物にニオイが移るのを防いだんだろう。

で、ミーナは既にいなくて、この冷蔵庫もおそらくは早晩破棄され、中の食い物も捨てられるんだろうが、それはそれとして、食い物飲み物に湿布薬のニオイが移るのは、気持ちが悪い。で、モーラスの袋を元のビニール袋に入れるべく、三つ重ねて二つ折りにした。そこで、気付いた。どうも感触がおかしい。口を切って中の湿布を取り出した跡のある袋が、妙に平べったくて、ほかのふたつの袋とは手触りが違う。ほかのふたつの袋は、確かに湿布薬を塗った布状のものが入っている感触だが、この口を切った袋に入っているのは、数枚の紙のようだ。

中を見てみようと思った時、「誰!?」という鋭い声が弾けた。女の声だ。ドアが半分開いていて、中年の女が覗き込んでいる。度胸のある女だ。俺はちょっと感心した。

「あんた、ママのなんか？　あたしは、そこのマキタの者だけど」

割烹着姿で、その下には茜色の着物。頭を包んだ三角巾の白さが輝いている。

「ただの客ですよ」

「なにしてんの？」

警戒はしているが、特に恐れてはいない。いろんな経験をした強い女、という雰囲気だ。五十代半ば、という見当だ。

「ママの猫の餌を探してるんです」

「あら。ナナちゃん？」

「ええ。旅行前に、面倒を見て、といわれて。預かってるんです」

「あ、そうか……ママの部屋は知らないの？」

「知ってますよ。このすぐそばですよね」

「そうよ。キャットフード、家にはあるんじゃないかしら」

「と思うんですけど、今は立入禁止で」

「あ、そうか……。もう餌がなくなったの？」

そうだよな。おかしいよな。だが、とにかくこの路線で行くしかない。

「いや、まだ二日分はありますけどね。その後、どうなるか……」

「ペット・ショップで、キャットフードを買えばいいでしょ」

「いや、それが。なかなか好みがうるさい、と聞いてるんで」

「同じ銘柄のを買えばいいんじゃないの？」

「いや、それが。あの、あの猫は腎臓に持病があるそうなんですよ。だから、特定のキャットフードじゃなきゃダメで、ええと、それと水も特別な水が必要らしくて。普通の店ではなかなか売ってないんですね。アマゾンで注文しても、配達までに二週間くらいかかるんだそうです」

「ふ〜ん……」

なんとか納得したようだ。

「どっかにかかりつけの獣医さんなんかがいるんじゃないの？」

「私もそう思うんです。で、多分名刺入れなんかには、猫の診察券もあるだろう、と思うんですけどね。そんなあれこれで、ちょっと、鍵が掛かってなかったんで入ったんですけど、全然ダメですね。警察が、全部持って行ったみたいで」

俺はそう言いながら、手を後ろに回して薄っぺらい手袋を脱いだ。このままでは、あまりにも胡散臭い。そして口を切ってあるモーラスの袋を四つ折りにしてズボンのポケットに突っ込み、残ったふたつのモーラスをビニール袋に入れて、口を縛り、冷蔵庫に戻した。マキタの女性は、俺の一連の動きを見てはいたが、俺がごく自然に動いたからだろう、なにも不審には思わなかったようだ。

「参ったな。ややこしい猫を預かっちゃった」

俺が言うと、マキタの女性はニッコリと笑って、「でも可愛いでしょ」と言う。とりあえず、俺は頷いて話を合わせた。そして店から出ることにした。マキタの女性は後ろに下がって、俺を通してくれた。

そこで思い付いた。

「ママとは、お付き合いがあったんですか?」

「そうね。顔を見れば、話をする程度にはね。あたしも猫を飼ってるの。だからそんな、猫談義とかね」

「……あのう、ママはなにか、ストーカーにつきまとわれてたって話を聞いたんですが」

マキタの女性は顔を曇らせて、小さく頷いた。

「どうも、そうらしいね」

「具体的に、なにか聞いたこと、ありますか?」

「メールが何百通も一度に来た、とか言ってたけどね」

「ママの男性関係などは、なにかご存知ですか?」

「そうだね……あんたさ、これからウチの店に来ない? 立ち話もなんだしさ。幸い、今、ウチにお客さん、いないし」

*

〈まきた〉には確かに客はいなかった。

「好きなとこに座って」

と言われたので、細長い店の一番奥、カウンターの左端に座った。

「まず、なにお飲みになります?」

脇の冷蔵庫を見たら、中に神亀が見えたので、それを頼んだ。

「冷やでね？」

俺は頷いた。純米酒にしては珍しく、神亀は燗でもうまい。でも、今は冷やの気分だ。

「そうだ。初めまして」

女性はそう言って、細長い名刺を差し出す。受け取った。

〈旬菜　まきた
女将　槙田　真美子〉

「ちょっと名刺を持ち合わせないもので」

「いい、いい。気にしないで。……何屋さん？」

「今は、ちょっとリストラされまして……」

「あらま。大変ですね。イヤな時代ですよね、ホント」

とりあえず、がっかりした顔で頷いて見せた。

「ま、そんなわけでね。暇だろうから、猫を頼むわ、なんてね。頼まれたわけですよ」

ママは頷きながら、俺の前に升を置き、中にコップを立てる。神亀の一升瓶を両手で持って傾け、酒を注ぐ。コップから溢れさせて、「はい、どうぞ」とにっこり笑った。

「なにか召し上がりますか？」

ホワイトボードにいろいろと書いてある。さっきから鯨ベーコンが気になっていたので、それを頼んだ。

「ママの男性関係？」

女将は俺の前に鯨ベーコンの皿を置いて、自分から話し始めた。

「ええ」

「なんなの、お客さん。ママの仇でも討つつもり？」

「あ、いや。まさか。それは警察の仕事でしょ」

「ですよね」

「ただ、店の女の子がね、未払いの給料はどうなるんだろう、って気にしててさ。だから、ママの家族に相談してみたら、と言ったんだ。そしたら、全然わからない、ってんで、それで、なにしろこっちは暇だし、じゃ、ママの家族を探してみようか、って話になって」

「それで店にいたの？」

「あ、あれは違う。あれは、そうじゃなくて、本当に猫の餌が残ってないかな、と思って、ちょっとね」

「ママの男性関係ねぇ……お客さん、ママとは長い付き合い？」

「いや、一年もないかな。開店三周年のお祝いに、友だちに付き合って来たのが初めてだな。……それから、まぁ、月に一度来るか来ないか、って感じ」

女将はちょっと考え込んだ。

「……本当に、ただそれだけの付き合いなのね？」

「もちろん。なにしろ、こっちは妻子持ちだし」

女将は俺の目を真正面から見て「ホント？」と言って笑った。

「そんな風には見えないけど」

「じゃ、どんな風に見えるんだろ」

「ま、一言じゃ言えないけど」

失敗したかな、と思った。女将は、ミーナの男性関係は具体的になにも知らないのではないか。ただ、客にするために、俺を店に引っ張って来たのではないか。どうもそんな感じだ。

「ママの男性関係ねぇ……」

焦らすような口調で言う。店の上の方の棚に、長雲の瓶があるのを発見した。神亀の後、あれを一杯飲んで、退散しよう。そう決めた。

「よく、一緒に店を閉めて、仲良く帰って行く男はいたよ」

ほぉ。満更知らないわけでもないのか。

「仲良くってのは？　どんな感じ？」

「どんな感じって言われてもねぇ。仲良さそうな雰囲気だった、ということしかないけど」

「手を繋ぐとかさ。気安い感じでお喋りしてたとかさ」

「……そんな感じじゃなかったね。ま、私もそう何度も何度も見たわけじゃないけどね。でも、最後までお客が粘って、もう四時だ五時だって時に、向こうも同じような感じで店閉めててさ、『ママ、お疲れさん、大変だね』なんて、お互いに言い合う時なんかには、必ずいたね」

「どんな人？」

「それがね……えっらい太っててさ。あれで……確実に百キロは超えてたね。百二十いってたかも知れない」

「身長はどれくらい？」

「それが、あまり大きくないの。百七十はなかったと思う」

「相当の肥満だな」

「そうね。そう思う」

「……どんな感じの男？」

「パッと見、職人、て感じかな」

「大工とか？」

「あ、そういうガテン系じゃなくてね。寿司職人？　そんな感じ」

「……」

「あと、もうひとり、最近よく姿を見たのは、大学生くらいの感じの、若い男。ま、ママも若いから、そんなちぐはぐな感じはしなかったけどね。でも、なんか……ウブっていうの？　そんな感じで。無益な殺生にならなきゃいいな、と思って見てたけどね」

「……そのふたりの連絡先とか、名刺とか、なにかあるかな」

「それは、全然。……あたしはこのビル長いけど、ママはね。精々四年弱だしね。そんな付き合いもなかったから」

「開店の時、ママは二十四くらいか」

「あ、そうだね。それくらいだね。えらく若いママだね、なんてね。ちょっと噂してたもんさ」

「開店の時、店に顔を出したりはした？」

「一応ね。お付き合いだし。栗駒山一本、持って行ったよ」

「店ん中の感じは、どうだった？」

「まぁ、普通、かな。中年の殿方がそこそこ入ってて、賑やかだったけどね」

「ハゲみたいな男はいた？」

「気付かなかったねぇ……本当のハゲなら、何人かいたけどね」

「じゃ、さっき言ってた、その太った職人みたいな男は？」

「あ、あの人はいなかったね。いたら忘れないはずだけど、そんな記憶はないから、いなかった、と思うよ」

「最近は、妻子持ちの男と付き合ってて、ちょっとモメてるって話も聞いたことがあるんですけど。男が四十五で、奥さんが三十八で、娘が二十歳。で、奥さんと娘が結託して、男に盾突く、と。だから、近々別れる約束だから、そうなったら結婚しよう、なんてことになってるんだ、と話してたんですが」

「……なんだろうねぇ。そんな話、全然聞いたこともないね。それっぽい男に心当たりもないしねぇ……」

……どうにも、雲を摑むような話だ。もう、これ以上話が出て来るような気配もない。ママの話は切り上げて、残った鯨ベーコンで長雲のストレートを一杯飲み、俺は〈まきた〉を切り上げた。

＊

高田の店は、そこそこ人が入っていた。さり気なく流れるジャズ。居心地のいい薄暗さ。うまい料理。いい客が集まる店だ。

俺が入るのに気付いた高田が、向こうの方でCDデッキを操作した。流れていたデューク・ピアソンの「リフレクション」が途切れて、物悲しいピアノが聞こえて来た。高田が俺の方を見る。俺は頷いた。高田もひとつ頷いて、やって来た。

「これは、〝ユー・マスト・ビリーブ・イン・スプリング〟じゃないからな。勘違い、するなよ」

「わかった。勘違いしないように精一杯努力する。で、これはなんなんだ？」

「〝Bマイナー・ワルツ〟。この次の曲が、スプリングだ」

「わかった」

「何を飲む？」

「アードベックを頼む」

「トワイス・アップ？」

「なんとなく、オン・ザ・ロックスで飲みたい雰囲気なんだ」

「ダブル？」

俺は頷いた。高田はくるっと背中を向けて、自分の持ち場に戻って行った。すぐにまたやって来て、俺の前に十二オンス・タンブラーに入れたアードベックのオン・ザ・ロックスと、小皿に盛ったミックスナッツを置く。曲がちょうど途切れた。

「これから始まるのが、スプリングだ」

俺は頷いた。

「腹は減ってるか？」

「ちょっとな」

「そうか」

それだけ言って、また戻って行く。

ぼんやりとビル・エヴァンスを聞きながら飲んでいたら、また高田がやって来た。トレイの上に、十二オンス・タンブラーに入ったウィスキーと、なにかの肉のソテーを載せている。

「そろそろ酒がなくなる頃だと思ってな」

俺は頷いてグラスを干した。高田がタンブラーを手渡して、皿の料理を俺の前に置いた。

「エゾシカを、塩胡椒だけで焼いてみた。達人が、撃ってすぐに処理をしたエゾシカだ。脇に盛ってあるのは、すり下ろした山ワサビだ」

「ありがとう」

肉はうまかった。今度、華を連れて来て一緒に食べよう、と思った。そして、ミーナも喜んで食べただろうな、と思った。

あんなにソウルに行くのを楽しみにしていたのに。

ナナは、寂しがっているだろうか。それはないな。毎晩、ほったらかしにされていた猫だ。ひとりで過ごすのは得意だろう。

そう割り切ることにしたが、どうも気になる。それに、華からメールが来ているかもしれない。俺はアードベックを飲み干して、皿に残っていたエゾシカの肉を片付けた。そして立ち上がり、レジに向かった。高田がやって来る。

「どうだった、エゾシカ」

「最高だった。いつもあるのか？」

「今日明日、くらいは大丈夫だと思う。華さんと？」

「ああ。食べさせてやりたい」

「わかった。いいところを、取っておく」

「頼む。で、今、何時だ？」

「そろそろ日付が変わるな」

「わかった。ごちそうさま」

金を払って、店から出ようとして思い出した。

「さっきのアルバム、録音はいつ頃なんだ？」

「……七〇年代の終わり頃だろ、多分。発表されたのは、エヴァンスが死んだ翌年だ」

「……四曲目のはなんて曲だ」

「ウィ・ウィル・ミート・アゲイン」

「わかった」

「俺が言ったんじゃないぞ。曲のタイトルだからな」

「わかってるよ」

俺がそう言うと、高田は鼻でふん、と笑った。

「なんだよ」

「お前は、絶対この曲が気に入る、と思ってたんだ。思った通りだ。つまり結局、お前はありふれた俗物だってことだ」

「充分自覚してるさ」

7

俺の部屋のあるビルの前に、白い軽トラックが駐まっていた。荷台の部分を改造して、焼鳥を焼いて、それを保温しつつ貯蔵できるようになっている。華が言っていた焼鳥の移動販売車ってのがこれだろう。確かに「塩味焼鳥専門　世界のヒロセ」と書いてある。同じことを書いたノボリが斜めになって、軽トラックの荷台からはみ出している。さっき華はごく普通の塩味の焼鳥と牛タンを買って来たが、そのほかにもレバー、ハツ、砂肝、手羽先などもあるらしい。俺はつい、荷台にいる若い男に声を掛けた。

「これは、全部塩味なの？」

若い男は荷台にあぐらをかいて座り、ガスなのか電気なのか知らないが、焼き台に並べた焼鳥の串を手際よくひっくり返している。俺の顔を見て、人の善さそうな笑顔になった。

「ええ、全部塩なんです。もしもタレがお好きなら、申し訳ありません」

「いや、俺も塩味が好きなんだけど。……なんで全部塩なの？」

「ウチの社長の調合した塩が、まぁもう、絶品なんすよ。いろいろと混ぜてあるんすけどね、ぬちまーすとか、石垣の塩とか、アルペンザルツとか、ほかにもいろいろ、ほら、これです」

左手で串をひっくり返しつつ、右手を下の方に伸ばして、なにかを手に取って俺に突き出した。茶筒だった。

「開けてみていいの？」

「どうぞ」

蓋を開けてみた。それほど変わり映えしているようにも見えないが、黄色い裸電球の明かりでもはっきりわかるほどに、緑がかっている。

「この緑色はなに？」

「それ、昆布の粉末です」

「へぇ……」

「それと、ウチの社長の秘伝の割合で、いろんないい塩を混ぜてるんすよ。一回食べると、ハマりますよ」

既に一度食べた、それなりにうまかった、と言おうかと思ったが、面倒なので、やめた。

「じゃ、焼鳥と、牛たんとハツ、砂肝、一本ずつお願いします」

「ありがとうございます！　四百四十円、いただきます！」

クルクルッとアルミホイルで包み、それをパックに入れてゴムでまとめて、ビニール袋に入れる、その一連の動きが流れるようで、歳は若いが相当の年季を積んでいることが感じられた。

「寝酒ですか」

「まぁね」

「これ、電話番号、書いてありますから。一本からでも、出前します。予約して頂けたら、何時にどこに何十本、という出前もOKですから。よろしくお願いします！　あと、ウチは胡椒にもこだわってますから！　よろしくお願いします！」

元気な声でそう言った、その表情は爽やかだった。俺はなんとなくいい気分になってビルに入った。ポストに溜まっているDMやチラシをゴミ箱に捨てて、エレベーターに乗り、八階で降りた。特に何も意識せずに自分の部屋に向かい、ドアの前に立ったら、チリンチリンと音がした。キーを鍵穴に差し込むと、ナナが「にゃ〜」と一度鳴いた。例のシステムは、こっちでも作動中らしい。

ドアを開けると、握り拳で踏ん張っているみたいに、ナナが四本足で立ち、尻尾をくねくねさせていた。玄関に差し込んだ通路の灯りを受けて、ナナの開いた両目の瞳孔が銀色に光った。玄関の明かりを点けると、ナナの瞳孔がスッと縦一文字になった。

「悪かったな。真っ暗だったな」

そう言いながら靴を脱いだ。調子がくるう。猫がいると、つい、話をしてしまう。

「夜は、灯りが点いている方がいいのか？　それとも、真っ暗な方がいいのか？」

ナナは俺の顔を見上げて、「にゃ〜」と鳴き、それから得意そうな顔になって、大きく伸びをする。

猫は不思議だ。伸びをする時、指を大きく開く。これでよく力が入るもんだ。ふと、息子が赤ん坊だった頃のことを思い出した。赤ん坊も、一人前に伸びをする。なにかを考え込んでいるような表情で、う〜ん、と伸びをする。その時は、握り拳を固く握っている。当然だろう。そうじゃないと力が入らない。なのに、猫は指を広げて伸びをする。不思議だ。こんな奴と付き合うのは難しいんじゃないだろうか。

とにかく、夜行性の動物だから、真っ暗でいいような気もするが、小さな照明くらいは点けておいた方がいいような気がしないでもない。……ミーナに聞いておけばよかったな、と思って、それは不可能だったことを思い出し、ミーナが死んだ、という事実がどすん、とミゾオチに落ちて来た。

ミーナは死んだんだよ。だから、ナナがここにいるんだ。忘れるな。……穏やかだった、あの死に顔。苦痛がなかったように思えた。そうだったら、本当にいいんだが。ナナの餌皿は二枚とも空っぽだ。だが、これはこのままでいいんだ。明日の午前十一時まではこのままでいい。

俺は里の曙をストレートで二杯飲み、焼鳥四本を食った。このままじゃ眠れない。華の店〈バレアレス〉にでも行こうか。

さてと。どうする。まだほとんど飲んでいない。とりあえずソファに座って、ピースを喫った。ナナが、煙にじゃれつこうとした。ミーナはタバコを喫わなかったから、タバコの煙が珍しいんだろう。ちょいちょい、と前足を出しても、なににも触れないので、不思議らしい。しげしげと自分の前足を見て、それから鼻をひくひくさせた。

ズボンのポケットから四つにたたんだモーラスの袋を出した。中を開くと、レポート用紙が六枚、出て来た。なにか書いてある。筆記用具はおそらくは水性ボールペン。

「お前のことは、俺がよく知っている。そして、そのことを、お前もはっきりとわかっている。そういう間柄なんだ、俺たちは」

……これはなんなんだろう。脅迫状か。……ねじくれたラブレターか。「春、最初の日、一目見た時から、俺はお前のことがわかっていた」などというのもある。「俺の前で、わざとあんなふりをするお前が、俺はどれほど憎いか、想像できるか？」なんてことも書いてある。雰囲気としては、この文章は、一度に書かれたものではないらしい。一枚一枚、別々にミーナの手許に届いたものであるようだ。封書でか。それとも、マンションのポストに入れてあったたか。店のシャッターにでも挟んであったか。

そして、ミーナはなんでこんなものを、冷蔵庫に入れて保管していたのか。

さっぱりわからない。

筆跡は、勢いと感情にまかせた殴り書き、という感じだが、それにしては形が整っていて読みやすい。書道の経験があるやつかもしれない。

とりあえず、パソコンを起動させてメールをチェックした。不思議と静かな夜で、華からのメールが一通あるだけだった。送信時刻は12:45。ついさっきだ。

〈お元気？
どこにいるのかしらね。
とにかく、お部屋に帰ってきたわけね。
ナナちゃんは、元気？
お店が終わったら、ナナちゃんを見に行っていい？
メールください〉

俺はシャワーを浴びてミッドナイト・ブルーのペンシルストライプに着替えて、華のケータイにメールを送った。

〈これから迎えに行く〉

＊

「お店で、あまり飲まなかったわね」

「そうだったかな」

「ゴンザレスを五杯」

「それだけ飲めば、もう……」

「いつもの半分くらいよ。料理もあまり食べなかったし」

「焼鳥を四本食べた後だったから」

「焼鳥四本！」

華は頭をのけぞらせて、笑った。華の後頭部が俺の鼻にぶつかった。

「あなたが！」

「その前に、高田の店でエゾシカを食べたし。そうだ、今度……」

「さっきも聞いたわ。明日、行きましょ」

「そうか。もう話したか」

「……あなた……なんだか、ここにいても、別なところにいるみたい」

「そんなことはないさ。俺はちゃんと、ここにいるさ」

俺は華を抱いている腕に力を込めた。華も、自分からもぞもぞ動いて、俺の胸に背中を押し付ける。

「でも、お店でもそうだった。夜景を眺めていても、いつもと違ってた。ガラスに映ってる、なにかを見つめてるみたいだった」

「じゃ、きっと華の動きを目で追ってたんだよ」

「そうじゃなかった」

「……」

「その塚本さん……死んだママ、おいくつだったの？」

「本人によれば、二十八。七月十日が誕生日で。で、パーティに顔を出したら、今日で二十八だ、と騒いでた」

「若いね。……その若さで殺されちゃうなんてね」

俺は頷いた。

「その塚本さんのことを考えて、しょんぼりしてたの？」

「……そんなこともないよ。気にするな」

そこに突然、チリンと鈴の音がして、ナナがドサッと落ちて来た。ナナだとわかっても、やはり驚く。ふたりの間に、ゴロンと寝そべって、長々と伸びて、俺にも華にも目をくれず、部屋の隅を見つめて、伏せた両耳をピッピッと別々に動かしている。

ヘンなやつだ。

8

それから数日、パッとしない、動きのない日々が続いた。さまざまな証拠書類、というかミーナの身元を確認できるような書類は、警察がごっそりと浚って行ったようで、マンションの管理人に、元従業員に依頼された弁護士だ、と嘘をついてミーナの部屋に入れてもらったりしたが、収穫は何もなかった。アルバムや日記なども皆無だったから、警察の手許には相当の資料が集まっているであろうことが想像された。〈まろうど〉の周りの店であれこれ話を聞いたが、ストーカーを見たとか、ミーナのハゲを知っているなどというような、具体的な情報は何も得られなかった。

〈㈱アブロード〉に行って忍野にも会ってみたが、これと言った成果はなかった。忍野はやせぎすの、落ち着きのない男で、貧乏揺すりをしながら喋る癖があった。どうやら広告代理店のような仕事をしているらしい。〈まろうど〉には月に何度か行く程度の客で、ママと特に何があった、というわけじゃない、と言っていた。ストーカーの話は聞いたことがない、ママの男関係は知らない、そんなに深い間柄じゃない、ととりつく島がない。

この会社も、〈ノーザンセブン〉と同じような感じで、ワンルーム賃貸マンションを事務所に転用しているようだった。ここから這い上がるのか、それとも、ここまで落ちて来たのかはわからないが、人生の展望が開けない、焦燥感のような物に駆られているように見えた。

「いろいろと厳しくてね。女のことなんか、もうどうでもいいんだ」

「あそこに名刺を置かれたのは……」

「ああ、なんとなく。葬式に出て、記帳するような気分かな。ただ、なんとなくさ。……気さくな、いい子だったよね」

そう言う口調は、それでも一抹の優しさと悲しみを漂わせていた。

「ええ、本当に」

俺は頷いた。

そんなわけで、なかなか前に進めない。で結局、東急インのロビーに並ぶ緑電話から、北海道日報《きたにち》の松尾のケータイを鳴らした。松尾は今は……役職は忘れた。元は、スクープをいくつも抜きに抜いた、優秀な社会部遊軍記者だったのが、どこかでなにかをやらかしたらしい。いずれにせよ、長ったらしい名前の部門の部長の肩書きをあてがわれて、自分のデスクでパソコンのモニターを眺めて暮らしている。

五回目の呼び出し音で出た。

「どうした」

表示が「公衆電話」だったので、俺からだと判断したわけだ。俺は過去の世界から、滅んだマナーと死んだ伝統を広めるためにやって来た、ミイラ人間であるらしい。

「先週、ススキノでスナックママが殺された事件があるだろ」

「らしいな。北日で読んだよ」

「俺も同じだ」

「俺たち、友だちだもんな」

「それで、あの遺体を発見したのは、俺なんだ」

「ほぉ……」

「で、警察に通報したわけだ」

「で？」

「知り合いだったんだ。あのママ」

「で？」

「そのスナックで働いていた女が、未払いの給料のことを心配しててな」

「大事なことだな」

「で、遺族を探してるんだが」

「ちょっと待て。それは嘘だろ」

「……なんで？」

「お前がそんなことを面白がるはずがない」

「……なんで？」

「ちっとも面白くないからだ」

「……」

「そのママとは、知り合いだったのか」

「そうだ」

「なるほどね」

「……」

「一時間くらいしたら、もう一度電話してみろ。なにかわかったら、教えてやる」

右手でフックを押して電話を一度切った。それからコインを入れて一一七を押した。女の声が「午後三時十六分四十秒をお知らせします」と言った。受話器をフックに引っかけて、俺はプラザ109に向かった。ここには、十五時からやっているショット・バーがある。

ボンベイ・サファイアをオン・ザ・ロックスで飲んだ。四時十分になったら、教えてね、と頼んでおいたので、気さくな感じの女性が五杯目を俺の前に置いて、「十分ですよ」と教えてくれた。

で、急いでそれを飲み干し、東急インのロビーに戻った。緑電話から一一七にかけると、女の声が「午後四時十二分三十秒をお知らせします」と言った。

で、しばらく待って、もう一度一一七に掛けたら、女の声が「午後四時十六分四十秒をお知らせします」と言ったので電話を切り、松尾のケータイを鳴らした。

「日頃からそれくらい時間に正確だと、もっと立派な人間になってただろうな」

「あ、わかった？」

「かっきり一時間なんだろ？」

「十秒単位まで、かっきりだ」

松尾のアクビが聞こえた。

「暇な奴だな、ホントに」

「なにか、わかった？」

「あれは、殺されたんだな」

「それは、知ってる。俺がこの目で見た」

「被害者は、睡眠薬を服まされていたらしいな」

「へェ」

「血中に、まだ高濃度のニトラゼパムとトリアゾラムがあったそうだ」

「ええと？　それはなんの薬？　睡眠薬の名前か？」

「商品名で言うと、ベンザリンとハルシオンだ。両方とも、処方薬だな。医師の処方箋がないと、買えない。……まぁ、事実上は野放し状態だけどな」

「眠らされて、盆の窪を一突きされた、ということか」

「どうやらそうらしい。で、被害者、塚本美奈子さんは、ええと、旭川出身だ。生まれたのは旭川郊外の戸端舞《こたんぶ》という集落だ。やや規模の大きな農家なんだそうだ。で、旭川市街にあるお嬢さん高校……訓徳、わかるか？」

「ああ。入学したことはないけど」

「訓徳女子高校に入った。母親が毎日車で送り迎えしていたんだとさ。で、三年生になったところで、なぜか退学。これは、なにか事件を起こした、ってことじゃなくて、自主退学らしい」

今年二十八歳ということは、だいたい一九八〇年代半ば生まれ、ということだ。訓徳女子高に入ったのは、二〇〇〇年代初頭。

「中学はどこだったんだろう」

「公立らしいよ。つまり、学区の中学だ。それくらいは、自分で調べろ」

「わかった」

「両親ともに健在だ。まだ遺体は戻してない。なんか引っかかってんだろうな。警察が」

「なんだろう？」

「わからん」

「北日が、アルバムの写真とかなんとかを入手したら、内緒でこっちにもこっそり送ってくれるか？」

「……ま、いいか。アドレスは変わってないな？」

「ああ」

「あまり期待するなよ」

「了解」

「だいたい、中退だからな。卒業アルバムには載ってないさ」

それを忘れていた。

「でも、ほかにもいろいろ、当たってるんだろ。元同級生とか」

「まぁな」

松尾はそう言って、書類を斜め読みしながら読み上げるような口調で続けた。

「あとは……被害者は、結婚歴はなし。戸籍にあれこれ操作をした形跡もなし。前科前歴もなし。……あとは……ま、そんなとこだな」

「遺族の住所は？」

松尾は旭川市戸端舞の住所を読み上げた。その辺りには全く土地鑑がないので、どんなところかさっぱりわからない。

「ま、こんなとこだな」

「通夜や葬式は、どこでやるんだろ」

「遺体が戻ってから、旭川でやるんだろうとは思うけど、情報は何もない」

「なるほど。とりあえず、ありがとう」

「じゃ、また」

松尾は電話をあっさりと切った。

受話器をフックに引っかけて、さて、ショット・バーに戻って続きを飲もうかな、とも思ったが、この時間、ナナは何をしているだろう、とちょっと気になった。ひとりでのんびり気ままに暮らしているのか、それとも寂しがっているのか。

ミーナが生きていた時は、どうだったんだろう。この時間帯は、ミーナと過ごしていたのか、それとも美容室に行くミーナに置き去りにされて、それでも平気できょとんとしていたのか。

そうだ、その前にススキノのデパート〈ラフィラ〉に寄ろう。ナナのカリカリ餌の小袋はポケットに入っている。ナナの餌を買い足そう。ついでに、砂も。

＊

部屋のある青泉ビルの前には、また焼鳥の移動販売車が駐まっていた。そっちを見たら、忙しそうに両手で串を動かしていた若い男と目が合った。男はニコニコっと笑顔になって、「毎度！」と威勢よく言い、その笑顔のままで「どうですか、また！」と言う。

「今はちょっと腹は減ってないいんだ」

「じゃ、またよろしく！」

そう言ってから、俺がぶら提げているラフィラの紙袋に気づいたらしい。

「お買い物ですか、お疲れ様です！」

俺はうなずいてそのままビルに入った。ポストに溜まっているDMの類をゴミ箱に捨てて、エレベーターに乗った。

エレベーターから降りて部屋のドアの前で立ち止まった。

おや？

ナナの鈴のチリンチリンが聞こえない。キーを差し込んだ。だが、「にゃ〜」という鳴き声が聞こえない。

（どれかの窓が開いていたか？）

俺は慌ててドアを開けて玄関に入った。たとえば、開いていた窓から、下に落ちた？　靴を脱ぐのももどかしく、リビングに飛び込んで、あたりを見回した。窓は全部閉まっている。餌皿は一枚が空っぽで、一枚は今日俺がカリカリ餌を入れた、そのままだ。水はあまり減っていない。

「ナナ！」

気恥ずかしく思いながらも、ちょっと大きな声で呼び掛けた。

「ん〜」という、か細い、甘えるような警戒しているような唸り声が聞こえた。上だ。見上げると、目の前にナナが降ってきた。俺が不意に顔を上げたので、ナナの動きが目論見とずれたらしい。俺の額に前足から降りて、次の瞬間、俺の鼻のあたりを後ろ足で蹴って、ポンと床に着地した。俺の顔を見上げて、大きく伸びをした。そしてそこにドサリと横たわり、澄ました顔でそっぽを向いている。

どうやら、本棚の一番天辺にいたらしい。

この部屋で暮らして三十年が過ぎた。その間に本は溜まりに溜まり、今はリビングと寝室の壁はほとんどが本棚で覆われている。その一番上、俺が小学校の頃に愛読した偕成社の『ジュニア版日本文学名作選』が並んでいるあたりにいたらしい。佐藤春夫の『わんぱく時代』とか夏目漱石の『坊っちゃん』などと一緒に、漱石の『吾輩は猫である』上下もある。この本のところで俺を待っていたのだとしたら、笑える。

「どうしたんだよ、いったい」

……しかし、猫に話しかけるのはやめた方がいい。間抜けに見える。というか、しみじみ間抜けになった気がする。

「でも、黙っているのもヘンだしな」

だから、やめろって。

玄関のチャイムが鳴った。

「お、誰か来たな」

とナナに話してから、「だからやめろって」と呟きつつ、玄関のドアを開けた。小柄な種谷と大柄な茂木が立っていた。

「いたな。入るぞ」

種谷が言って、入って来た。土足で上がりかねない勢いだったが、とりあえず靴は脱いだ。そして俺を押すような感じで、リビングに通った。それに茂木も続く。

ナナが本棚の段をポンポンと跳んで、身軽く一番天辺に上った。両手両足を畳み、尻尾を動かし、それを腰のあたりに巻き付けるようにして落ち着いた。場所は、『吾輩は猫である』のすぐそばだ。

「それが、例の猫か」

種谷が「くだらん」という口調で吐き捨て、そしてソファにドサッと座った。茂木はその脇に立って、「休め」の姿勢で落ち着いている。

「ノーザンセブン・ツーリストって知ってるか？」

いきなり言う。

「は？」

「狸小路にある旅行……代理店てぇのか、ちっぽけなチャチな会社だ」

「さぁ？」

「そこにこの前、ダブルのスーツを来た、野暮ったいデブが来たってんだな。ヤマコシマキコの亭主だって話をして、塚本美奈子のことを聞きに来たってんだけど？」

「なんの話？」

「なんであの会社のことを知った？」

「なんの話だ？　全然見えないんだけど」

「もう一度聞くぞ。なんで嘘ついて、あの会社に行ったんだ？　塚本美奈子のことを聞いた理由は、なんだ？」

「ノーザン、なんだって？」

種谷が立ち上がり、すっと近付いた。右の手首を握る。フェイントだ、ということはすぐにわかった。だが、対応が遅れた。種谷の腕を振り解《ほど》かずに、そのまま右腕を真っ直ぐに突き出した。だがそれは種谷は読んでいた。俺の右腕を滑らかによけて、そのまま椅子の背の方に回り込んで、鮮やかに一瞬でバックを取る。焦ったが、すでに俺は自分の右腕で自分の首を絞めていた。種谷の腕が肩や左手首に巻き付いていて、解けない。自分の右手首が、頸動脈に食い込む。

「まさかこんな真似を、現職公務員にやらせるわけにゃいかないからな」

「放せ……」

俺はやっとの思いで、声を絞り出した。

「じゃ、話せ」

「まず、放せ。息ができない」

「息をするのか。一人前に」

種谷は力を緩めた。振り解いたりするのは癪だったので、俺はそのまま座っていた。

「いつまでくっついてるんだ」

俺が言うと、ふん、と鼻で笑う。腕を解き、もったいを付けたゆっくりした動きでソファに戻った。

「なんでノーザンセブンに行ったんだ」

「だから、俺は行ってない」

「ノーザンセブンの福原と会わせるぞ。で、向こうがお前のことを知っていたら、ちょっと厄介なことになるぞ」

「どんな。なんの強制力もないだろ」

種谷は、大きくゆっくりと頷きながら言った。

「そりゃそうだ。でも、茂木はなんでもできるぞ」

「三べん回って、ワンと鳴くのか」

「それもできるが、それはお前と同じだ」

「じゃ、俺にできないことってのは？」

「茂木の情報屋《エス》が、ダブルのスーツを来た野暮ったいデブに、殴られて暴行された、と告発したりするかもしれない」

「……茂木はそんなことしないさ。あんたじゃあるまいし」

茂木は強張った顔をして、黙って立ち尽くしている。いつの間にか、「休め」の軸足を右足に移していた。

「……事実無根だ。どうせ不起訴でチャンチャン、だ。恥をかくのはそっちだ」

種谷は小さく頷いた。

「……だがな、不起訴が決まるまでに、莫大な手続と時間がかかるぞ」

「……」

俺は二秒ほど熟慮して、頷いた。

「OK。わかった。確かに俺はノーザンセブンに行ったよ」

「最初から、素直にそう言えばよかったんだ」

「あんたの態度が気に食わなかったんだ」

「そりゃ悪かったな」

「で？　ノーザンセブンに行ったからって、それがなんだ？」

「なんの目的だ」

「……ミーナが店で使っていた娘に、相談されたんだ。未払いの給料があるんだけど、どうすればいいだろう、ってな」

「いくらだ」

「金額は知らないよ。ただ、週給だったようだから、三日分くらいだと思う」

「大した金額じゃねぇだろう」

「それは、年金生活に突入した、世間知らずな退職公務員のオメデタイ台詞だな。笑われるぞ」

種谷は眉毛を持ち上げて、俺の顔をじっと見た。そして口を開いた。

「なんて娘だ」

「名前？」

「そうだ」

「警察に話していいかどうか、本人に聞いてみる。彼女がＯＫすれば、教えてやる」

「相変わらず、根性がねじ曲がってるな」

「そのおかげで、未だに生き延びてる」

「ホントはもう、ずっと前に死んでんじゃねぇのか？　本人が気付いていないだけで」

「……」

「で、その娘とノーザンセブンがどう繋がる？」

「俺はミーナのことは何も知らない。家族のことも、交友関係も」

「で？」

「未払いの給料を請求するんなら、やっぱり家族か友だち、ないしはハゲだろう」

「それにしても、なかなか払ってはくれないだろう」

「大抵はな。でも、ま、不可能と決まったわけじゃない。交渉のしようもいろいろある。故人の負債はキレイにしたい、と考える遺族も結構いる」

「……で？」

「ミーナが、マキコと一緒だ、と話してたんだ。ヤマコシマキコ、という名前を言っていたのを思い出したんだ。だから、まずはその名前をとっかかりに、交友関係をジワジワ探ろう、と思ったわけだ」

「ノーザンセブンのことを、どうして知った？」

「ミーナが、いつだったか、代理店の名前をポロリと言ったんだ。でも、はっきりとは覚えてなかった。記憶では、確か、ノースなんとかだかノーザンなんとか、って店だった。それを思い出したんだ」

「なんでそんなことをお前に話したんだ」

「俺は最近、ソウルに行ってないんだ。で、久しぶりに俺も行ってみるかな、って言ったら、今回のノーザンだかノースだかってのが、結構いいよ、って話になったわけだ」

「……で？」

「だから、ノースとかノーザンで始まるエージェンシーを軒並み訪ねることにしたんだ。で、偶然、一軒目がビンゴだった」

種谷は不信感丸出しの目つきで俺を睨み、それから脇に立っている茂木を見上げた。どう思う？　という目を投げた。茂木はひっそりと首を傾げた。

「最初にノーザンセブンに行った理由は？」

「ここから、一番近かったからだ」

種谷は納得していない。俺の顔を、目を、睨み付けた。そして口を開いた。

「被害者《がいしゃ》のバッグにも、部屋にも、店にも、航空券やホテル券の類は一切なかった」

「あ、そうなの？」

「……なんでだと思う？」

「さてね。なんだろうね。……まぁ、どっかに挟まってるんじゃないの？」

「それについて、なにか知らないか？」

「全然」

「……ガイシャの遺体を見付けて、すぐに俺に電話したのか」

「もちろんだ。善良な市民の、当然の義務ではありませんか」

「……現場には、ほとんど指紋が残ってなかった」

「そりゃそうだろ。十三世紀のスウェーデンと違って、現代の日本じゃ、テレビや小説のおかげで、国民のほぼ百パーセントが指紋のことを知ってるわけだし」

種谷は、ずっと俺の目を見つめている。こういう時、刑事、ないしは元刑事の目は本当にギラギラ光る。信じられないかもしれないが、事実だ。

「それにしても、徹底的に拭き取ってあった」

「……」

「いいか。人ひとり殺して、そのあと冷静に指紋を拭き取るなんて、そんな芸当のできる人間は、滅多にいないんだ」

「……話が回りくどいな。なんなんだ」

「つまり、犯人は、よっぽどコロシに馴れた、ヘンタイかキチガイかってことになる」

「……」

「でも、それにしては、凶器にくっきりと指紋が残っていたのがおかしい」

「指紋が残ってたのか。よかったじゃないか」

「どうやら、指紋を拭き取ったのは、コロシとは関係ない、横から割り込んで来たマヌケなんじゃないか」

「そんなこと、俺にわかるはずがないさ」

「お前、現場で手袋をはいてたそうだな」

北海道の人間は、手袋は「はく」のだ。岡山でもそうらしい。百閒先生の随筆に、「手袋をはいて」という一節が出て来る。

「最近、冷えると、たまに指先が痛むことがあってな」

「……その手袋、ちょっと見せてくれるか」

「なんのために」

「ただの好奇心だ」

「見せる筋合いはないね」

「それはわかってる。ただ、見せてくれ、と頼んでいるわけだ」

「だから、見せる筋合いはない、と断っているわけだ」

種谷は勝ち誇ったような表情で顎を上げて天井を見上げた。弱味を握ったつもりらしい。

「やけに新しい手袋だったってな」

「そんなこともない。結構前に買ったやつだ」

「じゃ、ちょっと見せてくれ」

「いやだね。さっきから、あんたの態度が気に食わない」

「悪かったな。九州生まれでB型なんだ。言葉が荒くて短気なのは許してくれ」

「嘘をつくな。生粋の北海道弁を話す癖に」

種谷はニヤッとせせら笑った。

「ま、好きにしろ。そっちがそう出るんなら、こっちにも考えがある」

「どんな」

「素直に手袋を見せてくれたら、ヤマコシマキコって女のことを教えてやろうと思ったんだがな」

「……」

「それとも、自分の女房のことなんか、知りたくもないか？」

「なんとかなるさ。……それに、ヤマコシのことをどうしても知りたいわけでもないし」

「わかってんのは、ローマ字だけだろ」

引っかかるか、そんなチャチな罠に。

「ローマ字？」

不思議そうに問い返すと、種谷は舌打ちをして立ち上がった。

「行くか。バカ相手だと、疲れる。日本語は通じないし」

茂木が会釈して後に続いた。俺に向かって会釈したわけじゃない。尊敬する先輩に、軽く敬意を表したのだった。

9

「いやぁ、御無沙汰していました」

金浜とっぴ〜が、相変わらず甲高い声で言う。その声を聴いた途端、そうだ、メールにすればよかったんだ、と後悔した。

この男はフリーのＳＥで、なかなか優秀らしい。どれくらい優秀なのかはわからないが、小別沢の山の中に、洒落た木造のペンション風の自宅兼事務所を構えて維持しているので、それなりに売れているのは間違いないんだろう。事務所の名前は「スタジオ・ブリーズ」。金浜自身は、「スタジオ」を「ストゥディオウ」と発音する。「とっぴ〜」という名前は、「なにか突飛な名前にしようと思って」自分で付けたんだそうだ。

SEであるほかに、Mであり、SMクラブ〈スパイラル〉のコアな常連客で、そしてネット上にあるエログロ鬼畜映像・動画のコレクターでもある。

「ひとつ頼みがあるんだ」

「なんでも言ってください！」

すでに奉仕の喜びに体を震わせているような気配だ。

「旭川に、私立のお嬢さん学校で、訓徳女子高ってのがある」

俺は漢字を教えた。

「はぁ」

「で、そこの出身者で、札幌かその近郊で暮らしていて、話を聞きにいけそうな女を見付けてほしいんだ」

「卒業年度は？」

「二〇〇〇年代ヒトケタ、ってとこだと思う。現在二十六歳くらい」

「ええと、誰か特定の女性を探してるんじゃなくて、その当時の……訓徳ですか、その学校のことを知っている人を探しているわけですね」

「……まぁ、そういうことだな」

「なるほど、なるほど。……見付けられるかもしれませんね」

「そうか。じゃ、よろしく頼む。いくら払えばいい？」

「……実は……」

「ん？」

「〈スパイラル〉に、新しいスタッフが入りまして。ソニアというコです。二十八歳です」

「……」

「この世界に馴れていない、ウブなんですけど、……恐ろしいくらい残虐で」

「ああ……」

「彼女に責められている俺を、見てください！」

「……わかった。……日程が決まったら、教えてくれ」

「了解！」

とっぴ～の、嬉しそうな金切り声が受話器の中に響き渡って、電話は切れた。

パソコンを起動させた。相変わらず、スイッチを入れるとガタガタと音がする。「塚本美奈子」の名前で検索したが、数十件しかヒットしない。そうは見えないが、実際には珍しい姓名なのか。札幌でスナックを経営していた塚本美奈子は見当たらない。「塚本美奈子＊まろうど」ではヒットなし。

ついでに「Makiko Yamakoshi」を検索してみた。「Yamakoshi Makiko」でもやってみたが、パッとしたものは出て来なかった。

「さてと……」

と無意味に呟いた時、突然右の方から走って来たナナが、一飛び跳んで、キーボードの上に飛び降りた。

俺は驚いた。

「なんだ、お前は！」

叱責すると、ナナは落ち着き払ってキーボードの上に寝そべった。俺の顔を見ないようにして、そっぽを向き、耳を伏せて、両耳を交互にピッピッと動かしている。一度だけ俺の目を一瞬見上げたが、あとは無視している。

モニターで、動けなくなった哀れなカーソルが、力弱く点滅している。

「邪魔だ」

ナナを両手で持ち上げて、放り投げた。余裕の表情で鮮やかに着地し、俺の顔を見て、バカにしたようにアクビをして、ドサッと横たわり、くねくねと体を動かす。その間、ずっと俺の目を見ていた。

「ふざけるな！」

猫を相手に本気で怒り、真剣に叱りつけて、ふと我に返り、俺はなんとなく赤面した。

それから少し塚本美奈子やヤマコシマキコのことを検索してみたが、パッとした成果が上がらなかった。いつの間にか俺はアードベックをチビチビ舐めながら、吾妻ひでおの『地を這う魚』を読みつつ、そろそろシャワーを浴びて出かけようかな、とぼんやり考えていた。

電話が鳴った。手を伸ばして受話器を取ると、耳の中に甲高い声が飛び込んで来た。

「ありました！　見付けましたよ！　あっさりと！」

金浜の声だ。

「やけに早かったな」

「俺と同じＳＮＳの会員にひとりいました。フィーチャー・ボックスです」

金浜は準大手のＳＮＳの名前を上げる。

「同じＳＮＳ、つったって、あんたは入れる限りのＳＮＳに加入してるって言ってただろ」

「ああ、まぁそうですが」

「で？　どんな人？」

「ススキノで店やってます」

「ほぉ……いくつくらいの人？」

「今年で三十五。……あの、データはメールで送りました。その旨お知らせしようと思いまして、電話した次第です」

「あ、そうか。わかった」

「結構、美人ですよ」

「へぇ」

「フ《F》ィーチャー・ボ《B》ックスやブログで、店の宣伝を活発にやってます」

「なるほど」

「だから、FBで見たとか、ブログで読んだと言えば、店にも自然に入れます」

「そうだね」

「そういう人を、選びました」

「……じゃ、ほかにも訓徳出身の女性は……」

「いろいろいますよ、札幌に。花屋の奥さんとか、民生委員とか、弁護士もひとりヒットしました。その中で、一番アプローチしやすそうだな、と思われる人を選んだわけです」

「なるほど。助かる。……じゃ、そのほかの人のデータも送ってくれるか？」

「あ、了解です。ちょっと整理して、すぐにお送りしますから」

受話器を置いて、受信トレイを調べた。確かに金浜からのメールがあった。開いてみると、フィーチャー・ボックスの基本データのページであるらしいURLと、どうやらその女のブログであるらしいURLが貼ってある。FBのリンクをクリックすると、ログイン画面が出て来た。メールアドレスと「ログインパスワード」を入力するコラムがある。金浜のアドレスはわかるが、パスワードはわからない。さて困った。と思った時に、また電話が鳴った。

受話器を取ると、甲高い声が耳に突き刺さった。

「すみません、重要なことを言い忘れました。FBの俺のパスワードは、全部半角小文字で、toppi45scapepig ですから」

「……45ってのは、なんだ？」

「あ、俺の、〈スパイラル〉での会員番号の末尾二桁です」

「へぇ。そんなのがあるのか」

「はい。俺のロッカーの、解錠ナンバーと一緒」

チリンと音がして黒い影が空を横切ったと思ったら、電話が切れた。ナナが電話の上に寝そべって、落ち着いている。俺の目を見て、くねくねした。

この猫は、バカなのではないだろうか。

俺は腰を上げて両手でナナを持ち上げ、放り投げた。ナナは余裕綽々で着地し、ポンポンと本棚の段を上に跳び移って、『吾輩は猫である』の前で手足を畳み、尻尾を揺らしながら俺を見下ろす。収まり返った表情で、満足しているようすだ。もしかしたら、俺が放り投げるのを、面白い遊びだと思っているのかもしれない。

電話をかけ直そうかと思ったが、またナナが飛び降りると面倒だ。メールを送ることにした。

〈さっきは失礼。預かっている猫が、電話に飛び乗ったんだ。

ところで、さっきの話は、〈スパイラル〉にロッカーを持っている、ということ？〉

折り返しメールが届いた。

〈なるほど。了解、納得です。

はい。〈スパイラル〉にロッカーを持ってます。雰囲気は、貸金庫とかレンタル物置の感じですね。解錠ナンバーは、俺の会員番号と同じです。いろいろと……衣装とか道具とか、持ち運ぶのも面倒なので、そこにしまっておくわけです。で、もしも会員が不慮の死を遂げ

たら、店が、責任を持って、中の物を処分してくれることになってます。変な写真が流出したりしないように〉

なるほど。メールを送った。

〈なるほど。了解、納得です〉

それから、FBのログインページに金浜のアドレスとパスワードを入力した。

松本百合という女の基本データのページが開いた。FBは原則的に本名で登録する。顔写真もアップされている。目の青い猫を抱き上げて、頬ずりをしている写真だ。背景は、どうやらどこかの公園らしい。これが本人だとすると、確かに金浜の言う通り、目鼻立ちのくっきりとした、なかなかの美人だ。

勤務先は、「ラグジュアリー・寛ぎスポット」と銘打った、〈ラウンジ　ゆり〉。学歴や好きなものなど、ほとんどの項目を公開している。FBでは、基本データを極端に隠して、名前と性別のみ公開、というような会員もいるらしいが、この松本百合は、正反対だった。その理由は、データを読んでいるうちに、わかった。大威張りで公表したくなるようなデータだった。

まず美人である。そして経歴がそれなりに立派だ。旭川生まれで訓徳女子高というのは、それだけで生家が経済的に恵まれていることと、成績が優秀だったことを意味する。大学は、北大中退。これもまぁまぁだ。「在学中から　ラウンジまきな　勤務」というのもポイントは高い。〈まきな〉は派手さはないが、ススキノの名店として知られている。在学中に〈まきな〉でアルバイトをして、そこでいいハゲを摑まえたんだろう、「2006年　ラウンジゆり　開店」というのも、それなりの成功として評価できる。幼稚園から大学まで、転校の回数なども含めて学歴を細かく書いているのは、同窓生の検索に引っかかって、少しでも客を摑まえようとする手段か。同じ理由で、松田聖子や太田裕美などの懐かしいアイドル歌手を「Like!」の欄に並べているんだろう。つまり、年輩の男性客を釣ろうとしているわけだ。

映画も、「キリング・フィールド」や「地獄の黙示録」などを並べて、その辺りにアピールしている。好みの作家は、南伸坊や赤瀬川源平。なるほどね。

「お友達」が千六百五十三人もいる。ま、これは店のママとしては驚くべき数字ではないにせよ、顔が広いのは間違いない。

ブログを読んでみた。文章は悪くない。多くのブログは、内容のない、どうでもいいような日常的な感想などを数行書いたような物でしかないが、松本百合のブログ「ゆり日和」は、ちゃんと内容があり、主張があり、文章もきちんとしていて、読んで楽しいものだった。ついつい引き込まれて、日付を遡って三日分を読んでしまった。青い目をした猫の名前は「ピンちゃん」、最近「ハマっている」作家は大竹聡、趣味は日帰り温泉巡りだ、というようなことがわかった。

なるほどね。では、会いに行こう。

10

〈ラウンジ　ゆり〉は、確かに「ラグジュアリー・寛ぎスポット」ではあった。だが、壁が鏡なので、俺はちょっと落ち着かない。やはり壁は、木がいいな。遠くの壁に自分が小さく写っているというのは、あまり楽しくない。グラスを口に運ぶと、向こうの小さな俺も同じ動きをするのだ。落ち着けない。BGMは、尺八とパーカッションの「真珠取りのタンゴ」。

俺の左側に座っているのが「梨緒」、右側に座っているのが「香奈」。梨緒が二十三、香奈が二十四。飲んでいるのは「クーニャン」。

席に着くなり、「セット」が運ばれて来た。酒は鏡月。で、ウィスキーは何がある、と尋ねたら、梨緒が「聞いてきます」と席を立った。すぐに戻って来て、「バレンタインだそうです」と言うので、「じゃ、それを」と頼んだ。思った通り、やって来たのはバランタインのファイネストだった。で、俺がなにも言わないのに、自動的に香奈が水割りを作り始める。見ていると、非常に薄い、バランタインが数滴しか入っていないような水割りだ。で、ロックにしてくれ、と頼んだら、「どうすればいいんですか？」と可愛らしく首を傾げて微笑む。で、説明したら、目をまん丸くして驚く。

どうやら、ママのFBやブログでの懸命なプロモーションにもかかわらず、この店はあまりいい客を摑まえてはいないらしい。

ま、どうでもいい。俺は、ミーナのことを知りたいだけだ。

不意に香奈が「あの、『太陽がいっぱい』っていう映画、知ってますか?」と言う。

「知ってるよ」

「あの、私、一昨日、DVDで観たんですよ、すっごい昔の映画なんですよ、でも、すっごいストーリーがはらはらして、面白かったんですよ」

それで、気が済んだらしい。口を噤んで俺の顔を見ている。相手をすべきだ、とは思ったが、面倒だった。

「なるほど。ところで、ママと話せるかな?」

「あ、はい。呼んで来ましょうか」

「ま、ママが手が空いた時に、ちょっと顔を見せてもらえたら、ありがたい」

「わかりました」

香奈が立ち上がって、向こうの方に消えた。

「ママのお友達ですか?」

梨緒が言う。

「いや。ブログのファンなんだ」

「あ、なるほど」

納得した顔で頷き、「結構多いですよ」と言う。

「そうなのか」

「ママのブログ、面白いですよね。ウチの店では、女の子たち、〝酒飲み日記〟だ、って言ってるんですよ」

そう言って、本気の笑顔で笑う。そこに香奈が戻って来た。

「ママが、今来ます、って」

「ありがとう」

「じゃ、私、入れ替わりで」

そう言って、ポーチを持ってまた同じ方角に消えた。そこにママがやって来た。地味な模様の和服だ。それがいかにも似合っていて、独特の雰囲気を漂わせる。派手な目鼻立ちを落ち着いたメイクで静かにまとめ、非常に淑《しと》やかな佇《たたず》まいだ。

「初めまして」

婉然と微笑み、腰から流れるように俺の隣に座った。

「松本と申します」

名刺を差し出す。俺は受け取って、〈ケラー〉のマッチを渡した。

「夜はたいがいここで飲んでます」

そう言うと、面白がっている顔でマッチを眺め、「あ、〈ケラー〉さん」と言う。

「ご存知ですか」

「ええ。大畑マスターには、お店を開ける時、とってもお世話になりまして。よろしくお伝えください」

「わかりました」

「当店へは……」

ママが言うと、梨緒が「ママのブログのファンなんだって」と口を挟む。

「それはありがとうございます」

「ママは、訓徳なんだよね」

「ええ。そうです」

「ススキノにも、後輩は多いんじゃないかな」

「ええ。何人かは」

「この前、亡くなったよね。ひとり」

「そうですか？」

とは言ったものの、梨緒に小さな合図をする。梨緒は「すみません、呼ばれました」と言って立ち上がり、ポーチを持って向こうに行った。

「ごめんなさいね。女の子たち、恐がるもんですから」

尺八が「優しく歌って」を奏で始める。さり気なくビートを刻むパーカッションがかっこいい。

「〈まろうど〉のママでしょ。ミナちゃん」

「ご存知でしたか」

「一応、ＯＧだったから」

「一応……」

「あのコは、中退でしょ？」

「ああ、そうですね」

「……ミナちゃんも、パソコンをやるのね。で、なんの気なしに訓徳で検索したら、あたしのブログが引っかかったんだって。で、面白半分に来てみたんだって。それが、きっかけ」

「いつ頃のことですか？」

「ええと……お店を開けて、一年くらい経った頃かしら。その頃から、私、ブログを始めたの。……でも、なぜ？　ミナちゃんのお友達でいらっしゃる？」

「ええ。まぁ。……ただの客ですけどね。彼女が飼っていた猫……」

「あ、ナナちゃん！　どうしてます？　私、心配で……」

「私が預かってます」

「ま！」

ママは一瞬、感情丸出しで嬉しそうな笑顔になった。それから我に返って、ちょっと澄ました。

「ずっと心配してたんです」

「ミーナは、ソウルに行く予定だったんですよ。で、その間、ナナに餌と水をやってくれ、と言われまして」

「ソウルか。何度か行ってたみたいですね」

「で、猫の件もあるし、それに、彼女の店のスタッフから、未払いの給料はどうなるんだろう、と相談されたんで、彼女の家族関係をちょっと知りたいな、と思いまして」

「遺族に払ってもらう？」

「可能性がない話じゃないですよ。故人の債務はキレイにしたい、と思う遺族もいないわけじゃない」

「そうか……そうよね」

「御家族は、旭川の戸端舞という集落だそうですね」

「でも……ミナちゃんは、実家とは折り合いが悪かったみたいよ。訓徳には親の見栄で入れられた、といつも言ってたし。特に父親と合わなかったみたいね」

「なるほど。あと、男性関係などは御存知ないでしょうかね」

「そうね。未払い金の回収なら、そっちの方が脈があるかもね。……でも、残念ながら、私は何も知らないわ」

「ストーカーがいた、という噂もあるんですけど、なにかそんなようなことを言ってませんでしたか？」

「さぁ……」

「ものすごく太った男だって話ですが」

「聞いてないなぁ……」

「じゃ、ヤマコシマキコという女性は、御存知ないですか？」

一瞬、ママの眉毛が持ち上がった。

「その人……」

「ご存知ですか」

「……ウチの……訓徳を、辞めたヤマコシ先生のことかしら。下の名前は覚えてないけど、ヤマコシ先生という日本史の先生はいました。もちろん、女性です」

11

ヤマコシ先生がどういう漢字を書くのかわかるだろうか、と尋ねたら、ママは「ちょっと待ってください」と言って席を外した。それから、どれくらい放って置かれたのか、俺はケータイも腕時計も持たないのではっきりとはわからないが、十五分以上三十分未満という見当だろう、と思う。マネージャーが二度やって来て、バランタインのロックを作ってくれた。

そのうちに、ママが戻って来た。ケータイを帯の間に押し込みながら、「なんとかわかりました」と言う。

「山を越す、にカルーセル麻紀さんに、子供、という字だそうです」

山越麻紀子か。

「それは、誰が？」

「訓徳同窓会の幹事のひとりです。私より五期くらい上なのかな。ゴルフ仲間です。親しくさせていただいてる方です」

「その山越先生は、今も訓徳で先生をなさっているんでしょうか」

「それが、十年くらい前に、お辞めになったそうです」

「……そうですか。……それにしても、なにか奇妙ですね。塚本さんが、母校の退職教師とソウルに行くってのは」

「さぁ？　なにかいろいろと事情があるんでしょうね、きっと」

「ミーナ……塚本さんは、山越先生に習ったことはあるんでしょうか」

「年度から考えると、あると思いますよ。訓徳では、日本史は必修ですから。文系・理系にかかわらず」

「ママはどうですか。山越先生はご存知ですか」

「ええ。私も教わりました」

「どんな先生でしたか」

「……あのぅ、……確か、私たちが二年の時に、大学を卒業してすぐの山越先生が赴任なさったんだ、と思います。それまで日本史は、定年なさった後も嘱託で勤務なさっていたカキザワ先生というお爺さんが担当していたんです。それで、その先生が、さすがにもう体がきつい、ということでお辞めになって、入れ替わりで山越先生がいらっしゃったんです。新卒で。カキザワ先生は、優しいお爺ちゃんで、人気があったんです。そこに新卒の若い女の先生ですからね。……あまりうまくいかなかったように記憶してます。……その年頃の女子高生って、残酷な時はとっても残酷で。……それは、訓徳でも同じでした」

「うまくいかなかった、というのは、具体的にはどういうことでしょう」

「……私たち、なんであんなことしたのかしらね」

「……はぁ……」

「……授業を全然聞かないで、そっぽ向いて友だちとお喋りしたり。これ見よがしに眠ったり。宿題を一切やらなかったり。……先生、よく泣いてたみたい」

「先生が」

「ええ。保健室で泣いてた、って友だちが言ってました。……まるで生徒みたい」

そう言って、ママは悲しそうな苦笑を浮かべた。

「担任の先生にも、何度も叱られたんです。ちゃんとやれ、って。それから、保健室の先生が、各クラスを回って、日本史の授業をちゃんと受けなさい、というスピーチをしたこともありました。……でも、私たちは、そういう気持ちになれなくて、……なにかこう、……解放区みたいな感じで、日本史の時間は、なにやっても自由、みたいな。……それで、家では一所懸命勉強して、ちゃんとテストではいい成績を取るんです。イヤラシイでしょ？　今思い出すと、我ながらムカつきますね。授業はほったらかして、テストではいい点。要するに、先生の授業は不必要です、っていう宣言。……ああ、も〜、サイテー！」

「……でも、山越先生は、その後もお辞めになることもなく、教職を続けられてたんですよね。訓徳で」

「あ、そうなんです。何年か前の同窓会の二次会で、何期だったか……六期くらい下かしら、そのコと、誰々先生はどうしてる、みたいな話になった時、山越先生の名前も出たんです。で、彼女が、教え方がうまい先生で、なかなか人気があった、と言うんで、驚いた記憶があります」

「へぇ……成長したわけですね」

「そういうことですね」

「としたら、その成長の直接の原因は、あなたたちの〈期〉の先生イジメ、ってことになるんでしょうか」

「さぁ……」

ママは困ったような顔で小首を傾げ、口の周りに笑みを漂わせた。

「山越先生は、辞められてから、今はどうなさってるんでしょうね。その辺りのことは、なにかご存知ありませんか」

「さぁ……ちょっとわかりません。……ちょっと心当たりに聞いてみましょうか」

「ああ、そうして頂けたら、嬉しいです」

ママは笑顔になって、任せて、という感じで小さくひとつ頷いた。

「なにかわかったら……」

「〈ケラー〉に電話を下さい。私がいなくても、伝言を受けてくれます」

「わかりました。……あ、それから、私のブログにメールくださいません？　それが一番手っ取り早いかも」

「あ、なるほど。わかりました」

ママは膝の上に両手を揃え、ちょっと澄ました口調で「今後とも、よろしくお願いします」と言った。

俺も冗談混じりに「こちらこそ」と応じてから、ふと思い付いて、訓徳のアルバムを見せてもらえませんか、と頼んだ。

「アルバム……」

ママはちょっと躊躇したが、重ねて、山越先生の顔を見たいんだ、なんとかお願いしますと粘ったら、それじゃ探して、見付かったら、明日持って来ます。と言ってくれた。

「御都合のいい折りに、またお店に来て下さいます？」

俺はもちろんだ、と答えて勘定を頼んだ。

料金はそこそこだった。一万円札だけで払い、釣りはいらない、と言って席を立った。店から出ようとしたら、女が数人とマネージャーが見送ってくれた。ママが、「またお待ちしています」と言ってから、真剣な顔で「ナナちゃんを、よろしくお願いします」と続けて、丁寧に頭を下げた。

12

〈ケラー〉の扉は、相変わらずキィと小さく音を立てる。中は静かで、一枚板のカウンターに三組の客が散らばっていて、右端に松尾が座っていた。その横に座った。

「よう」

「もう、秋も終わりだな」

なんだか物思いに耽っているような口調で言う。新しい恋人でも見付けたのだろうか。この男は、妻子がありながらホモで、長い付き合いの歯科医の恋人がいたんだが、この前、別れたらしい。そのあたりで息子は大学を出て独立し、妻とも離婚することができた。で、今は気儘な独り暮らしを楽しんでいる。

前に立った岡本さんにサウダージを頼んだ。

「畏まりました。今夜もサウダージで口開けなんですね」

「で？　なんかおもしろいこと、あったか？」

俺が尋ねると、つまらなそうな顔で、「面白いことばっかりだぞ」と言って溜息をつく。

「それはなによりだ。俺は、塚本美奈子と……」

「あの、殺されたママな」

「そうだ。あのママとソウルに一緒に行く予定だった女を突き止めたぞ」

「ほぉ。女と行く予定だったのか」

そう言う口調は、どうやら女性同性愛のことを考えているらしかった。

「ま、そう短絡的に物を考えるな」

俺が言うと、松尾はムッとした顔で、「別になにも考えちゃいないさ」と言う。

「ただ、奇妙な取り合わせでな」

そう言って、塚本美奈子と山越麻紀子が、訓徳で師弟関係にあったことを話した。

「そりゃお前……やっぱ、なんかあるだろうよ。お嬢さん学校の先生と生徒。いろんなことが考えられるだろ」

「さぁな。そっちは？　なにか新しい情報は？」

「犯人は、現場の指紋をきれいに拭き取って行ったらしい。なのに、凶器には指紋が残っていた。で、容疑者が浮かび上がりつつあるらしい」

思わず溜息が出た。

「その線は、アテにならないぞ」

「ふ〜ん」

なんでだ？　という顔で俺を見る。そして、ま、いいだろ、という感じでひとりで納得して、うっすらと黄色味がかったカクテルを飲み干した。

「なんだ、それは」

「ギムレットだ」

ちょうど俺のサウダージがなくなった。

「岡本さん、俺もギムレットをお願いします」

「二杯ね」

松尾が付け加える。

「アルバムの手配はどうなった？」

「まだモタモタしているらしい。やっぱり、偏差値の高い女子高は、そのあたりちょっとお堅いみたいだな」

そう言ってから、眉毛を上げて、「お」という顔になる。

「忘れてた。これを教えに来たんだ。塚本美奈子の葬儀の日程が決まったぞ」

「いつ？」

「明日が通夜だ。今日、遺体が遺族に戻された。もう、両親や妹は札幌《こっち》に来ててな。で、遺体を受け取って、こっちで葬儀を済ませて、骨にして旭川に持って帰るらしい」

「……そういうの、アリ？」

「ありだろう。まぁ、最近は高速道路もL特急もあるから、ちょっと珍しいかな。以前はよくあったよ。……どうも、父親が旭川での葬儀に反対したらしい」

「なんで？」

「世間体が悪いんだと」

「……」

「高校中退。札幌ススキノで水商売。で、殺された。……なにもかもが気に食わないらしい」

「そんなもんかね。親ってのは」

「家族葬ってんでもないけど、ごく内輪にさっさと済ませて、骨にしてさっさと旭川に持って帰ろう、ということらしい」

「……」

「これがな。交通事故死とか病死ならいざ知らず、殺人事件の被害者ってのに、父親がこだわってるらしい」

「被害者なのにか」

「そういう感じ方をする人もいるんだろ。いずれにせよ、スキャンダル、ってわけで」

「……自分の息子が、落ちこぼれチンピラグループの出入りで死んじまった親、みたいな感じか」

「ああ、そんな感じか。悲しいけど、世間様に顔向けできない、と」

「なるほどね。……通夜の日取りは？」

「明日、十八時、北七西十二、〝セレモニーホール平安殿〟」

「街の真ん中か」

「そういうことだ。ま、なにかと交通の便はいいし」

「行ってみようかな。例の家族葬とかってやつかな」

「さあな。そのあたりについては、なにも聞いてない。平安殿は、いろいろな個室やホールがあって、割と幅広く対応するらしいしな」

「じゃ、他人でも参列できる可能性はあるな」

「保証はしないけどな」

俺はギムレットからサウダージに戻り、これが四杯目だ。松尾はいつの間にかジンリッキーを飲んでいた。

「警察の捜査は、どんな感じなんだ？」

「やっぱ、ストーカーの線を追ってるらしいけどな」

「……山越麻紀子が、どうもよくわからん」

「……」

「ところでお前、猫を飼ってるか？」

「まさか。ようやく独り暮らしに戻ったんだ。なんで猫なんか飼うかよ」

「そうか。なんとなく安心した」

「なんで」

「塚本美奈子の猫を預かっているわけだ」

「ああ」

「で、その話をすると、美奈子の生前の友だちたちが、『ナナちゃんをよろしくお願いします！』みたいな感じで、いきなり俺の好感度アップだ。たいがいのことに協力してくれる。我が国は、知らないうちに、こんなにも、猫に優しくなっていたんだな、と驚いてる」

「暇なんだねぇ……」

松尾はうんざりだ、という表情で言って、面倒臭そうにジンリッキーのグラスを干した。

「岡本さん、もう一杯」

松尾の、猫を軽んじるその口調、仕種に、ちょっとムッとしてしまった、ということは、俺は結構ナナに好意を抱いている、ということだろうか。

まさかね。

＊

松尾とじっくり腰を落ち着けて飲もう、とは思ったんだが、なんとなくナナのことが気になって、一旦部屋に戻ることにした。特に理由はない。ただ、寂しがっているんだとしたら、可哀想だな、という感じがしてしまったのだ。反応がいちいちおかしな猫だから、なおさら気になる、ということもある。

で、もう少し飲んでいく、という松尾を置いて、金を払って〈ケラー〉から出た。霧雨がけぶっていた。俺の住んでいるビルの前まで、歩いて五分。スーツは濡れはしないが、なんとなく湿っぽくなった。

今夜も、塩味焼鳥専門「世界のヒロセ」の移動販売車が駐まっていた。荷台を改造した店内で、顔を覚えた若い男が、あぐらをかいて座り、串を焼いている。目が合った。

「毎度！　お帰りなさい！」

にっこり笑って、そう言う。

「お疲れさん」

俺が答えると、「どうですか、今夜は！」と言う。なるほど。それもいいな。これからナナのようすを見て、高田の店に回り、それから〈バレアレス〉に行こうかと思っていたが、スーツが湿気った。スーツをハンガーに掛けて、部屋で焼鳥を食べながら里の曙、というのもアリだな。

と考えていたら、デブデブに肥満した男が軽自動車の脇に姿を現したので、ちょっと驚いた。このプロポーションのまま身長を三十センチ高くして、髷《まげ》を結えば、アンコ型の相撲取りとして通用しそうな肥満体だ。

俺は咄嗟に、ミーナに付き纏っていたというストーカーを連想して、身構えた。だが、それにしては、「世界のヒロセ」のノボリを数本抱えているのが奇妙だ。

「あ、社長！　こちら、いつもお世話になってるお客さん！」

若い男がそう言い、肥満した男はこっちを見た。笑顔になって、かぶっていたニット帽を脱いで、丁寧に頭を下げる。

「ウチの者が、いつもお世話になってます」

「いえ、こちらこそ。おいしい焼鳥を食べさせていただいて。塩味の深さが、絶妙ですね」

そう言ったのは、満更お世辞でもない。

「ああ、ありがとうございます」

嬉しそうにそう言う社長の後ろで、串を焼いている若者が、手を動かしながら、「本当に、塩味がお好きなようで！　お世話になってます！」と言う。

「そうですか。失礼ですが、お酒、結構飲まれますか」

「ああ、まぁね」

　この男は、いくつぐらいだろう。……四十代後半、というところか。喋る言葉は、ごく普通の札幌言葉。声はやや甲高いが、金浜ほどではない。……明るい笑顔は、スナックのママにストーカーをするようなタイプには見えないが、そのあたりは、見た目ではわからない、という例をいくらでも知っている。

「塩味の焼鳥をお好みになる方、というのは、まぁ……たいがいがお酒飲みですね」

「あ、そうかな」

「ええ。経験上。……タレの甘味が、アルコールとぶつかるんでしょうね。いや、私も酒飲みで。だから、焼鳥は、もう、完全に酒のツマミですね。また、私はそれでいいと思ってます。ワインなんかはね、マリアージュ、なんてことを言いますけどね、焼鳥なんか、そんな、気取ったって始まらない。酒が主なんです。それも、スピリッツですね。まぁ、大概の場合は、焼酎です。焼酎が主。そして、そのツマミに最適なのが、焼鳥。……私は、そういう関係だと思ってます」

「なるほど。完全に同意しますね」

「私は、そういうものとして、焼鳥を捉えて、自分の仲間である酒飲みの皆さんに、おいしいツマミを提供しよう、と思ってます」

俺は右手を差し出した。酔ってたんだろう。太った男は俺が差し出した右手をしっかりと握り、ふたりは固い握手を交わした。

「それじゃええと……焼鳥五本、牛タン五本、ハツ五本、軟骨五本、お願いします」

「毎度あり！」

若者が手際よく注文したものをアルミ・ホイルにくるむ。軟骨は三本しかなかったので、「ああ、三本でいいよ」と言ったが、「すぐに焼き上がりますから！」と若者は二本焼き始めた。

「このヒロセってのは、社長のお名前ですか？」

俺が尋ねると、太った男は微笑んで「いいえ」と言った。

「先代社長の名字です。一応、ちっぽけですが〝世界のヒロセ〟という名前の株式会社なんです。で、先代社長が亡くなって、お子さんは会社を継ぐ気がなかったので、その当時……三年前ですけど、取締役営業部長を命じられていた私が、会社を継ぎました」

「なるほど」

「申し遅れまして」

そう言って太った男は名刺を差し出す。

〈塩味焼鳥専門
世界のヒロセ
代表取締役社長　西村　充三郎〉

名前には、「みちさぶろう」とルビが振ってある。

そのほかには、「一本から出前いたします」とあって、ケータイの番号が書いてあるのは、以前もらったカードと同じだ。裏には、「札幌全域を八台でカバー！／ご用命により、どこにでも参上致します／運動会、町内会のお花見、バザー、地域のお祭りなど！」とある。

「全品一本百十円！（消費税込）」の文字も踊っている。

「毎度ありがとうございます！　二千二百円、頂きます！」

俺が千円札二枚、五百円玉一枚を渡すと、西村が「あ、二百円は」と若者に向かって小声で言った。

「ありあたざ〜す！　またよろしくおねがいします！」

そう言って、五百円玉を差し出す。

「申し訳ないな。いいですよ」

西村は全体が盛り上がった顔に笑顔を刻んで、「いえ、また是非お買い上げの程を。……私もね、酒好きでして。ウチの焼鳥で、ゆっくり飲んで頂けたら、もうそれだけで」

などと言う。俺はつい、若者から、新聞紙でくるんだ焼鳥の包みと五百円玉を受け取ってしまった。

「ありがとう」

「焼鳥、もしも足りなかったら、またいらして下さい。今夜は、こちらで、毎晩二十三時まではおりますから」

「わかりました。……その後は？」

「今夜は、札幌駅前に移動します」

「……その頃だと、もう人はあまり歩いてないんじゃないか？」

「そうなんですけど、……まぁ、結構常連さんがいらっしゃるんですよ。まとめて買ってくださるお客さんが何人かいらっしゃって。で、それでだいたい一日が終わりですね」

なにか、こういう商売も面白いな、という気分になってきた。

「……朝は、何時から出てるの？」

「石山通りのスーパーに、午前十一時です。このほかのクルマも、まぁだいたい、午前十一時を目途に、それぞれの持ち場に出ます。それから、時間によって場所を変えて、……まぁ、スーパーが多いですね、明るいうちは。買物帰りの主婦がターゲットですね。自分のおやつ、手抜きの晩御飯のオカズ。御主人の酒のツマミ。おいしい、と言って食べて頂くのが、一番の幸せです」

「どこかに拠点があるんですか？」

「ええ。白石の、新道沿いに。狭いですけど工場、というかな。そこに、仕事明けに全車が集まって、お金の精算をして、後片付けして。で、翌朝は早番の社員が来て、それぞれ仕込みや準備をして、午前十時半に全車稼働。昼休みを挟んで、遅番・早番のローテーションを組んで、働かせていただいてます」

「へぇ……」

「先代の社長が、軽トラ一台で始めた商売なんですよ。それが、二年後に三台に増えたんだそうです。で、三年前の社長の葬儀を挟んで、なんとかここまで持って来ました」

そういう西村の分厚い顔には、謙遜と、そしてそれなりの自負や自信が現れていた。そして、（つい調子に乗って喋りすぎた）という気持ちになったらしい。ちょっと照れ臭そうにニット帽の頭を掻きながら、「って、なに私お喋りしてるんでしょうね」と言って、「またよろしく」と会釈した。

「ありがとうございました。いろいろと、面白い話も」

「いえ、こちらこそ」

ビルの中に入り、ポストのDMをゴミ箱に捨てて、エレベーターに乗り、部屋のドアの前に立った。チリンチリン、と鈴の音がする。鍵を差し込んだら、「にゃ～」とナナが鳴いた。

13

ナナは別に寂しそうでもなく、俺が帰っても特に嬉しそうでもなく、新聞紙の角や、屑籠の中のコンビニエンス・ストアのレジ袋などに頭をすりつけて幸せそうにしている。

俺はスーツをハンガーに掛けて、そんなナナを眺めながら里の曙を飲み、焼鳥を食べた。

自分を眺める俺の視線に気付くと、ナナは俺の目を真っ直ぐに見て、「にゃ～」と鳴いて、近付いて来る。抱いてほしいのかと思って両手で持ち上げようとすると、顔を背けて「いや」という表情で、俺の両手をすり抜け、そのままなんとなく部屋の隅に行く。そこで両手両足をまとめて落ち着き、首を前に突き出して、俺の方をじっと見ている。面倒になって相手をするのをやめて、里の曙に戻り、適当なペースで飲みながら、あれこれ考えをまとめた。

ふと、ナナが立ち上がり、それから真剣な表情になって、こっちに突っ走ってくる。足許まで来て、ポンと飛び上がり、俺の太股に乗った。

「なんだ？」

俺はスーツを脱いでハンガーに掛けたので、下は黒いボクサー・ブリーフに黒い靴下、という格好だ。ナナは、俺の足に生えている濃い毛が気に食わないらしく、前足をゆっくり伸ばして毛をちょいちょい撫でては、鼻をひくひくさせる。きっと、ミーナの足には毛は生えていなかったんだろう。

ちょいちょい、と太股の毛を触っては、鼻をひくひくさせ、そして俺の目をじっと見上げる。意味はわからない。

里の曙を飲んで焼鳥を食べると、俺の胸に飛びかかって、爪を立てる。左腕で抱いてやると、首をそっと伸ばしてグラスの里の曙の上で鼻をひくひくさせ、「なにこれ！」と呆れた顔で俺を見上げる。それから、膝に降りてテーブルの方に寄り、それでもテーブルに手は突かずに、首だけそろそろ伸ばして、焼鳥に向かって鼻をひくひくさせた。そして俺を真っ直ぐに見て、「これは食べ物じゃありません」というような顔になる。

そんなようすを眺めているうちに、なんとなく徐々に考えがまとまってきた。

で、ガァガァガタガタうるさいパソコンを起動させ、〈ゆり〉の松本ママのブログ「ゆり日和」にアクセスした。で、コメントを送った。

〈塚本美奈子さんの葬儀の日程が決まったそうです。通夜は、明日18時、「セレモニーホール平安殿」。私は参列するつもりです。取り急ぎ、お知らせまで〉

それから、アキのケータイにメールを送った。

〈ママの葬儀の日程が決まった。通夜は明日18時に「セレモニーホール平安殿」。私は参列するつもり。君も参列するなら、どこかで待ち合わせて行こうか。

それから、他にも参列したいと思っている人がいるかもしれないので、お店の女の子とかお客さんで、アキの知っている人がいたら、知らせてあげるのもいいかもしれない。

返信、お待ちします〉

ついでに「ノーザンセブン・ツーリスト」の福原と「アブロード」の忍野にも日程を知らせるメールを送った。

葬式は賑やかな方がいい。……だいたいこんなところだろうか。

あたりを見回すと、ナナは本棚の天辺、『吾輩は猫である』の前で、手足を畳んで、尻尾をゆらゆらさせながら俺を見下ろしていた。

「飛び降りてこなくて、偉かったな」

思わずそう言ってから、「だからそれはやめろって」と自分を叱り、パソコンを終了させせた。

　立ち上がって、窓を開けた。

　ススキノの夜の音が流れ込んで来る。そして、晩秋のひんやりした空気。空気は、湿っぽい。外に手を突き出した。霧雨がしっとりと手や腕を包む。

　じゃ、さっきのスーツを着て行こう。

＊

　ビルの前に、まだ〈ヒロセ〉の焼鳥車がいた。今は社長の西村はいなくて、例の若い男だけだった。

「毎度！」

　にこにこしている。

「ああ、追加に来たんじゃないんだ」

「あ、そうすか」

「……でも……今、何時？」

「十時半すね」

　ポケットから出したケータイを眺めて言う。

「そうか。じゃ、十一時までには戻るから、……そうだな、焼鳥五本、牛タン五本、頼む。お金は今払うよ」

「ありあたぁんす！」

千百円、きっちり払って、それから55第一ビルに向かった。

霧雨が、しっとりと街を濡らし、俺を包む。

＊

〈まろうど〉の前には、まだ花束やカップ酒、果物などが並んでいた。

そんなことをなんとなく確認してから、〈まきた〉に入った。客は、年輩の男がひとり。なんとなく物騒な雰囲気を漂わせている。

「あらいらっしゃい」

「その節は」

適当なことを言って、左端に座った。

「雨、まだ降ってます？」

「霧雨がね。長雲、ロックでお願いします」

「は〜い！」

男が、こっちをぼんやり見ている。飲んでいるのは、生ビール。食べているのは……冷や奴か。

「ナナちゃん、どうしてます？」

ママが気遣わしげな顔で言う。

「元気ですよ。気儘にやってます」

「ああ、よかった」

「で、〈まろうど〉のママの葬儀の日程が決まったんだって」

「あら、そう。今頃……ずいぶんかかったわね」

「警察から遺体が戻るのが遅れたらしいよ」

「……なにかしらね。……それにしても、おっかない話！」

「なによ、ママ」

向こうの男の客が口を挟んだ。

「葬式って、あの、殺されたママか」

「そうなんですって」

「……じゃ、行ってやらないばないな」

「お知り合いでしたか」

俺が尋ねると、男は頷いた。

「ママとは、会ったことないけどな。いや、あの店、六時半……まぁ、七時には、もうやってたべさ」

「はぁ……」

「してあんた、ここのママは癖悪い、店開ける時間はバッラバラだもな。したから、来てみても、早い時間、やってないこともあるのよ。したから、時間待ちで、よく行ってたんだ、

〈まろうど〉。俺が会ったことあるのは、あの店のコふたりくらいだけど、満更知らない店でないしな。……何時にどこだ？」

「通夜は、明日の十八時、〈セレモニーホール平安殿〉だそうです」

「ヘイアンデン……」

「北七西十二だそうです」

「ほれ、ミヤベさん、あるしょや、桑園駅と札幌駅の間。広い駐車場のある。〈平安殿〉って、なんか筆で、サラサラって書いたみたいな看板のある。電車から見えるべさ」

「いやぁ……俺、電車にはあんまし乗らんもんなぁ。……乗っても、俺、大麻《おおあさ》だし」

「あ、そうか。……そだね。反対だね」

「ま、わかった。北七西十二な。お客さん、教えてくれて、ありがとうな」

俺は愛想良く頷いた。

「はい、お通し」

ママが、茹でたモヤシを盛った小皿を俺の前に置いた。なにも期待しないで食べたが、思いがけずうまかった。

で、長雲一杯で切り上げて、金を払って出た。出る時、男が「通夜のこと、知らせてくれて、ありがとうな」と言った。

＊

遅れたら迷惑を掛けることになる。なので、ちょっと急いだ。なんとか十一時前に、ビルに戻ることができた。若い男は、焼鳥車の周りのノボリを片付けたり、発電器を荷台に載せたりして、後片付けをしていた。ラワン材でできたカウンターに、新聞包みが置いてある。

「遅くなったかな？」

俺が声を掛けると、若者はこっちを見て、「お帰りなさい」と笑顔になった。そして続ける。

「いえ、まだ。あと五分あります。これ……」

新聞包みを差し出す。受け取った。

「あのう、……失礼かとは思ったんですけど」

「ん？」

「軟骨、二本、売れ残ったのがあって。……おまけ、っちゅうか、もらって貰おうと思って、一緒に包んであります」

「あ、そりゃどうも。ありがとう。社長によろしく」

「あ、はい。今頃はきっと、琴似の撤収を手伝ってると思います」

「へぇ」

「まだ新人なんすよ、琴似」

「そうか。……みんな、頑張ってるんだな」

「えへへ」

と言って、照れ臭そうに頭を掻く仕種は、可愛らしいものだった。だが、それをやってはいけない。

「……食い物を扱う人間は、髪の毛に手をやっちゃいけないよ」

若い男は、はっとした顔になって、頷いた。

「ああ、まずい。いつも社長に言われてるんすけど。……やっぱ、社長みたいに、帽子かぶった方がいいかな」

＊

俺の左側にあった物がすっと消えた。と同時に、カチリ、という音が聞こえた。そして、チャランチャランという金属的な音。その三つが刺激になって、どうやら俺は目覚めたらしい。

咄嗟に俺は怒鳴った。

「誰だ！」

通路を走っていく足音。

俺は機敏に立ち上がったが、頭がふらついて前のめりになり、両手を突いてしまった。なんとか立ち上がろうとした背中に、なにかが落ちて来た。

「にゃ〜っあん！」

「今は相手をしてられないんだ。……だから、猫に話しかけるなって」

なんとかもたもた立ち上った。ナナが背中から肩に這い上がって、ポン、と跳んで床に降りた。俺の足に頭をすりつけようとするのを無視して、天井の明かりのスイッチになっている紐を引いた。部屋に光が満ちて、思わず目を細めてしまった。ナナが、瞳孔が筋になった目で俺を見上げる。

玄関に出てみた。ドア・チェーンはかかったままで、ドアは閉まっているが、解錠されているのは見てわかった。

合い鍵？

いや、おそらくはピッキングだろう。古いビルで、各部屋の錠も旧式であるらしい。いわゆるサムターン回しや典型的なピッキングに弱いタイプだ。それは一度調べてわかっているんだが、まさか俺の部屋を狙う奴はいないだろう、と思って放っておいた。……管理事務所に、錠の交換を依頼すべきだろうか。

ドアを開けて通路を見た。もちろん、誰もいない。ドアを閉め、ドア・チェーンを掛けて、目覚まし時計を見た。午前三時ちょっと過ぎ。眉間のあたりに、里の曙の酔いの名残が漂っている。明かりを付けたままではいけない、節電しなければ、と思って、ソファから立ち上がり、明かりを消したのはぼんやりと覚えている。……どれくらい飲んだのだろう、と思って里の曙の一升瓶を見たら、空になっていた。これは、確か〈ケラー〉から一旦戻って来た時、焼鳥を食べる時に口を開けた瓶だから、……要するに一晩で里の曙を一升飲んだことになる。

「そりゃ、二日酔いにもなるよな」

ナナに言うと、ナナは「にゃ〜」と答える。「だから、猫に話しかけるな」

やれやれ。

それにしても、一体誰だ。

起きたことを整理してみる。

まず俺は、里の曙を一升空けて、眠たくなったので部屋の明かりを消した。そして、そのまま床に寝転んだらしい。で、さっきまで寝ていた。酔いが徐々に醒めて、眠りも浅くなっていたんだろう。俺の左側にくっついていたナナが、何かの気配を察して、ポンポンと本棚の段を上って、定位置である『吾輩は猫である』のところに落ち着いた。それに続いて、ピッキングか何かで解錠された。その音がカチリ、と眠っている耳に聞こえたんだろう。そして、解錠したやつは、ドア・チェーンがかかっている可能性を考えて、慎重にチェーンの有無を調べた。そしてなにかの道具がチェーンに触れて、チャランチャランと音がした。それで、俺が完全に目覚めた。

ということだったんだろう。

……なんだ、これは。

ナナがしきりに俺の足の甲に頭をこすりつける。甘えているのかと思って、抱き上げようとしたら、俺の目を見て、「いや」という表情になり、さっさと部屋の隅の方に逃げる。そこでドサッと倒れ、俺の顔を見てくねくねする。

「なんだと思う？　……だから、猫に話しかけるな、って」

窓を開けて手を伸ばしてみた。ススキノの夜の音は、わりと静かになっている。ひんやりした空気には湿り気があるが、霧雨は上がったようだ。

俺はハンガーに掛けておいた今日のスーツを着て、街に出た。

＊

人通りは少なくなっている。カラスやポーターも暇そうにしている。七条通りの仲小路などは、誰も歩いていなかった。ススキノの外れ、腐りかけた木造会館のアキラさんの立ち飲み屋に入った。

珍しく、アキラさんは起きていた。カウンターの向こうの椅子に座って、純のボトルを前に、枝豆をつまみながら天井の隅に吊ってある十四型のテレビを見上げていた。テレビでは、蒸気機関車が煙をモクモクと上げて、緑濃い森と真っ青な海の間を疾走している。同録なのかどうかは聞き分けられないが、シュッシュッというＳＬ特有の音が心地いい。

「よぉ」

俺を見て、わりとしっかりした顔で言う。

「今晩は。……これは、どこの線路？　いつ頃の映像？」

「なんか、書いてあったし、言ってたけど、覚えてない。いいんだ。音楽さえ聞こえりゃ」

「ま、そうか」

「何飲む？　純でいいか？」

「お願いします」

「して、なんだ？」

　グラスに純をジャバジャバ注ぎながら言う。

「例の件、〈まろうど〉のママのストーカーの件、どんな感じだろ」

「ああ、あれな。……どうも、知ってるってやつは、なかなか見付からんな」

「そうか」

「話を聞かせてやったら、金出すってやつがいる、ってよ。結構いろんなところに話をバラ撒いたんだけどな。反応、全然なしだ」

「……」

「いなかったんじゃないか、そんなやつ」

「……でも、少なくともひとり、そんなような男を見た、それも何度も見た、って人がいるんだ」

「なんかの勘違いじゃねぇか？」

「……」

「それと、この件とは関係ないかもしれないんだけど、さっき、俺の部屋に入ろうとしたやつがいるんだ」

「へぇ」

「なんだろう」

「……さぁな。少なくとも、俺は今んとこ、なにも聞いてないよ。……ま、気を付けておく。あんたは、部屋にいたわけだな」

「そうだ。寝てたんだ。そしたら、鍵を開けられた。その音で目が醒めて、怒鳴ったら、走って逃げてった」

「……」

「もちろん、ただの空き巣かもしれないけど、なんか妙に引っかかるんだ」

「ママのコロシと関係あるかも、ってか」

「……妄想か」

「さあな。氷、いるか？」

「いや。このままでＯＫ」

そのまま純を飲みながら、アキラさんと一緒にテレビ画面を見上げた。

深い雪の中、雪の積もった森と森の間、急な川の流れに沿った線路を、黒い煙を上げながらＳＬが突っ走っている。「ＪＲ天北線」の文字が、画面の下を流れて行った。

ふたりで黙って見上げていたら、アキラさんがなにかゴソゴソし始めて、すぐに俺の前に小皿を置いた。

「俺が漬けた、長芋とアボカドの糠漬けだ。うまいぞ」

礼を言って食べた。呆気にとられるほどにうまかった。

「うまい」

「そうだ」

アキラさんはそう言って、満足そうな表情でテレビ画面を見上げた。

14

アキラさんの店を、六時ちょっと前に出た。空は紫色だ。ついこの前までは、今頃はすっかり明るくなっていたのだが、やはり秋の終わりは寂しい。青泉ビルを目差したが、高田の店のあるビルの前を通ったら、高田の店の窓がぼんやりと明るいので、おや、と思った。これは珍しい。高田は、午前二時には店の営業を終わり、ミニFMのDJに変身するのだが、それにしても、いくら遅くても五時には終了する。こんな時間に明かりが点いているのはおかしい。

ちょっと心配になったので、ビルに入ってエレベーターに乗って、高田の店の前まで行ってみた。アンドンの明かりは消えていて、営業している感じではないが、なんとなく中に人の気配がある。

俺は、この店の合い鍵を持っている。それで鍵を開けて入ろう、と思ったら、鍵が掛かっていなかった。で、ドアを開けて入ると、高田が明るさを落とした店の中で、そこだけスポットライトの柔らかい光を残したテーブルの前で腕組みをして、ムッとした顔でブナハーブンを飲んでいた。珍しくストレートで飲んでいる。ということは、なにか怒っている、ということだ。近寄らないで帰ろうか、その方がマシだ、とは思ったが、とりあえず声を掛けてみた。

なにしろ高田は、ドアが開いたのに気付いて、こっちを見たのだ。俺と目が合ったのだ。そんな状況で、無言で立ち去ったら、追いかけられて引きずり倒されてしまう。

「よぉ」

「なんだ」

「いやあの。灯りが点いてたんでな。珍しいな、と思ってさ」

「……」

「だから、つまり。……ほら、いきなり脳卒中で倒れてたりして、それで灯りを消してないのかな、とか」

「俺が放送中に倒れたら、リスナーの誰かが助けに来てくれる」

面倒臭そうに言う。

「いや、ま、そりゃそうだろうけど、放送を終わった後に突然死、ってこともあるだろ。だから、ちょっと心配して、見に来てやったんだ」

「やってくれなくても、結構」

「機嫌が悪いな。どうしたんだ」

仕方がない。どうも高田は話し相手を求めている雰囲気だったので、付き合うことにした。高田も、表面上、迷惑そうな顔をしては見せたが、自分から立ち上がって、キャビネットから十二オンス・タンブラーを持って来て、それにブナハーブンのストレートをなみなみと注いでくれた。

「機嫌が悪く見えるか」

「まぁ、ちょっとね。お前がアイラをストレートで飲んでる、ってのは、やっぱ機嫌が悪い証拠だろ」

高田は自分の前のショット・グラスを眺めて、鼻で笑った。

「で？　なにがあった？」

俺が尋ねると、また鼻で笑って、口をひん曲げて言った。

「教員てのは、ホントに、バカだな」

「……どの世界でもそうなんじゃないの？　どんな業界にも、必ず、バカは混じってるもんだろ」

「……と言うか、ホントのバカでも勤まる職業なんだな」

「それもまぁ、普通だろ。ホントのバカでも代議士や大臣や社長が勤まる国なんだから。教員に限った話じゃないさ」

高田は大アクビをしながら、うんうん、と頷いて、アクビが収まったら両手で顔をゴシゴシこすった。

「……あのな。……知り合いに、教員……元教員がいてな」

「辞めたの？」

「ああ。辞めた、ってぇか、どうやら、懲戒免職らしい」

「……高校？　中学？」

「公立中学だ。で、学校の、なにかの金を預かってたらしい」

「なんの金？」

「言わないんだ。言いたくないんだとよ」

「……ま、そういうこともあるだろ。ＰＴＡ会費か、部活の金か、組合の金か、修学旅行の積立金か、要するに、そんな金だな」

「だろうと思う。……前々から、金にだらしない奴だ、とは思ってたんだ。飲み代をツケにしてなかなか払わないし、払う段になって値切るし。金を貸してくれ……五十になってもだぞ。一人前の中学教員が、飲み屋のオヤジに金を貸してくれ、って頼むんだぞ」

「……なんで知り合った？」

「学生時代、同じ講座だったんだ。ただそれだけの縁だ。俺は、教職を取って教員、なんてコースはまっぴら御免だったから、院に進んだんだけど、そいつは市立中学の教員、って道を進んだわけだ」

「社会科か」

「農業経済だからな」

「……それで？」

「そいつが懲戒免職になった後、一度、女房がここに来たんだ」

「この店にか」

「ああ」

「なにしに？」

「愚痴を言いに来たわけだ」

「……金の話？」

「ああ。……なんでか知らないが、家に金を入れないんだとよ。女房のパートだけで一家四人が暮らしていて、そいつは給料を、ほとんどなにかで使い果たしちまう」

「なんなんだろ」

「さぁな。馬か、……あるいは、すでにでっかい借金があるのか」

「……でも、それでよく暮らしていられたな」

「ああ。女房の話によると、毎月、十万円単位の金を、オフクロさんにせびってたらしい」

「……親は、なにやってるの？」

「今は、両親ともに亡くなってる」

「……」

「ま、生前は、年金生活だ」

「……」

「市の職員だったらしい。オヤジさんが。だから、年金はわりと恵まれてたらしい。貯金もあったんだな」

「……」

「で、オヤジさんが亡くなって、オフクロさんも亡くなって、で調べたら、貯金はスッカラカンだったらしい」

「……そりゃね。五十男の一家四人を食わしてやればね。……子供は？」

「ふたりとも、引きこもり」

「……」

「で、おそらく、オヤジさんとオフクロさんが亡くなって、金を引っ張ってくる相手がいなくなっちまって、それで学校の金に手を付けたんだろうな」

「……」

「それが、半年ほど前だ。で、女房が愚痴を言いに来て、それっきりすっかり忘れてたんだけど、さっき、そいつが来たわけだ」

「……金を借りに？」

「いや。ちょっと教えてくれ、ってんだな」

「なにを」

「要するに、学校を辞めた、と。教員商売に嫌気が差した、と」

「お前が、懲戒免職の件を知ってる、ってのは、知らないのか」

「知らないみたいだな。女房が愚痴を言いに来たのを秘密にしてるんだろう」

「……で？」

「で、教員を辞めたんで、まぁ、ブラブラしてても始まらないから、店でもやってみようかな、と思ってる、って言い種だ」

「……『店でも』ね」

「ああ。『店でも』やってみようかな、ってな気楽な口調でよ」

「そいつは、料理ができるの？　酒の知識は？」

「いや。なにもできない。なにも知らん」

「……じゃ、どうやって『店でも』やってみるつもりなんだ」

「それを教えてくれ、って話よ。『お前にもできるんだから、俺にもできると思うんだ』なんてことを、ノンキに」

「……」

「学校で先生やってたし、……そいつは、自分のことを『先生』と呼ぶんだ。丸っ切りの、バカ……で、学校で先生をやってたし、『客商売に自分は向いていると思う』んだとよ」

「……」

「で、『お前みたいに適当にジャズを流して、酒はボトルを入れさせて、客が勝手に、自分たちで水割りやロックを作るシステムにして、あと、料理はできないから、ピーナッツくらい出して。そんな、渋い店をやりたい』なんて、寝言を小一時間。延々と聞かされて、脳味噌が、腐った」

「お疲れさん」

「……あんなバカが、……世の中に、いるんだなぁ……」

「無理だ、って言ってやったの？」

「いや。言ったって、わからないだろ。リアルなイマジネーションが、欠落してる。教員てのは、よっぽど気楽な商売なんだろうな。……考えてみたら、俺の知り合いにも教員になった奴は結構いるけど、まともな連中は、たいがいすぐに辞めてる。だいたい三十前には足を洗ってるな。それ以上大人になってもまだ続けてる連中は、まぁ、たいがいバカだ。さっきまでここにいた奴は、そのバカの筆頭だ」

「……」

「ああ、脳味噌が痒くて胸くそが悪い」

「本当にやるつもりなんだろうか」

「らしいぞ。なにか、まとまった金があるらしい。それを投資して、店をやろう、と考えてるんだな。でなければ、その金で通信教育を受けて、カウンセラーの資格を取って、開業しようか、なんてことも言ってた」

「……わかった。お前は正しい。そいつは、正真正銘のバカだ。俺が鑑定書を書いてやる」

「四十五十面下げて親から十万単位で金せびって、学校の金に手を付けて、懲戒免職になった元教員が、カウンセラーを開業する、ってな。真顔で。ちょっと背筋が寒くなったぞ」

確かに気持ちの悪い話だ。

「胸くそが悪くなるだろ」

「ああ」

高田は、ハハ、と軽く笑った。

「お前にうつしてやったら、こっちは軽くなった。持つべきものは友、だな」

「役に立てて、嬉しいよ」

「さて。これ空けて、帰るか」

高田がショットグラスを一気に空けて立ち上がった。俺も慌てて、四分の一ほど残っていた十二オンス・タンブラーを空にして、後に続いた。

*

部屋に戻って、ガァガァうるさいパソコンを起動させた。DMや迷惑メールのほかには、大切なメールは来ていなかった。

それを確認してから、〈まろうど〉のシャッターの前に残してあった四枚の名刺の持ち主に、「突然メールを差し上げる無礼をお許しください」で始まるメールを送った。もちろん、ミーナの通夜の日程の通知だ。葬式は賑やかな方がいい。

ナナは本棚の天辺に収まり返って、両耳と尻尾を動かしている。

窓の向こうは、だいぶ明るくなってきた。結構眠たい。一度中途半端に寝たとはいえ、里の曙一升と、ブナハーブンをほぼ十二オンス飲んだわけで、こりゃ眠くて当然だ。

ドアの鍵を掛けて、ドア・チェーンも掛けて、スーツをハンガーに掛け、ベッドに潜り込んだ。夏用の薄い掛け布団の上を、ナナが静かに歩き、俺の腹の上に落ち着いた。結構邪魔臭い。だが、そのうちに眠ってしまったらしい。

15

目が醒めたら、隣で華が眠っていたので、驚いた。思わず跳ね起きると、ナナがベッドからポンと床に降りて、突っ走って部屋から出て行った。華がぼんやりと目を覚ました。俺の顔を見て、クスッと笑い、「おはよう」と言う。

「いつ来た？」

「ここに着いたのは、七時かな。すっかり明るくなってた」

枕元の時計を見た。九時を少し過ぎている。

「邪魔？」

「いや。驚いただけだ。……いつもは、お互い、行き来する時はメールや電話をするから……」

「うん。そのつもりだったんだけど、……明け方、ふと目が醒めちゃったの。それで、寝直そう、と思ったんだけど、……ナナちゃん、どうしてるかな、と思ったら、一目見たくなってね。きっとあなたは寝てるだろう、と思ったから、電話しないで、直接来ちゃった。邪魔？」

「いや、驚いただけだ。……え？」

「なに？」

「どうやって入った？」

「合い鍵」

「いや、それはそうだけど、ドア・チェーンは？」

華は俺の手をみて、クスッと笑い、自分の腕をこっちに突き出した。

「女はね、腕が細いから、チェーンは平気なの」

「どうして？」

「ほら、ドアに郵便受けの……なんというの、穴？　切れ目？　蓋が付いていて、上下に開け閉めできる」

「ああ、うん。わかる」

「あそこに腕を入れると、ちょっと伸ばせばドア・チェーンに届くわ。あとは、簡単。……それに、もしもチェーンが開けられなかったら、チャイムを鳴らして入れてもらおうと思ってたし。だから、その点は心配しなかった」

俺は自分の腕と華の腕を比べてみた。五倍くらい、というのは大袈裟だが、同じ種類の哺乳類の腕とは思えないほどに、太さが違う。華の手首は、動くのが不思議なほどに華奢だった。

「ドア・チェーンなんて、女にとってはあってない物よ」

「まぁ、女一般じゃないだろうけど。スマートな女なら、って話だろ」

「……あと、関節の柔らかさも関係していると思う」

その後、ドアまで行って、実際にやって見せてもらった。ドアを閉めてチェーンを掛け、「OK」と言うと、郵便受けの隙間から、華の細い腕がすっと入って来る。結構深く、二の腕の中ほどまで入って来る。そして肘を曲げ、ドアの上の方に手を伸ばし、チェーンの端に到達し、ボタンのようなものを押さえて滑らせ、チェーンを外した。腕が郵便受けの隙間からさっと出て行く。すぐに華が、ノブを回してドアを開けた。

「どう?」

「すごいな」

俺は感心して、郵便受けの隙間に手を入れてみた。俺の場合、どんなに手のひらを伸ばして全体を薄っぺらにしようと努力しても、第三関節の後ろでつかえて、それ以上中に入らない。

「このドアのチェーン、普通よりもちょっと低いところに付いているでしょ。だからできるの。もうちょっと上だったら、難しい。それは、最初この部屋に入った時に気付いたので、覚えておいたの」

「へぇ……」

なんとなく、油断も隙もない、というような気がした。

「手のひら、手首まで入って、そこを過ぎたら、後は楽なの。筋肉は、弾力があるから。難関は、やっぱり手首の骨ね。手首まで入っちゃったら、後はもう、楽」

「なんか卑猥な話をしているみたいだね」

華はつんとすまして、「やだわ」と言い、「こういう技もあるわよ」

と言ってドアを閉めた。

「鍵を掛けて、チェーンも掛けて」

言われた通りにすると、鍵はすぐにカチャリと開いた。合い鍵を使ったんだろう。ドアを引く。隙間から、華の手のひらが入って来て、滑らかに伸びる。

「驚いたな」

俺が呟くと、ドアの向こうで華が楽しそうに笑った。腕が窮屈そうに動いていたが、結局また、チェーンを外してしまった。

ドアを開けて入って来た華が、ちょっと上気した顔で言う。

「さっきのよりは、こっちの方がちょっと大変。隙間が、どんどん狭くなるから」

それは、見ていてもわかった。ドア・チェーンがしっかり掛かっている時、隙間は結構広い。俺の手首は無理だが、華の場合、あっさりと手は入る。そして、チェーンの端のボタンのような部分を確実に押さえることはできる。だがその後、チェーンを外すためにその端を移動するに連れて、その辺りの構造上、ドアの隙間はどんどん狭くならざるを得ない。その時、華は手のひらを極限まで平たくして、そしてその長い指を思い切り伸ばし、ギリギリのところでチェーンを外した。確かに、このやり方の方が大変だし、なにより腕の皮膚が擦れて痛いだろう、と思われた。

「……それにしても、参ったな」

「女は、こういう技も持っているんです」

「腕の華奢な、指の長い、ごく一部の女、ってことだろ」

「まぁ、そうだけど」

そう言って呼吸を整え、「シャワー浴びさせて」と言う。

「もちろん。背中を流すよ」

「それだけじゃ、済まないわよね」

華はそう言って、目尻で笑った。

「いい朝だ」

「ホントに」

床に長々と伸びてくねくねしていたナナが真ん丸の目でこっちを見上げて、「にゃ〜」と鳴いた。

＊

華は、今日の昼間は俺の部屋でのんびりするつもりでいるらしい。髪を乾かした後は、バス・ローブ姿で寛いで、なんとなくナナと遊んでいる。華がいると、俺はミーナ殺しについて、あれこれ調べ回るわけにいかない。ちょっと困った。

もちろん、華にとってはそれが狙いなんだろう。自分がいることで、俺が危ないことに首を突っ込むのを阻止しているつもりなんだろうな。

「ね、映画観に行かない？」

「なにを？」

「今、何やってるのかしら……」

新聞に手を伸ばし、広げる。シャンプーや石鹼の匂いが、晴れた空から日が射し込む、遅い朝によく合う。

「あんまりいいのやってないか」

上映時刻表を熱心に読んでから、つまらなそうに呟き、新聞を畳んでソファに置いて、すっと立ち上がる。

「鏡、貸してね」

寝室のベッドの脇に、姿見というのではないが、俺が爪先から頭まで映る縦長の鏡を置いてある。もちろん、俺が使うわけじゃない。華がしばしば俺の部屋に泊まるようになった頃、彼女にとって必要だろう、と思って買ったのだ。華はこの鏡の前にストゥールを置いて化粧をし、この鏡の前に立ってあれこれ服を選んだりアクセサリーを選んだりする。

「ちょっと待ってて」

そう言って、化粧品が入っているらしい四角いバッグを右手にぶら提げて、寝室に入り、ドアを閉めた。

華は、そんなに化粧に時間がかかる方ではない。それでも、三十分はあれこれやる。時には一時間近くかかることもある。

俺はガァガァうるさいパソコンを起動させて、メールをチェックした。

〈ゆり〉の百合ママとアキから、ミーナの通夜の日程を知らせた、その礼のメールが来ていた。ママは、自分も参列する、と書いて、それからアルバムが見付かったので、今夜、ミーナの通夜に連なる前に店に置いておくから、都合のいい時に来て下さい、と書いていた。そして、ナナの近況を心配している。

とりあえず、ナナは元気だ、と返信した。

アキも、とりあえず参列する、ママには世話になったし、と書いて来た。で、店の女の子ふたりにも声を掛けたら、ふたりとも参列することになったので三人で行く、場所はわかるから、待ち合わせの必要はありません、とのこと。それなら、その方が俺も好都合だ。

ノーザンセブンの福原からは、通知の礼が来ていた。参列するのかどうかには言及がなかった。そのほかには、クラフトサービスの藤盛と、肩書きのない窪里から、通知の礼が来ていた。こっちも、参列するかどうかは書いていない。大内生花店の大内芳美、民生委員の横木祥子、弁護士の飯沼敏恵からは、それぞれに、御丁寧に、という礼の言葉があり、そして、参列します、教えてくれてありがとう、というメールが届いていた。どうやら、訓徳はOG意識が強い学校らしい。さすがは名門お嬢さん学校だ。

DMや迷惑メールを削除して、パソコンの電源を切った。まるでこっちのようすを窺っていたようなタイミングで、寝室のドアが開いて華が出て来た。おとなしやかに仕上げた化粧は、相変わらずシャープだが落ち着きがあって、ずっと見ていたくなる。俺を見て、柔らかく微笑む。

初めて見る、ダーク・グレーのワンピースを着ている。襟元のスミレ色のスカーフが、よく合っている。

「空は晴れてるわ。ちょっと寒いけど、空気は気持ちよさそう」

俺は頷いた。

「どこかのホテル……パークホテルかノボテルに部屋を取って、ルームサービスでシャンペンでも取りましょうか。中島公園を見下ろしながら、ゆっくりしましょ」

パークホテルもノボテルも、デイ・ユースを扱っているのは知っている。そうすれば楽しいだろうな、とも思う。だが、そうなると、俺はついつい酔っ払って、使い物にならなくなる恐れがある。……まぁ、それが華の目的なんだろうが。

「それもいいけど、実は今日、通夜があるんだ。だから、あまり酔っ払って行くのもどうかな、と」

「お通夜？　何時から？」

けるようにして。

華は、あらおかしい、という具合に天井を見上げて笑った。すんなりと伸びた喉を見せつ
「今日の夜六時だ」

「あなたなら、昼間どんなに飲んでも、一眠りすれば、六時には素面《しらふ》に戻るじゃないの」

「……ま、一応追悼の意を表して、さ……」

「どなたが亡くなったの？」

「……ほら、この前、殺された……」

「あ、あのママ？」

「そうなんだ」

「こんなに遅くなるもんなの」

「警察が、なにか引っかかったらしい」

「……そうか。お葬式か……」

「一緒に行ってみるか？」

「私は、そのママに会ったこと、ないし。……でも、他人事ではないわね。……あら？　あのママ、旭川出身じゃなかった？　こっちでお葬式？」

「どうも、父親が事件を……というか、娘を恥じて、こっちでさっさと焼いちゃって、骨にして旭川に持って帰るらしい」

「……それも……あんまりな話ね」

「やっぱ、そう思うだろ？　だから、とりあえず俺が知っている範囲で、彼女に関わりのある人間には、通夜の日程を知らせた」

「え？　ということは、遺族が予期していない人数が参列する、ということ？」

「ま、その可能性はある。……やっぱ、葬式は賑やかな方がいいだろ？」

「ふ〜ん……」

華は腕組みをして、なにかイタズラを考えているような表情で、ちょっと考えた。そして、ニヤッと笑って言う。

「面白そうね。……なにか、ひどい親ね」

「ま、他人には窺い知れないものがあるんだろうけどな。高校中退や、ススキノで水商売、ってのが気に食わないらしい」

「可哀想。もしもいいんだったら、私も行くわ。お線香一本、上げさせてもらう」

そう言って、ケータイを取り出した。おそらくは、〈バレアレス〉のスタッフに、今日はちょっと遅くなる、と伝えるのだろう。黙って眺めていると、ソファにポンと飛び上がったナナを左手で撫でながら、右手の親指でメールを打ち始めた。

俺は、人間が携帯電話や携帯情報端末を操作する姿が、なにか雑で浅ましく見えて、好きではない。だが、華は例外だな、と思った。

華が首を傾げて、こっちを見た。キラッと笑って、すぐに画面に集中する。

どうも、いろんな物が食い違う。

メールを打ち終えたらしい。ケータイを畳んで、立ち上がった。

ナナが、サッと床に降りて、前足を踏ん張って華を見上げ、じっと見つめて鼻をひくひくさせた。

「じゃ、これからちょっと部屋に戻ります。喪服を出さなきゃ」

俺は頷いた。

「どこかで待ち合わせて行こうか」

当然、という表情で頷く。

「六時にどこなの？」

「セレモニーホール平安殿」

「桑園駅の近くか。……それじゃ、五時に迎えに来てくれない？　で、タクシーで一緒に行きましょ」

＊

ジーンズに茶色いセーターという格好で、華をマンションまで歩いて送った。途中、すすきの市場のクリーニング屋に、昨日着たスーツを出した。おばさんがなにか言おうとするのを目で制して、そのまま華と市場を突き抜けた。花屋の白い百合の束を見て、華の顔がぱっと明るくなったので買って渡した。とても喜んだ。すすきの市場を抜けて右に曲がると、五分ほどで華が住んでいるマンションに着く。華は、ここでいい、と言ったが、百合の花束は結構重いよ、と言うと、ちょっと考えて、うん、と頷く。エレベーターに乗って、降りて、通路を進んで、華の部屋の前で花束を渡して「じゃ、五時に迎えに来る」と言うと、「うん、待ってる」と言い、はにかんだような笑みを浮かべる。そのまま、ドアの向こうに消えた。

16

俺は駆け出した。エレベーターを待ったり、ジワジワと降りるのはまどろっこしい。階段を二、三段とばして駆け下り、一階の通路から飛び出した。赤信号を無視して、車の間を縫って道を横切り、すすきの市場に飛び込んで、クリーニング屋に直行した。

「あら。戻って来た」

おばさんが、不思議そうに言う。

「ちょっと事情があってね。戻って来てるもの、あるかな」

「あるわよ。スーツ二着」

暗い紺色の綾織りのスーツと、焦げ茶色のスーツが戻って来た。ワイシャツが二枚、ネクタイ二本。

「ひとりで持って行ける？」

まとめて受け取って、金を払って、それから駄菓子屋に行き、いろんな太さのカリントウの袋詰めを買い、青泉ビルめがけて走り出した。

大急ぎで部屋に戻ると、例の通り、ドアの前に立つだけで、チリンチリン、と鈴が鳴り、キーを差し込むと「にゃ～」とナナが鳴く。

ドアを開けて玄関に入ると、俺の目を見上げ、そして俺が両手に持っているあれこれを真剣な表情で見つめている。

俺は、受け取ったばかりの紺色のスーツに着替えて、そこで思い付いてパソコンを起動させてメールチェックをした。高田からのメールがあった。

〈元気と思う。今夜、時間があったら、ちょっと店に来てくれたらありがたい。頼みたいことがある。例の退職バカ教師の件だ。8時頃、どうだろう。〉

「OK」と返信して、パソコンを終了させ、部屋から出た。

ドアに鍵を掛ける時、ナナが「にゃ～」と鳴いた。

＊

ススキノの外れ、四階建ての賃貸マンションの一階一〇〇一号室が、管理人であり、かつ〈濱谷人生研究所〉の所長たる濱谷のオバチャンの住居兼研究所で、そしてススキノの一部の女たちの溜まり場なのだった。頑丈な鉄の扉に貼り付けてある看板まがいの段ボール紙に手書きで書いてある言葉は、相変わらず不気味だ。

「病ひ平癒　人生相談　占断　霊の障はり取ります　痛みはすぐ消える」

そのほか、ゴチャゴチャ書いてある。

それをぼんやり眺めながら、ブザーを押した。ブザーが鳴った音は聞こえないが、すぐにドアの向こうで誰かがゴソゴソ始めた。ドアが開く。

「あら」

顔見知りの女だった。確か、……思い出せない。このごろ、こういうことがとみに増えた。

「しばらく」

誰だか思い出せないが、顔見知りであることは間違いない。だから、適当な挨拶をした。女は風呂上がりの感じで、濡れた頭をタオルでまとめて、上気した顔でスエット上下を着ている。こういう女がよく集まる場所だ。シャワーを浴びた後、ここでのんびりお喋りをして、さてそれから顔を作ったり、美容室に行ったりして、出勤するわけだ。

「オバチャン、いるよ」

俺は適当に笑顔を見せて、奥に入った。手前の部屋で、オバチャンほか七人の老若の女が、旧式のポット式石油ストーブを囲んでいる。それほど寒いとは感じないが、すでにストーブは稼働していた。「微弱」の火加減で、覗き窓の、ススが付着した雲母ガラスの向こうで、橙色の弱々しい火が揺れている。ストーブの上にはヤカンがあって、煮えたぎってはいないが、湯気を上げている。そしてヤカンの周りには、氷下魚《コマイ》やタラの干物、のしイカ、食パンなどが直接置かれている。そして室内に漂う、強烈な干物臭。

「あら、ちょっとあんた、久しぶりだね！　相変わらず、華とは仲良くしてるのかい？」

濱谷のオバチャンは上機嫌だ。きっと、コマイの焼け具合がうまくいったんだろう。

「まぁね」

「あら、奥さん、この人、華のいい人かい」

「そうらしいよ！」

「あら。最近、華を見なくなったと思ったら、こんな立派な」

どこかで見たような気もするんだが、はっきりとはわからない七十くらいの高齢婦人がなにか頻《しき》りに感心している。

その隣で、焼けた食パンを手に、焦げたところをフォークでガリガリとストーブの上に掻き落としているのは、ススキノの豊川稲荷の脇で占いをやっているおばさんだ。この人は、そろそろ半年の冬眠時期に入る。そうなると、毎日ここでお喋りをして暮らすことになる。そのほか、近所に住んでアル中のヒモを養っている極貧ソープオバサマとか、テレクラを使って売春をしてるんだかしてないんだか、はっきりしないが「変なことすると、あたしが承知しないよ！」といつもオバチャンに叱られている女子高生グループのひとりとか、あちらこちらのスナックを渡り歩いている、ちょっとオツムの足りない娘など、多種多様な女性たちがあれこれ喋りながら、焼けた干物や食パンなどをむしったり囓ったりして忙しい。

「立派！」

濱谷のオバチャンが素っ頓狂な声を出す。

「立派⁉　はっ！　笑わせるねぇ！　なにが、立派なもんかい、こんな穀潰しの風来坊！」

女たちが一斉に笑った。

「えらい言われようだな。ほら、よかったら、これ食べて」

カリントウ詰め合わせ袋詰めを濱谷のオバチャンに渡した。

「あらまちょっと、あらどうしよ、ミキ、皿とハサミば持っといで！」

それからしばらく、ハサミの捜索（「どこさ」「ほれそのテレビの下。いや、脇」「これ？」「バカだねあんた、それ裁ち鋏だべさや」）、皿の選択（「ママ、これ？」「それだらあんた、小さすぎるべさ。その右の」「あ、これ？」「あ！　いったい〜！」「あ、ごめん！」「気ぃ付けなや、あんただらしかし！」）、カリントウの盛り付け（「あ、ほれ！　したから言ったしょや、こぼして！」）などの、数分の混乱の時が訪れたが、それはすぐに収まり、みんな各々右手に好みのカリントウ、左手にはてんでに熱いお茶や紅茶、むしった干し魚などを持ち、落ち着いた。

「これあんた、どこで買ったの？」

「すすきの市場の駄菓子屋」

「あっそ。あそこね、結構おいしいよ」

「そうなの？　かあさん」

「そう。駄菓子はあそこに限るね」

などの会話の合間合間に、〈まろうど〉のミーナの話題を混ぜた。今のところ、犯人として具体的に挙がっている名前はない、というのが定説のようだった。ミーナがストーカー被害に遭っていたという話は、何人かが聞いていた。相手はえらく太った男だったそうだ。ストーカーとミーナの関係については、噂はまちまちだった。以前付き合っていた恋人だったが、ミーナが振ったのでストーカー化したという者もいれば、ストーカーの完全な思い込みで、ふたりの間には具体的な関係は何もなかったらしい、という者もいた。中には、あまりのデブなので、ミーナがからかいのつもりで声を掛けて、それで男が熱くなり、話が捻《ねじ》れた、という意見もあった。これらはどれも憶測で、せいぜいが誰かが考えた解釈が広まった、という程度のものであるようだ。

「あんた、ミーナを殺した男を探してるの？」

これから忙しくなるおでん屋の女将が言う。それに続けて、その隣の店で焼き魚メインの居酒屋をやっている女将が「いくらかになるの？」と計算高そうな目つきで尋ねる。

「そんなんじゃないけど、やっぱ、知り合いが殺されたとなると、いろいろと、さ。……それに、ミーナの猫を預かってるんで、それをどうしようかな、と思ってね。それに、ミーナの店の女の子……」

「え？　ミーナの猫？　猫がどうしたの？」

「いや、ミーナの猫をね、預かってるんだ」

俺はその事情を適当に端折《はしょ》って、ざっと話した。

「トイレの砂とか、ちゃんと取り替えて面倒見てるの？」

極貧ソープ嬢が真剣な顔で尋ねる。

「それはね、ミーナが、シリカゲルの砂を選んでたんだな。だから、取り替えるのは月に一度くらいでいいみたいなんだ」

「え!? そんな便利な砂があるの?」

「そうみたいだな」

「あんた、ちょっと、それなんちゅう砂? 教えて!」

「猫、飼ってるの?」

「そうなんだけどさぁ……面倒を見るのは、ウチの人の役割なんだけどさ。……砂の交換だけは、『男のすることじゃない』ってこうだからね! でも、月一なら、助かる。ね、教えて」

で、商品名を教えてやった。

「サンキュ!」

「でさ」

俺は、なんとなくそこにいる女性たち全員に、しかし、直接には極貧ソープ嬢に向けて、言った。

「ちょっと、俺がミーナの犯人を探してるってこと、頭の片隅にでも置いといてもらえたら、助かるな。なにかあったら、思い出してもらえたら」

「OK。了解だよ」

極貧ソープ嬢が言い、ほかの女性たちも曖昧に頷いた。

「ウチらに、なんの得があるんですか」

女子高生がケータイの画面を眺めながら、投げ捨てるような口調で言った。

「あらまた、めんこくないこと言う！」

濱谷のオバチャンが微かな怒気を漂わせて、叱りつける。

「そんなもん、商売じゃないんだから、得なんか、ないさ！」

「な～んだ」

「でも、もしなんか困ったことがあったら、助けてくれるんでないの？」

オバチャンがそう言って、俺の方を見る。

「ああ。必ず努力するから」

「ふ～ん。努力か。絶対助ける、とかってんじゃないの」

「この世の中に、絶対はないさ。幼稚園児でも知ってることだ。それを忘れて、絶対安全、なんてタワ言を信じて、原発なんか作るから、未だにあのザマだ」

「よくわかんない」

「子供は、わからなくていいんだ」

「うるせ！　子供じゃね～んだよ！」

「そうか。そりゃ失礼。子供を売り物にして売春してるんだと思ってた」

「うるせ！　黙れ！」

金切り声を上げて、手近にあったコマイを俺に投げ付ける。ほかの女性たちは面白そうに笑った。

「食べ物無駄にしたら、バチ当たるよ！」

スナックを渡り歩いている女がコマイを拾って、むしって食べ始めた。

「とにかく、なにかあったら、〈ケラー〉に電話してくれ」

俺が頼むと、濱谷のオバチャンがひとつ頷いて、女たちを見回す。

「いいよ。……それにしても、警察も、その太ったストーカーってのを探してるみたいだね」

「へぇ」

「何人か、警察に知り合いのいる連中が、そんなこと言ってたよ」

いわゆる情報屋《エス》の連中か。

「それにしても、あんまり証拠がないらしいね。警察も、ちょっと困ってるらしいよ」

「そうか」

「犯人、現場から指紋をきれいに拭き取って行ったんだとさ」

「……」

「それなのに、凶器のナイフには、はっきり指紋が付いてたっちゅうんでしょう。なんか、大分混乱してるらしいってさ」

「……ま、とにかくよろしく。〈ケラー〉に電話、お願いします」

オバチャンにそう頼んで、俺は〈濱谷人生研究所〉を後にした。女たちが口々に、「カリント、ありがとね」と声を掛けてくれ、女子高生は俺の背中に「死ね！」と吐き捨てた。女たちがゲラゲラ笑った。

＊

55第一ビル五階に行ってみた。昼間なので、通路は暗い。もちろん、営業している店はない。〈まろうど〉もシャッターが降りたままだ。通路の照明は、節電のためだろう、消えている。だから手探りで進まなければならないほどに、暗い。手探りしながら進み、ぼんやりと闇に浮かぶ〈まろうど〉のアンドンのところでしゃがんだ。床に、いろいろな物が落ちている。〈ケラー〉のマッチを擦ると、力弱い黄色い光の中に、花束やカップ酒が浮かび上がり、四枚の名刺もそこにあった。

俺は、どうも頭が悪いのか、物事が一度で済まないことがままある。〈まきた〉で名刺からメールアドレスを書き写した時、住所や電話番号も書き写せばよかったのだ。だが、あの時はメールをすることしか考えていなかったので、アドレスのことしか頭になかった。こういう二度手間はよくある。もっと、先々のことを考えて動かなければな。

名刺を拾い上げてポケットに入れた。そこで、思い付いてシャッターをガラガラッと上げて、ドアを開けてみた。食べ物の腐敗臭がうっすらと鼻に付く。窓がないので、真っ暗だ。照明のスイッチのありかは、だいたい見当が付く。慎重に一歩一歩進み、壁を手探りすると、すぐにスイッチに触れた。

明かりを付けた。

驚いた。

中は、すっかり荒らされて、とんでもないことになっていた。食器棚の戸は全部開いて、食器はほとんどが床に散乱している。冷蔵庫も横倒しになっていて、中身がぶちまけられている。

カウンターの裏側を見てみた。誰かが隠れているかも、と思ったのだ。だが、誰もいなかった。クロゼットは？　用心しながら開けてみた。この前開けた時と同じ、からっぽだった。誰も隠れてはいなかった。死体や怪しい血痕などもない。

……誰が、なにを探したのか。そして、探していたそれは、見付かったのか。まだ見付かっていないのか。

とにかく、こんな惨憺たる有様の店内に立っているところを、誰かに見られたら話がややこしくなる。俺は外に出て、ガラガラとシャッターを押し下げ、エレベーターで一階に降りた。エレベーター脇、まだ営業が始まっていない売店のシャッターの前に台があって、そこに緑電話が載っている。俺は名刺入れを尻ポケットから取り出して、中に挟んであるメモを探した。

青泉ビルの管理事務所の番号が書いてある。五つ目の呼び出し音で出た。

「お電話ありがとう御座居ます！　不動産管理のアライブ札幌で御座居ます！」

「私は、南七条西三丁目青泉ビルの……」

自分の名字と部屋番号を伝えた。

「お世話になっております!」

「どうも、玄関の鍵を開けられたらしいんです」

「はい? 合い鍵か何か……」

「おそらく、ピッキングだと思う」

「はぁ……」

「ちょっと気持ち悪いんで、鍵を換えてもらいたいんだけど」

「はぁ……」

「よく考えたら、この三十年、全く鍵を換えていないんだ。最近の鍵は、なかなか進歩してるみたいだし。交換、お願いしたいな」

「鍵を開けられた、というのは、警察の方には……」

「まだ連絡していない。具体的に盗まれたものはないようなんだ」

「……」

なんだか、露骨に「面倒くさい」という雰囲気を漂わせる。以前は、この建物のオーナーであるおばさまが最前線に立って、ビル数棟を管理していた。おばさまは、自分でできることはチャキチャキと自分でやる人で、ちょっとした水道凍結や下層階の網戸の交換などをやっているのを見たこともある。道具を使って、楽しそうにやっていた。だが、このおばさまが脳梗塞の後遺症で寝たきりになり、家族が専門の不動産管理会社に任せるようになってから、どうも仕事のやり方がぞんざいになった。メンテや修理を億劫がる。おばさまが知ったら、激怒するだろう、と思うんだが、おばさまは、とりあえず今は、なにも知ることができない。

「では、当社と取引のある鍵の業者の連絡先をお教えしますので、恐れ入りますが、ご自身で御連絡して頂けますか」

なんだかゴチャゴチャとしたことを抜かす。ま、当今、「恐れ入る」だけましか。

「なんて業者ですか」

「キヨタキーセンターという店なんですが」

「キヨタはどんな字？」

「清田区の清田です」

「清田区にあるの？」

「はい」

「なんでそんな遠くの……ススキノにも、いくらでも鍵屋の店はあるのに」

「はぁ……私どもの事務所が、清田に御座居ますものですから」

そうか。忘れていた。オーナーのオバサマは、脳梗塞で入院するまで、ずっとこのビルの最上階の事務所にいたのだった。で、ついその気になっていた。

「住所は……よろしいですか」

「どうぞ」

読み上げる住所・電話番号を電話機のそばに置いてあるメモ用紙にメモした。

「支払いはどうなるの?」

「それは、青泉ビルだ、と告げていただけましたら、請求は清田から当社に回ることになっておりますので」

「なるほど」

「それから、警察にはお届けになった方がいいですよ。後々のことを考えると」

「後々のこと?」

「いえ、あの……とにかく、業者に連絡してください」

　相手は、そう言って電話を切った。

　すぐにキーセンターに電話した。〈まろうど〉の店内の惨状を目にしては、自分の部屋の錠を放っておく気にはなれない。

　鍵屋も、なんだか面倒臭そうだった。アライブ札幌が、大した顧客じゃないんだろう。ああだこうだと言って、後回しにしようとする。で、ちょっと荒っぽい言葉を使ったら、もっと後回しにされそうになった。もしかしたら、ススキノの組事務所の鍵交換かなにかで、怖い思いをしたことがあるのかもしれない。だとしたら逆効果だった。

　で、荒っぽい言葉を使ったことを詫びて、丁寧に頼んだ。そして結局、受注してくれることになった。ただし、鍵の交換には、俺本人と、アライブ札幌の人間が立ち合う必要があるんだそうだ。

　その日程調整について、またゴチャゴチャと面倒なことを言い始めたので、それは、そっちで話を付けてくれ、と頼んだ。俺は時間が自由になるので、そちらの都合に合わせて、部屋にいるようにするから。

それでOKかと思ったら、どんな錠なんだ、と言い始めた。普通のシリンダー錠だろうと思う、と言ったら、「思う」じゃ困ると言う。それについては、アライブ札幌が知ってるんじゃないか、と言うと、その可能性はあるが、もしかしたら知らないかもしれない、と言う。とにかくさっさとこっちに来い、と言いたかったが、ここでヘソを曲げられても困る。どうしようか、と考えたら、それじゃその錠をケータイで写して、「写メ」してください、と言う。懐かしい言葉を聞いた。俺は、ケータイが嫌いで持っていないが、デジカメはある。デジカメで撮影してメールで送れる。で、OKして俺のアドレスを教えた。

「ここに、空メールを送ってくれ。できたら、パソコンから」

「はぁ……」

キーセンターの男は、不得要領、というような声ではあるが、とりあえずは「畏まりました」と言う。

畏まったので、数々の無礼を許してやることにした。

「じゃ、よろしくお願いします」

相手の返事を待たずに、切った。

そして部屋に戻り、デジカメで錠の写真を撮った。とりあえず、内側外側の両方を撮り、それをパソコンに取り込んだ。それから受信トレイを見たが、キーセンターはおろか、迷惑メール以外の着信は一通もなかった。

17

ススキノの花屋から、ミーナの葬式に花を送った。供花アレンジメント二段で三万五千円のを選んだ。俺の名前を意識させる必要がある。

ここ数日、なんの手応えもない日が続いた。そろそろ、なんらかの反応がほしいところだ。さもなきゃ、退屈で居眠りしてしまう。

午後四時を過ぎた。ちょっと時間が早いが、アキラさんが店で飲んでいるかもしれない。可能性は五分五分だ。で、行ってみたら店を掃除しているところだった。掃除と言っても、軽く雑巾掛けをしたり、テレビのリモコンをウェット・ティッシュで拭いたりする程度だが。

……アキラさんは驚いたことに、天井の隅に吊した十七型くらいのテレビを、フレッツ光でインターネットに繋いで、地上波デジタルテレビを放映しているのだ。

「今日は早いんだね」

「なんも。いつもこんなもんだ」

スーパー・ニッカをロックで頼み、テレビを見上げた。夕方のニュースをやっている。冬が近付く中、仮設住宅の人たちの窮状を、年若いアナウンサーが、さほど深刻そうでもなく、棒読みしていた。

「例のスナックママ殺し、なにかわかった？」

「あのな。例の太ったストーカーってのな、その後ろ姿を見た、って人間がいるみたいだ。日付もはっきりしてる。今年の七月二十一日だ」

「へぇ……なんでその日付を覚えてるんだろう」

「大通ビヤガーデンの初日だったからだ」

「あ、なるほど」

「初日に大通で、気分良く飲んだんだとさ。ちょっと寒かった、って言ってたな」

「そうだったっけ」

「で、軽く飲んで、開店準備で店に出たら、ちょうど自分の店の向かいの店の前に、ミーナと太った男が並んで立っていたらしい」

「どこの店？」

「あ、言い忘れた。第二パープルビルの三階の、〈キタスシ〉って寿司屋だ。喜びの多い、魚偏の鮨」

「その向かいの店ってのは……」

「ま、ただのスナックだ。ママ同士が友だちだったらしい。〈ママミヤ〉って店。ママの名字なんだとよ。間《あいだ》にお宮。間宮林蔵の間宮だな」

「……」

「塚本美奈子と、〈間宮〉のママが、ま、年に何度か、店を閉めてから誘い合わせて、〈喜多鮨〉に来たことがあるらしい。そんなわけで、鮨屋は美奈子の顔を知っていた。その美奈子が、今年の大通ビヤガーデンの初日、午後七時頃、まだオープンしていない〈間宮〉の前で、太った男と並んで立って、どうやら〈間宮〉の開店を待っていたらしい、ってんだな」

「太った男ってのは、どんな感じの男なんだろう」

「……中年らしいぞ。五十年輩。で、白麻のダブルのスーツを着ていたらしい」

「目立つな」

「ああ。あんたじゃねぇのか」

確かに俺は、夏は白麻のダブルのスーツを着るが。

「そんなに珍しくはないさ」

「そうかな。……まぁ、ススキノで白麻はあんたただ一人、ってわけじゃねぇか」

「で、その後、ミーナとその白麻男は、どうしたんだろ？」

「鮨屋は、『よぅ』ってな感じで、声を掛けたんだそうだ。でも、女の方は、ちょっと顔を背けるような感じで無視しようとしたらしい。相当酔っている感じでもあった、という話だ」

「で、その太った白麻は？」

「こっちの方は、一応はしゃんと立ってたってんだけど、顔付きは曖昧だったとさ。ぼんやりした顔で、つまり、酔っ払ってたんじゃねぇか、という話だな」

「そんな早い時間からか」

「そうらしい。……ま、ふたりが酔っ払ってた、ってのはまぁ鮨屋の個人的な意見だけどな。実際、どうだったのかは、わからん。……ただ、ずっと遅くまで鮨握って、酔っ払いの相手をしてるやつの観察だからな。ある程度は信用できるんじゃないかな、と俺は思ってるけどな」

それは確かにそうかもしれないが、ちょっとピンとこないな。なんでそんな早い時間に酔っ払っていたのか。ミーナは、それほど酒に弱い方ではなかった。ウィスキーのボトルを半分空にして、ケロリとしている程度には、強かった。

「で、なんかミーナの態度が、迷惑そうってぇか、世を憚る、みたいな雰囲気だったんで、鮨屋は深追いせずに、軽く会釈して、店の支度に戻ったらしい」

「見たのは、その鮨屋ひとりか」

「ああ。小一時間して、アルバイトのガキが店に着いたんだな」

「〈喜多鮨〉のアルバイトな？」

「ああ、そうだ。で、その時には、〈間宮〉はまだ開いてなくて、で、ママと白麻は、いなかったそうだ」

「……」

「誰なんだろうな」

「ま、いいや。今夜、頃合いを見て、その〈間宮〉に行ってみる。第二パープルビル……」

「残念だがな、今は、もう、〈間宮〉は閉まってるんだとよ」

「閉店？」

「ああ。夜逃げらしいな。家賃と支払いを踏み倒して、フケたとさ」

「……ツケを溜めてた客は喜ぶな」

「そもそも、ツケを溜めるほどに通ってた客は、いなかったらしいぞ」

「……」

ススキノは昔から、不景気だ不景気だと嘆くのが常だったが、それでもしぶとく生き抜いて来た。だが、最近の「不景気」は本物らしく、一部の店は「企業努力」だけでは生き残れなくなってきたらしい。毎夜、あちらこちらで、ポロポロと店が消える。

「その〈間宮〉のママってのは、いくつくらいのどんな女なんだろ」

「さぁな。それはまぁ、鮨屋んとこでも行って、直接聞いてみてくれ」

そりゃそうだ。俺は、礼を言って金を払い、店から出た。

＊

第二パープルビルに回ろうかと思ったが、華との約束は午後五時だ。やや忙《せわ》しない。で、部屋に戻って喪服に着替え、ほぼ五時きっかり華の部屋の前に着き、インターフォンのボタンを押した。華の「どうぞ」という声と同時に、カチャリと音がして解錠された。

俺がドアを開けるのと、華がリビングへの扉から出て来るのが同時だった。喪服姿の華を見るのは、これで二度目だ。前回は、よく知っている、好意を持っている相手の葬儀だったので、暗く沈んでいたが、今回は直接面識のない相手なので、それほど落ち込んではいない。まぁ、葬儀の客ってのは、たいがいこんなもんだ。地味目に抑えた化粧が、華の整った顔立ちをくっきりと浮き上がらせていた。

「どうしましょう。もう、行く？　まだちょっと時間はあるけど」

「少し早めに行ってみたいんだ」

「なぜ？」

やけに鋭く尋ねる。

「いや、……なぜ、ってこともないけど。ギリギリに行くよりは、余裕を持っていく方がいいだろ」

「今まで、何をしてたの？」

「……飲んでたよ。蕎麦屋で飲んで、それからアキラさんのところに行って、で、部屋で着替えて……」

「……どうしてそんなに飲むの？」

「そりゃ、……華がいなくて、ひとりだったからさ」

華は、ふん、と笑って「じゃ、待ってて。すぐに出るから」と言って中に戻った。すぐに、喪服用の黒い小ぶりなバッグを持って、戻って来た。いつもと違う、白檀がベースの大人しやかな香りが、微かに漂った。

＊

〈セレモニーホール平安殿〉は、とんでもないことになっていた。予想した通り、ないしは松尾の読みの通り、塚本美奈子の遺族は、あっさりと家族葬で済ませて、さっさと焼いて骨にして、旭川に持って帰るつもりだったらしい。通夜の会場は、地下に三つある「ファミリー・メモリアル」のB室「やすらぎ」。一流ホテルのデラックススイートくらいの広さのある個室だったが、その入り口の前に人々がぎっしりと立ち並んでいる。そして平安殿の職員と、葬儀会社の社員らしいのが総掛かりで、椅子を運んだり、通路に並べたり、どんどん増える供花を並べ替えたり、てんやわんやの大騒ぎをしていた。

ざっと見回した。女性が多い。余裕、ないしは充実、つまりは上流、という雰囲気の中年初老の女たちが、あちらこちらにいて、小声で語り合ったりしている。訓徳のOGがたくさん来ているような雰囲気だ。

そんな女たちに混じって、茂木がいた。その周りに、なんとなく物騒な雰囲気の、目がギラギラ光る中年男たちがいる。中央署御一行様だろう。各々、俺の方に険しい目を向ける。俺はにっこり笑って手を振ってやった。

「すごいわね」

華が小声で呟いた。

「お葬式だから、……大盛況、っていうのはちょっとおかしいわね」

「そうだな」

見回すと、祭壇近くの片隅に和装の喪服の百合ママが、寂しそうに立っていた。その横にいる恰幅のいい五十年輩の女も、きっと訓徳関係者だろう。小声で、ぽつりぽつりと言葉を交わしている。そして、そのちょっと後ろに、アキがいた。彼女も、どこで調達したのか、洋装の喪服を着ている。隣に並んでいる娘ふたりと、頻りにお喋りしているから、この三人が、〈まろうど〉のアルバイト娘たちなんだろう。

シャッターの前に名刺を置いて行った四人は見分けられなかったが、そのほかにも何人か男の参列者がいて、これはおそらくあの四人が飲み仲間に知らせたんだろう。あるいは、犯人か。

目で探したが、とんでもなく太った男ってのはいなかった。せいぜい、中年太りのメタボ腹程度で、特に「おっさん」から大きく逸脱した体型の男はいない。

通路に人々がひしめいているので、なかなか受付に近寄れない。だが、それでもジワジワと動くうちに、なんとか辿り着けた。名前を記帳して、香典を差し出すと、俺が書いた名前を見て、受付の人が誰かに小さく合図した。俺はそれを無視して、記帳を終えた華と、祭壇の方に近付こうと努力を始めた。

「大変ね」

華が目元に笑みを含んで、俺の顔を見た。その表情が、ちょっと動いた。

（え？）

と思った時、右肩を軽くトントン、と叩かれた。そっちを見た。ピカピカ光る禿頭に、薄く長い白髪をぺったりと広げ伸ばした、五十がらみの男だった。白いバーコードってのは珍しい。（え？）と目で尋ねたら、俺の名前を口にして、確認する。

「ええ。そうです」

「失礼ですが、故人……美奈子とは、どういう御関係でしょうか」

「御遺族ですか？」

「はぁ。父親です」

「それは、どうも。……誠に、ご愁傷様です。本当に残念なことで……」

「あのう、故人、……美奈子とは、どういう御関係でいらっしゃいますか？」

「ただの客です」

ほんの少し、力んだ感じを滲ませた。

「……なにか、大変豪華な御供花を頂きまして、ありがとうございます」

「亡くなる前の夜も、お店でお目に掛かりましたのでね。ちょっと、……こう……とても身近に感じられまして」

「……そうですか」

納得し切れない、という表情で、俺の目を覗き込む。脇で華が俺の横顔を見つめているのがわかった。

「ありがとうございました。きっと、故人も喜んでいることと存じます」

そう言って頭を下げたが、まだなんとなく雰囲気が漂う。俺と何か話をしたい、という気配だ。

俺は〈ケラー〉のマッチをポケットから出して、氏名を書き、俺のパソコンのメールアドレスをメモして、差し出した。

「夜は、たいがいこの店で飲んでいます。これは、パソコンのメールアドレスです。もしもなにかお話がおありでしたら、こちらまで、御連絡下さい。生前の美奈子さんのことも、いくつかお話しできます」

ミーナの父親は、〈ケラー〉のマッチをしげしげと見た。なにか考えている。ボソッと言った。

「遺族は……こんな葬儀になるとは思っておりませんで……内輪で、ひっそりと済ませるつもりだったのですが……」

「はぁ」

「失礼ですが、お宅様は、美奈子の葬儀の日程を、なにでご存知になりましたか？」

「あ、ネットです」

俺は即座に答えた。当世、何でもかんでもネットのせいにすれば、少しは時間が稼げる。

「ネット……インターネットですか」

「ええ」

答えながら、頭をフル回転させた。

「それは、どういう……」

「ススキノのですね、さまざまな情報を集めたサイトがありましてね。新店オープン情報や、閉店情報、倒産情報、手形不渡り情報、酒屋や食材屋の経営状況、そんなものを集めたサイトがありまして。そこに、まぁ、ススキノの祝儀不祝儀の板もありましてね」

「イタ」

「あ、はい。掲示板、とでも言いましょうか」

「そうなんですか……」

「ススキノでは、まぁ、どの街でもそうですけど、お互いの付き合いというのは密な街なので、そういう情報も必要なんですね」

「はぁ……なるほど」

「それと、訓徳は名門校ですからね。OGたちの……同窓会、というんでしょうか、そういう横の繋がりもしっかりしてるようで。……訓徳OGで、ススキノに勤めている方は、そんなに稀少、というほどでもないですし。そんなような人間関係で、そのサイトに情報が寄せられたんでしょうね。私は、それを拝見して、僭越ではありますが、お花を送らせて頂きました」

「そうだったんですか……」

美奈子の父親は、不承不承、という感じで、しかしとにかく自分を納得させたらしい。再び会釈をして、なにか考えながら、ひしめく人々の間を、よろよろと去って行く。

その後ろ姿を目で追っていたら、華が小声で「あれ？　なの？」と言う。口を押さえて、目を真ん丸にしている。その視線を追うと、祭壇の左端に、バカみたいに大きくて豪華な二段の供花アレンジメントがそびえ立っている。俺の名前がばかでかく書いてある。

「あんな……」

さすがに、俺も恥ずかしかった。まるで、葬式の席で、直立不動ですっくと立って、自分の名前を大声で連呼しているような感じだ。

「なに考えてるの？」

「いや、まぁ。……哀悼の意を表しているわけだ」

「……なに考えてるの？」

「……」

「約束したわよね。絶対、変なことに首を突っ込まない、って。危ないこと、しない、って」

「約束……」

「あなたは、約束を破るかもしれない、でも、私はあなたを信じる。そう言ったでしょ？」

「……」

「本気よ。私、本気で信じてる。本気で信じてるのよ。あなたみたいなウソつきを」

「……」

「ススキノの祝儀不祝儀の情報サイト？」

「いや……探しゃ、きっとあるだろ、どこかには」

華はプイと顔を背けた。それから、真剣な顔で俺の目を見つめて小声で、しかし鋭く言った。

「私が、本気だってことだけは、わかって」

俺は、思わず、小さく頷いた。

「本気で言ってるんだからね」

俺は、再び小さく頷いた。

＊

坊主がやって来て読経を始めたが、満員電車の中でわけのわからないことを喚いているおかしな老人になっていた。とにかく人々は、押し合いへし合いしながら記帳し、押し合いへし合いしながら祭壇に辿り着き、手を合わせ、一礼し、焼香して、一礼し、それから押し合いへし合いしながら出口に向かうことしかできなかった。それだけのことをするのに、二十分もかかっただろうか。俺と華はようやく「やすらぎ」を出て階段を上り、〈平安殿〉の玄関から外に出た。秋の終わりの空気が爽やかだった。生き返る思いだった。なぜかミーナの死に顔が、額のあたりに漂った。焼香した時、棺の窓が開いていて、ミーナの死に顔が見えた。死後数日経っているのに、傷みはなかった。本当に、静かに眠っているように見えた。

俺は、延髄にナイフが刺さった遺体を見ているのに、どうしてもミーナが死んだこと、今見ているのが死に顔だ、ということがピンとこなかった。

「マスコミ」

華が小声で呟いた。

目の前には、テレビ局のカメラが並び、手に手にＩＣレコーダーやデジタルカメラを持った人々が壁を作っていた。

「参ったな」

俺は、目で壁の切れ目を探した。あちらこちらで、取材者たちにとっ捕まった参列者が、テレビカメラやストロボの光に取り囲まれて、無遠慮に突き出されるＩＣレコーダーに向かって何か答えている。

突然、「男はつらいよ」のテーマ曲が小さく流れた。華が慌てて黒い小さなバッグを開き、「松尾さん」と呟きながら中を掻き回した。スマートフォンを取り出して、画面を撫でて、耳に当てた。

「もしもし。……はい、そうです。あ、お待ち下さい」

そう言って、俺にスマートフォンを差し出す。

「松尾さん」

頷いて受け取り、耳に当てた。

「どうした」

「この騒ぎの原因は、お前か？」

「どこにいる？」

「二階のロビーだ。窓から、玄関が見下ろせる」

「どこから出るかな」

「こうして見てるとだな、利口な人間は、一旦建物の中に入って、通用口から出てるようだな」

「なるほど」

「で、どうなんだ?」

「なにが」

「この騒ぎの原因は、お前か?」

俺は華を促して建物の中に戻りながら、言った。

「そうでもない、と思うよ。俺はただ、あるママに、通夜の場所や時間を教えただけだ。あとはきっと、そのママの訓徳ネットワークとか、顧客ネットワークとか、そんなようなルートで広まったんだろうな」

「はっ!」

松尾は、面白い冗談を聞いた、という調子でわざとらしく、一瞬笑った。

「どうだ、お前、そこに、犯人が混じってると思うか? 今この瞬間に、お前の手の届くところに犯人がいると思うか?」

「どうもそれはないみたいだな。とんでもなく太った男、ってのはいない」

「残念だな。空振りだったたな」

「別に。俺はそれを狙ってたわけじゃない」

横で、華がこっちに顔を向けたのがわかった。

「と言うか、別に何かを狙ってたわけじゃない」

「どうだかな」

松尾は笑い混じりの声で言い、切った。華にスマートフォンを手渡した。華は受け取って、そしてその大きな瞳をほんの少し細めて、言う。

「さっきの人、誰？」

「さっきの……」

と考えたのは芝居ではなく、本当に思い当たらなかったからだ。

「あの、和服の人」

ああ、百合ママか。

「あるラウンジのママだ。故人は旭川の訓徳女子高中退で、あのママは訓徳卒。ＯＧの縁で、知り合いだったらしい」

「あなたとは？」

「そのラウンジで飲んだことが一度ある」

「さっき、なにか見えない本を読んでいるような仕種をしたけど」

そうだった。百合ママは、ちょっと大きめの本のページをめくるような仕種をした。おそらく、アルバムが店に置いてある、ということを伝えようとしたんだろう。

「知らない。気付かなかった」

「ラウンジって、どこの？」

「北斗ビル十三階、〈ゆり〉」

「……最上階ね。夜景がきれい？」

「まぁね」

「……私、イヤな女になってる？」

俺は心の底から驚いた表情を作り、それから眉をひそめて尋ねた。

「どうして？」

「……いいの」

華は俺の顔をポイと捨てるように顔を背け、通用口へ続く三段の階段を、コンコンコンと身軽く駆け上がった。俺はなんとなく立ち止まった。俺の両側を、焼香を終えた参列者たちが追い越して、三段の階段を上る。華は俺よりも三段上からこっちを見下ろし、「さっきの、狙ってた、っていうのは、なに？」と言う。俺は意味がわからない振りをした。

「そんな話、したっけ？」

華は肩を竦めて寂しそうに微笑み、俺を見下ろしたまま「もうお店に出なきゃ」と言う。通夜の後は、急いで部屋に戻って着替えて、すぐに〈バレアレス〉に出ることにしていた。

「部屋まで送るよ」

華は頷き、そして甘えるように付け加えた。

「そして、部屋で、私が着替えるのを待っていて」

「ああ、いいけど。……なぜ？」

「部屋から、お店まで、ひとりで歩くのが、今夜だけ、ちょっと気持ち悪いの。……お葬式だったから」

「あ、なるほど」

「あなたは、そういうのは嫌いでしょうけど」

「いや、別に。文明人は、未開人の文化には敬意を払うんだ」

俺は三段の階段を上って、華と並んだ。

「好きに、言って」

華は小さな拳で、俺の胸を軽く叩いた。

18

タクシーで華を部屋まで送り、すぐにタクシーに戻って青泉ビルの前で、タクシーを降りた。「待っててください」と頼み、急いで部屋に戻った。ドアの前に立つと、チリンチリンと音がして、鍵を差し込むと「にゃ～」と鳴く。システムは正常らしい。中に入って、喪服をハンガーに掛け、着替えた。今夜は、ミーナへの弔意を表して、ミッドナイト・ブルーのスーツにした。もちろん、ダブル、サイドベンツ。で、急いで一階まで降りて、タクシーに戻った。

華のマンション前でタクシーを降りて金を払った。で、華の部屋に戻って、合い鍵で鍵を開けて中に入った。サイドテーブルの上に、アードベックのボトルとショットグラスが置いてある。俺は、アードベックをちびちび飲んで、華が出て来るのを待った。

「お待たせ」

出て来た華は、カラシ色のどっしりしたシルエットのコートを着ていた。

「行きましょ」

マンションから出ると、風がちょっと強くなっていた。コートが緩やかに揺れる。華は秋の風の中、優雅な足取りで進む。俺はその横に並び、今夜の予定をあれこれ考えた。

八時に高田の店に行く。これはもう決まっている。その前に、なにができるか。時刻は七時半。……何をするにしても、余裕がないな。ならば、まぁ、酒を飲むのが順当だろう。

〈バレアレス〉の前まで華を送った。華は、「帰りも迎えに来て」と甘える、と言うか、甘えた振りをして、俺の行動に制約を加えようとする。で、俺は機嫌よく、「じゃ、二時に来るよ」と答え、店に入る華を笑顔で見送った。

やれやれ。

俺は大きく伸びをして、それから高田の店に向かった。

＊

店に着いたら七時四十八分だった。こんな早い時間に、ここにいるのはちょっと珍しい。テーブルは、半分ほど埋まっている。客の年齢が、いつもよりやや若くて、新鮮な感じだ。バッハの『無伴奏チェロ組曲』の第一番三曲目のメヌエットⅡが流れている。ロン・カーターがベースをピチカートで演奏している曲だ。……変な趣味だ。高田が自分でやって来た。

「おう。悪いな、忙しい」

忙しいのに、と言いかけて、考えを変えた。

「……お前が忙しいわけ、ないか」

「これでもいろいろとあたふたしてるんだ」

「ま、それは誰でもそうだろ。……あの殺されたママの犯人を探してるのか？」

「……いや」

「あんなもん、警察に任せておけば、片付くんだろ」

「それはそうだと思う」

「で？　何を飲む？」

「ボウモア、トワイス・アップで」

「何を食う？」

「何を食わせたい？」

「トリッパ、どうだ？　トマトで煮込んだ」

「じゃ、それ」

「あと、刺身でも食える砂肝をオリーブ・オイルで揚げて、バジルとミントで味付けした」

「それ」

「よし」

すぐにボウモアのボトルと、コントレックスをテーブルに並べてくれた。

「料理も、すぐできる」

「ありがとう……なんの用なんだ？」

「ちょっと待て。中を、ちょっと片付けてくるから。注文が一段落したんだ」

高田が厨房に消えて、しばらくしてトリッパのトマト煮が来た。すぐに砂肝も。うまかった。のんびり飲んで食べていたら、黒いシャツのまくり上げた袖を下ろしながら、高田がやって来た。袖口のボタンを留めながら、俺の前の椅子に座る。黒いシャツの胸ポケットから、二つ折りにしたハガキを取り出して、差し出す。受け取った。〈喋りバー〉という下らない名前の「ジャズ・バー」の開店通知の葉書だった。

「なんだ？」

住所は、ススキノの外れ、築四十年以上の古ぼけた小さなビルが並ぶ一画にある「あけぼのビル」の三階にあるらしい。このビルにはエレベーターはなかったから、客は自分の足で三階まで上らなくてはならないわけで、これはなかなかに苦戦するのではないか、と思われた。

「酒を各種類取りそろえました。オーセンティックなバーなので、食べ物は手作り浅漬け、ナッツ類のみです。さり気なく流れるシャイなジャズに耳を傾けながら、酒と、店主とのお喋りでお楽しみ下さい」

などとバカな文句が刷ってある。シロウトが描いたらしい、下手くそな「オーセンティックなバー」のイラストが添えてある。「店主　三好定実　敬白」だとよ。

「……これ、もしかして……」

「そうだ。例の退職バカ教員だ」

「……あれだろ？　『〝店でも〟やってみようかな』って相談に来たのは、昨日なんだろ？」

「それが、どうもすでに店を造って、営業を開始していたらしい」

「……」

「日付を見てみろ。先々週だ」

「お。本当だ」

「おそらく、先々週にオープンして、案内のハガキまで出して、で、俺には内緒にしてたんだな。それで、営業開始したものの、まぁ、おそらく客は来ないんだろう。最初の一週間はな、ツキアイで何人かは来てくれる。ま、それで終わりだ。客足はぱったり途絶える。で、焦って俺のところに来たんだろう。なにかアドバイス、ってことだったんだろうけど、とうとう、もう店を造っちまった、ってことが言えなくて、中途半端な適当な話をして、帰って行ったんだろう」

「……哀れな奴だな」

「で、昨日、ってか今朝、部屋に戻ったら、そのハガキが届いてた。要するに、俺には開店案内は出さないで内緒にしていたけど、二週間近くやってみて、客は来ない、それでいよいよ心細くなって、俺宛の開店案内を投函して、それでも落ち着けなくて、ここに来た、ってところだろう」

「で、ホントのことは言えなくて、適当な話をして、消えた、と」

「ということだろう、と思うんだ。……追い詰められた時の気持ちってのは、わからないでもない。藁にもすがりたい思いだろう。俺にも覚えはある。……それに、いくら「あけぼのビル」だったって、開店の時には、ある程度まとまった金が必要だ。それを一体どうしたのか、それも気になる。サラ金なんかから、相当ツマんでいるような気配もある。……ま、そんなこんなで、ちょっと、店のようすを見て来てくれないか。あんなバカ、どうでもいい、とは思うものの、なにか気になってしょうがないんだ。首でもくくられたら、ちょっと寝覚めが悪い」

「なるほど。わかるよ。それで、このボウモアをくれたのか」

「やったつもりはない。ただ、今日の分は、サービスだ」

「ありがたく頂くよ。じゃ、行ってくる。小一時間、ようすを見て、戻って来る。……お前の友だちだ、ってことは言ってもいいのか？」

「別に隠す必要はないけど、わざわざ言うほどのことでもないな、とも思う」

「わかった。そこらへんは、臨機応変に、やる。電話を貸してくれ」

高田は銀色のベストのポケットからケータイを取り出した。

「使え」

「俺は、この音質が嫌いだ。ブツブツ切れるだろ。耳障りだ」

高田は面倒臭そうに、うんうんと頷いた。

「ああ、そうだったな。使え」

レジの脇にファックス兼用の電話がある。一〇四で「あけぼのビル」三階の〈ごきびる〉の番号を調べた。教えられた番号をプッシュすると、すぐに元気のいい声が出た。

「ありがとうございます！〈ごきびる〉でございます！」

俺は名前を言った。

「あら、めずらしい。どうしたの？」

「あけぼのの三階に、〈喋りバー〉って店はある？」

「ああ、あるよ。先々週かな？オープンした店。一応ね、お祝いにビール一ケース送ったのさ。そしたら、『これ、なんですか』って言うのさ。生真面目な顔でね。ちょっと唖然としちゃった。ちゃんと、〝祝開店〟のノシも付けたのにさぁ」

ママは六十代半ばほど。今はなくなった地名だが、石狩の濃昼《ごきびる》育ちだ。言葉に混じる北海道日本海側石狩近辺の訛りを隠そうともしない。

「で、その店の前は、なんて店だったんだろ」

「この一年は、空いてたよ。その前はね、焼鳥屋。ナユタ、とか言ったかな。なんか、ややこしい漢字書いてあったけど、覚えてないね。でも、ナユタだったのは、間違いない」

「そのナユタは、どうしてなくなったんだろ」

「……よくわからないけど、ま、いずれにせよ、夜逃げでしょ。なんの挨拶もなかったし。管理会社の人が来て、どこに行ったか知らないか、なんて何度か聞かれたし」

「なるほど。わかった。助かりました」

「もしも近くに来たら、顔、出しなさいや」

「うん。そうします」

受話器を置いた。

*

三階まで階段、というのは少々堪えた。そんなに飲んではいないんだが。歳と、不摂生の結果か。……まぁ、文句はない。仕方のないこと、と受け止める。ど～せ死ぬんだ。

で、〈喋りバー〉は、三階の一番奥だった。エレベーターのない三階建ての会館の三階一番奥の店、しかも前の店の経営者は夜逃げして、その後一年近くも空いていた店。それを借りるという神経が不気味だ。ギリギリまで追い詰められている、ということか。

で、これがダメだったら、カウンセラーに「でも」なってみるか、などとまじめに考えている元教員。不気味だ。

二秒ほど深呼吸して、度胸を決めてドアを押した。

「いらっしゃいませ……」

ふにゃけた声。痩せた男が、灰色のシャツに黒いサロンという姿で、カウンターの向こうに立っている。俺の顔を見て、「おや？」という表情になった。

「あのう……」

焼鳥屋の〈ナユタ〉は、今どこにあるかご存知ですか、と尋ねようとした。しかし突然、店内に流れているマランド楽団の〝奥様お手をどうぞ〟を切り裂くような、甲高い声が響き渡った。

「あれ⁉」

客はカウンターにカップルが一組だけ。その片割れ、向こう側に座っている男が、立ち上がって、その隣の女越しに、俺を指差して「あ、あれ⁉　どうも、お世話になってます！」とニコニコしている。焼鳥移動販売車の、塩味焼鳥専門〈世界のヒロセ〉の社長、西村充三郎だった。俺もちょっと驚いた。

「いやぁ……偶然だなぁ！」

「あの……〈ナユタ〉にもいらっしゃってたんですか？」

「え？　ああ、ええ。……まぁね」

「あそこの塩も、よかったですよね。いろいろ勉強させてもらいました」

「じゃ、その縁でこちらに？」

「いえ、そうじゃないんですけど、こちらのご縁で」

と言って、隣に座っていた、小柄な中年女性を手のひらで差す。

「オオバさん、とおっしゃいます。中学校の先生で、その縁で、こちらのマスターともお友達同士なんだそうで」

「よろしくお願いします」

「へぇ……マスター、学校の先生だったんだ」

「ええ、もう退職しましたけど」

「なんか、そんな感じはしませんね」

と、これはお世辞だ。

「ああ、よく言われます」

嬉しそうに笑顔で言う。バカだな、こいつは。

「マスターと、オオバ先生は、おふたりとも中学校の社会科の先生で、それがご縁でお知り合いなんだそうです」

「一時期、同じ中学に勤めてまして」

オオバがそう言って会釈する。

「はぁ」

「……で、オオバ先生は、手前共の塩味焼鳥をおいしい、と言って下さって。ススキノでお会いすると、必ず買ってくださるんです」

「なるほど」

「味がいいんでね。ファンなんです」

オオバという教員は、ちょっと横柄な口調で言う。

「で、先程も、すすきの市場の脇でばったりお会いして、『知り合いが店を造ったから、見に行ってみる、付き合いなさい』と言われまして……」

「私はそんな偉そうには言わないよ」

「ああ、まぁ、ああ、そうか。そうでしたけど。こちら、いつもお世話になっている、あの青泉ビルにお住まいの」

と俺を紹介する。それをきっかけに、俺はオオバの隣に座った。

「いらっしゃいませ。何をお飲みになりますか？」

「なにがあるんだろう」

「ええと、ジャック・ダニエルと、……鏡月、そしてビールはヱビスと、麦とホップです。あ、こっちは発泡酒ですけど」

俺はちょっと驚いて、マスターの三好を見上げた。その後ろには、酒の棚があるんだが、酒がほとんどない。鏡月が五本、間を広く開けて置いてあり、そのほかにはジャック・ダニエルが同じく五本。酒はそれだけで、棚は空っぽだった。黒糖や芋など、本格焼酎の五合瓶が寂しく並んでいるが、これらはどうやら空瓶のようだった。

「それじゃ……まぁ、ジャック・ダニエルをロックでお願いします」

「驚くでしょう？」

　オオバが苦笑を浮かべて言う。

「だから私もね、さっきから言ってたんですよ。こんな酒の揃え方はない、ってね。酒飲みにとっては、ズラリと酒が並んだバックヤードが、楽しみなんだ、って。それを眺めながら飲むのが楽しいんだ、って。それを……こりゃ、とにかく、落第。ダメ、てんでダメ。なに、このスッカスカの棚は。なんも楽しくない。三好は、酒飲みの気持ちが、全っ然わかってない！　大失格！」

　仲が良いのだろう。歯に衣を着せず、ズバズバと正論をぶつける。

「こんな店、一カ月も保たないよ！」

　オオバが怒鳴るように断言した。西村社長が、とりなすように、「まぁ、オオバ先生も、そこまで言わなくても……」と言うのを、「うるさい！」と叩き潰して、「三好はさ、酒飲み……とか酒場とか、ナメてるだろ。……なんで学校辞めたのか知らないけど、教員って仕事が一番きつい、くらいのこと、思ってんじゃないの？　冗談じゃないよ！　ウチらの仕事はね、てんでぬるま湯。まず、そこから自覚しないとね！」

「まぁ、オオバ先生、こちらの方が困ってますよ、なにか別な話題……」

「だいたい、二週間くらいやってんだろ。それで、なんだ、この品揃えは！」

「……まぁ、ちょっと間に合わなくてね……」

「間に合わない？　なにがさ。時間？　そんなわけないだろ、もう二週間もやってるんだから。別に、サントーメ・プリンシペから酒を船で運ばせてるわけでもあるまいに」

「……」

「じゃ、なにが間に合わないのさ。金？」

三好が微かに頷いた。

「基本中の基本だろ！　何をするにしても、金の手当をまず第一に考えるのさ。それが、世間一般の常識。そんな常識すら、ウチらの商売の連中は持ち合わせてないんだからね！　これで、教育者だってんだから、笑わせる。教員てのはさ、特に、公立学校の教員てのはさ、何をするんでも、予算は後から付いてくる、っていう感覚が抜けないのね。後になれば、どうにかなるさ、くらいのことで、なにかおっ始《ぱじ》めちゃうから、実際、怖いよ。で、コケても、公立学校教員には、サラ金はいくらでも金を貸してくれるしな！」

まるで男のような口調で、ズケズケとまくし立てる。言っていることは間違ってはいない、と思うし、三好に対する苛立ちもわかるが、正直言って、脇で聞いているのはいささか不愉快だった。

「そんなこと言ったって……」

三好が弱々しい口調で言う。

「いろいろと、予定が狂うこともあるさ」

そう呟いて、気分を変えるようにカウンターの中をちょっとずれて、カウンターの下からビニール袋に入った柿ピーと豆菓子を取り出し、輪ゴムを外して中のものを小皿に盛った。そして輪ゴムで口を閉じ、小皿を俺の前に置く。

「酒飲みの店なんで、食べ物はこれだけです」

「だからさ！」

すかさずオオバが苛立たしげな声を挙げた。

「あのさ、『酒飲みの店』なんて、聞いた風なこと、抜かすなっての！　酒飲みの店だから食い物がない、ってんじゃないんだろ⁉　料理ができないから、しかたなく、なんだろ？」

三好は小さく頷いた。

「じゃ、カッコつけてないで、素直にそう言えよ。それから、食べ物、なんて店の人間が言うな。召し上がり物、くらいの敬語は使えよ！　一人前の大人なんだからさ」

そう言ってから、意地悪そうな笑顔になって「ま、一人前かどうか、こりゃはっきりとはしないけどな！」と追い打ちを掛けた。

「いや、でもオオバ先生、そんなにヅケヅケ言わなくても……三好さん、本当に困ってるじゃないですか」

「なぁにぃ？」

オオバは、居丈高になって西村を見据えた。

「偉くなったな、西村。誰に向かって口を利いてるんだ」

「いや、別に……」

「お前、私にそんなこと、言えるの？　どの口で言ってるの？」

「……」

西村は困った顔になり、俯いた。

「あたしがその気になれば、西村ひとりくらい、オダブツにすることなんか、簡単なんだからね！」

「ああ、いや。……まぁ、そのぅ……」

西村が力弱い笑みを顔に広げて、懐柔するような、宥《なだ》めるような口調で言った。

「それはもう、重々わかってますけどね……それは、もう」

「あんまり調子に乗ると、高い授業料、払うことになるんだよ！」

「……」

「わかってんのか、このデブ！　ブタ！」

西村の顔が紅潮した。弛んだ頬や、肉が盛り上がって幾重にも段ができている喉の後ろ、そして耳までもが真っ赤になった。怒りで震える体を必死で抑えているようだった。

「そこまで太るってのは、なんか、神経……じゃなくて、精神がどっか壊れてるからなんじゃないのか？　ええ？　そうだろ、きっと」

「そんなことは……」

俺は、脇で聞いているのが辛くなったので、出ることにした。一応、入って来た口実を全うするために、いぜんここにあった〈ナユタ〉という焼鳥屋の消息を尋ねた。三好は知らなかったが、西村は漠然と知っていて、支払いその他に窮して、夜逃げしたらしい、函館の焼鳥屋で、串打ちの仕事をしている、という噂を聞いたことがある、と教えてくれた。

で、俺はジャック・ダニエルを一口で飲み干し、「じゃ、マスター、どうも」と言って立ち上がったら、「あ、お客さん」とオオバが俺を引き止めた。

「はい？」

「これから、次、どこか行くんでしょ？」

「……ええ、まぁ」

「まだこんな時間だもんね。そこ、料理、おいしい？」

「ええ」

「酒は、いっぱいある？　種類」

「ええ」

「雰囲気、いい？」

「ええ」

「じゃ、西村、ちょっと紹介してもらうか」

三好の顔が曇った。西村社長が、三好の表情を気にして、「それは……」とモゴモゴ言ったが、実際には彼も、この情けない店には閉口していたらしい。自然に腰を浮かせて、「とりあえずそうしますか」と言った。

「お一人様、四千円です」

三好が言った。これで金を取るというのは、確かに免職教員らしい大胆さだ。

＊

「へぇ。こりゃいい店だ」

高田の店に入るなり、オオバが嘆声を挙げた。その横で、西村も頷いている。どうも、西村は、いちいちオオバの顔色を窺っているような気配がある。

「本当に、いいお店ですね」

オオバに迎合するような口調で言った。

高田がこっちに気付いて、軽く顎を挙げて合図した。そして、南西隅の六人掛けのテーブルを手のひらで指し示す。俺は頷いて、西村とオオバをそっちに導いた。可愛らしいアルバイトの女の子がやってきた。俺はボウモアとコントレックスのボトルを頼んだ。オオバはモスコー・ミュール、西村は島美人をロックで。料理は任せる、と言った。オオバが、「ちょっとおなかが空いているので、よろしく」と言った。

女の子がカウンターの方に戻って、高田に注文を告げるのを待って、俺は立ち上がった。

「ちょっと、マスターと話があるので」

そう言うと、オオバが「なんの話?」と尋ねる。

「仲間内の野暮用です」

「あ、そ」

で、俺は店を横切って、長いカウンターの、高田の定位置の前に座った。

「どうだった？」

高田が、やや心配そうに尋ねる。いくらバカにしていても、やはり気になるんだろうな。

「最悪だね」

「そうか」

俺は、状況を説明した。

「参ったなぁ……」

高田が溜息まじりに情けない声を出した。

「あのバカ……」

「金がなくて、酒が買えないらしい。で、ピーナッツ『でも』出して、ってのは本気だったらしくて、本当に皿にピーナッツを盛って、それで『酒飲みの店なんで』なんて、タワ言抜かしてた」

「……」

「ま、そんなとこだ」

「あの方々は？」

で、ざっと説明した。

「そうか。元の同僚か。……ま、それでも、客がいただけでも、ま、……マシ、だな」

自分に言い聞かせるように言う。カウンターの右端で、バーテンダーの慶子ちゃんが銅のマグカップに氷をカランと入れ始めた。オオバのモスコー・ミュールを作るんだろう。

「ま、そんなわけだ」

「わかった。ありがとう」

俺は立ち上がり、テーブルに戻った。

＊

オオバも西村も、酒はそれなりに強かった。オオバはモスコー・ミュールをゆっくり飲んだ後、ショート・ドリンクスを四杯、わりと速いペースで飲んだが、あまり酔ったようには見えなかったし、西村も島美人を五合飲んだにしてはしっかりしている。これは、ちょっと驚くべきことだった。で、もう一軒行こう、ということになって、俺はやや迷ったが、結局、〈ケラー〉に流れることにした。

階段を下りて店に入ると、オオバは店内を見回して、満足そうに頷いた。西村も「あ、いいなぁ」と小声で言った。カウンターの右端に、三人並んで座った。俺はサウダージを頼み、オオバはアレキサンダー、西村は島美人のロック。

あの〈喋りバー〉を出て、目の前から三好が消え、居心地のいい店に入ると、オオバの横柄な、まるで喧嘩腰の男のような口調は消え、ごく普通の中年女性の話し方になった。

「お世辞じゃなく、本当にいいお店ですね」

そう言って、「あ、そうだ」と口の中で呟き、「申し遅れました。私、オオバと申します。

勤務校では、社会科を担当しております」と言って、腰を浮かせて名刺を差し出す。俺も中途半端に立ち上がり、名刺を受け取り、「名刺を持ち合わせませんもので」などと平凡で無礼な台詞を言って、「夜は大抵、この店で飲んでます」と付け加えた。

「へぇ！　そうなんですか」

西村が、なんだか面白がっているような声を出した。

名刺によれば、オオバは、大羽貴子という名前で、勤務校は、南区の藻岩下中学校。

「最近は、授業数が少なくなったので、スキー学習を行なわない小中学校が増えている、と聞きますけど」

俺が言うと、大羽は顔の前で右手を振って首も振った。

「ウチは、ちゃんとやってますよ。なにしろ、藻岩のスキー場に、歩いて行こうと思えば行けますし」

「そうですか。そりゃ、よかった」

「スキー学習しないなんて、札幌の人間じゃありませんよ」

大羽は大袈裟に断言する。西村も「そうそう」と笑い、「スキーが滑れないのは、札幌人じゃないですよ」と大羽に話を合わせる。

それから、俺を見直すような表情をして、言った。

「結構、スキーがお上手でしょうね」

意外なことを言われた。もちろん、札幌生まれ札幌育ちだから、人並み程度には滑るが、それほどうまい方じゃない。子供の頃から、スキーがうまいなどと誉められたことは一度もない。それに、ここ三十年以上やっていないから、もしかしたら初心者並みに腕は落ちているかもしれない。

「いえいえ。全然。……でも、なぜですか？」

「自分の経験からですけどね、体重が重い方が、スピードが出て、エッジも利いて、相当シャープに滑れるもんなんですけどね」

それは知らなかった。

「あ、そうなんですか」

俺が無防備に相槌を打つと、大羽が笑った。

「いやいやいや、西村、こちらはあんたみたいには太ってないから」

「そうかな」

という声には、なんとなく自慢げな雰囲気があった。太っていると、スポーツは苦手であるように見える。そういう世間の思い込みに反して、西村はスキーが相当得意なんだろう。言う通り、高速で板を自在に操れるのかもしれない。それを誇りに思っている気配があった。

「K－1のライト級と横綱くらいの違いはあるさ」

と、これは俺に対するお世辞だろう。

「西村は、丁髷を結えば大相撲の土俵に上がれるもんな」

俺も、初めて西村を見た時は、そんなことを考えたんだった。それを思い出して、ちょっと笑顔になった。

「ねぇ、そうでしょう？　ねぇ？」

大羽が、楽しそうに言う。

「そんなことはありませんよ」

と応じたが、我ながら、空々しい相槌だった。で、ごまかすためにサウダージを空けて、おかわりを頼んだ。岡本さんがすぐに作り始める。

電話のベルが鳴った。

「お電話です」と言う。誰？　と目で尋ねると、「金浜様です」と言う。俺は立ち上がって受話器を取った。

名乗った。

「もしもし」

甲高い声が耳の中に響き渡る。

「お休みのところ、申し訳ありません」

「いや、こちらこそ。なにかあった？」

「例の、塚本美奈子、ちょっとＦＢの中で調べてみたんですけど、なんか、おかしい動きをしてますね」

「へぇ」

「なにか、……こう、セミナーなのか、講演会なのか、パーティなのか、よくわからないものを主宰しているようですよ」

「よくわからない、ってのは？」

「わざとぼかしてるようですね。FBから、自分のブログに誘導して、そこから先はどうやって連絡を取り合ってるのか、ま、手っ取り早くメールなんでしょうけど、なんか……うまく言えないけど、……あるじゃないですか、ネットには、クズみたいな情報がいっぱい。『必ず一億円儲かる方法』とか、『ビジネス成功のための最強ツール無料で配布中』とかなんとかかんとか」

「あるな」

「そんな類のニオイ、プンプンです」

「中に入れないのか」

「FBは、各々自由にコミュニティを作れるんですけど、その中に入るには主宰者に認証されて、アカウントを取得する必要があるんです」

話が段々わからなくなってきた。俺の知識も底が浅い。

「はぁ……そうなのか」

「で、もう塚本美奈子氏は亡くなっているので、アカウント取得は不可能です」

「じゃ、どうしようもない、ということか？」

「ただ、その塚本氏のブログのタイトル、全角大文字で、KSN、漢字で宣言、『KSN宣言』って言うんですけど、ネット上に、いくつか『KSN宣言は危険』とか、『KSN宣言被害者の会を立ち上げます』とかいう板があるんで、そっちの方からアプローチしてみますか？」

「あ、そうか。じゃ、できたら頼む」

「……ただなぁ……これらの板の、最終更新が、たいがい一昨年なんですよね。……だから、この動きは、もしかしたらもう終わっちゃってるのかも、という気もするんですけど」

「……」

「各々の板に、コメントを残してるんですけど、今のところ返信は皆無です」

「……そうか。わかった。じゃ、ま、とにかく、もう少し調べてみてもらえたら、嬉しい」

「了解です。……あのう……」

「〈スパイラル〉のソニアの件か？」

「あ、そうです、そうです、そうなんです」

途端に嬉しそうなキンキン声になる。

「今のところ、俺は夜ならだいたいいつでもＯＫだよ。前もってわかれば」

「あ、そうですか。とにかく、ソニアも普段は学生で、なんか課題がいっぱい出る学校らしくて、なかなか時間が取れないんですよ。で、来週の半ばなら、なんとかなりそうだ、首を洗って待ってろ、ブタ、なんて言われちゃって。えへへ」

「わかった。来週半ばな。そのつもりでいるよ」

「お願いします！」

受話器を置いたら、すぐにまた電話が鳴った。向こう端にいたマスターが滑らかに滑ってきて、受話器を取った。

「お電話ありがとうございます。〈ケラー・オオハタ〉で御座居ます。……………いらっしゃいます。少々お待ち下さい」

俺に受話器を差し出す。

「塚本さん。年輩の男性」

俺は頷いて、受話器を受け取った。

「もしもし。お電話替わりました」

「塚本と申します。美奈子の父です」

「あ。……先程は。お疲れ様でした」

「……あのう……」

「はい」

「ええと……生前の故人について、お話をお伺いしたい、と思いまして」

「なるほど。御尤もですね。私も、娘さんの思い出を、どなたかと語り合いたい気分でおりました」

「今は、……あの、〈平安殿〉におりますが、……どこかで軽く飲める……なにぶん、札幌はあまり詳しくないものですから」

「なるほど。……グランドホテルはご存知ですか」

「はぁ。……確か、駅前にあった……」

「そうですね。タクシーに乗れば、一番確実ですね。十分もかからないはずです。〈平安殿〉から」

「あ、わかりました」

「グランドホテルの一階に、〈オールドサルーン〉というバーがあります。そのカウンターでお待ちします」

「〈オールドサルーン〉。カウンター。わかりました」

「私は、ミッドナイト・ブルー……ほとんど黒のダブルのスーツを着ています」

「わかりました。では、後ほど」

俺は席に戻り、申し訳ないが急用ができた、失礼する、と言った。西村と大羽は、是非また今度、飲みましょう、と言ってくれた。俺はレジで三人分の金を払い、出た。

19

一杯目のサウダージを半分ほど飲んだところに、塚本美奈子の父親がやって来た。

「いやぁ、わざわざ御足労願って」

そう言い、ちょっとあたりを見回して、「バーなんですな」と頷いて、喪服の内ポケットから名刺入れを取り出した。

「改めまして。本日は本当に、ご参列、ありがとう御座居ました。故人もさぞ喜んでいることと存じます」

そう言いながら、名刺を差し出す。JA旭川　戸端舞直売所　所長　塚本重十郎。しげじゅうろう、と読むんだろう。俺とほぼ同年輩だ。

「お飲物は」

女性バーテンダーが背筋をピンと伸ばして尋ねた。

「じゃ、生ビールでも、お願いします」

「畏まりました」

「いや〜、もう……私以外は、ほとんど女子供でね。……したから……なんかもう、メソメソして、……ホールはね、酒や食い物を用意してくれたんだけど、辛気くさくてね。全然酔えないし。で、お宅さんのことを思い出して、御迷惑かとは思ったものの、ちょっと電話さしてもらった次第です」

そう言って、頭を下げる。俺も下げた。

「それにしても……あんなに人が来るとは思ってなかった。こう、内輪でね、ひっそりやって、と思ってたんですけどね。思いがけないことで」

「娘さんの人望なんでしょうね」

「さぁ……どうかなぁ……私ら、実は、ヒヤヒヤしてたんですわ」

「は？」

「あ、いや。……まぁ、いろいろとね。美奈子にも、世間の付き合いが、いろいろあったようでね。……どうですか、美奈子は、スナックのママとしては、どうだったですか」

「……なにしろ、きれいでしたからね」

俺が言うと、重十郎は「いやいや」と謙遜した。それがなんだか、滑稽で、物寂しかった。死んでしまった、気の合わない娘の美貌を謙遜する父親。

「客あしらいも鮮やかだったし、はきはき物を喋るタイプで、時々はきついことを言うこともあったけど、あっさりしてましたからね、性格が。しこりが残るようなことは、なかったですね」

俺は適当なことを言いながら、重十郎の反応を見た。

「はぁ……そんなもんですかねぇ……」

「娘さんは、……なにか、トラブルを抱えていらっしゃったんでしょうか」

「……そんなようなことを、なにか言ってましたか」

「あ、いえ。……ただ、娘さんが、ストーカーに付き纏われていた、という噂があるものですから」

「はぁ……なんだか、えらく太った男だ、という、アレですか」

「多分、そうだと思いますが。警察からお聞きですか？」

「ええ。その点については、しつこく聞かれました。美奈子が、高校を中退した事情とか、……なにもない、ただいきなり、あの学校はイヤだ、辞める、と言い出して、なにを言っても聞かずに、ほとんど家出同然で札幌に出たんですけどね。……だから、あの頃の事情を聞かれても、こっちもさっぱりわからない、逆に何があったんでしょうか、ってね。警察に聞きたいくらいで」

「その、太ったストーカーっていうのは、警察ではどんな男だった、と言ってますか？」

「なんか……なんか？　大柄で、相撲取りみたいな男だ、という人もいれば、ダブルのスーツを着ている男だった、という人もいるそうです。警察では、同一人物だと考えているようですけど。それで、旭川でそんなような男にしつこく付き纏われた事実はないか、なんて何度も聞かれましたけどね。……心当たりは、さっぱり……それに、そんなに大きな街じゃないですからね。相撲取りみたいに太っていて、ダブルのスーツを着ている男なんて、そんなに普通にはいませんからね。旭川じゃ、相当目立ったろう、と思うんですよ。少なくとも、繁華街《さんろく》じゃ名物男になってるだろうな。……でも、……噂も聞いたことはないですねぇ」

そういう重十郎の言葉を聞きながら、俺の頭の中でなにかが動き出した。……なにかが頭に引っかかっている。俺は何かに気付いている。今日の午後からだ。なにか重要なことを、俺は知っている。だが、それがなんなのか、はっきりとはわからない。

なんだろう、と頭を捻りながら、俺はなんとか重十郎から情報を引き出そうと試みた。

「さっき、御遺族の方々はヒヤヒヤしていらした、と……」

「いや、あれは失言。言い間違いです。ヒヤヒヤしてたんでなくて、この中に犯人がいるんでないか、と思って、ハラハラしてたんですわ」

「犯人が、葬儀に参列するような、なにか御事情がおありですか？」

「いや、なんとなく、そんなことを思ったりしただけですわ。……ドラマの見過ぎですわ」

そう言って、苦笑を浮かべる。俺は無意味に頷いた。

「ま、そんなことを考えて、ハラハラしましたけど、……あり得ませんね」

この話はこれで終わり、という口調で、きっぱりと言い切った。

「娘さんが高校を中退なさって、札幌に出て来た、その御事情とかは、本当に御存知ないんですか？」

「はぁ。それはもう、全然。青天の霹靂ってのはああいうことを言うんでしょうねぇ」

「奥さんと、美奈子さんの間では、なにか……」

「いや、それはないですわ。むしろ、私よりも家内の方が驚いて、狼狽《うろた》えてたくらいですから」

「……」

「それにしても、どうしてそんなに、娘のことを気にしてくれるんだろ。……本当に、ただのお客さんという……」

重十郎が、ようやく不審に思い始めた。むしろ、今まであれこれ答えてくれたのが普通じゃなかった。要するに、ちょっと取り乱していたんだろう。それが落ち着いて、平常の精神が戻って来た、ということか。

「あ、ええ。ただの客です。ただその……娘さんに頼まれて、猫の世話をすることになってたんですよ」

「猫の？　美奈子は、猫を飼ってたんですか？」

「ええ。ご存知ありませんでしたか」

「ご存知もなんも、私はあんた、美奈子が高校辞めて家を出てから、一言も口を利いたことがないんだから」

「……そうなんですか」

「こっちからは電話しないし。向こうからも電話来ないし。もう、それでぱったり」

「年末年始に帰省などは？」

「一度もなかったですね」

「奥さんとは？」

「それは、家内とは、電話のやり取りくらいはあったみたいですけど。年末年始は、たいがい、本州やハワイとかに、ゴルフをしに行ってたみたいですね。そう聞いてます」

「……」

「ま、旭川が、いやだったんだろうな。高校も含めてね。戸端舞が嫌いだったんだな」

「……それにしても、一言も、というのは凄いですね」

「そうかな。凄いって程のこともないですよ。あれよあれよと言う間に、時間が経ちましたね」

「……それ以前は、娘さんとは、仲が良かったんですか？」

「……元々、気が合わなかったですね。私は息子が欲しかったけど、生まれて来たのはあの子で、ちょっとがっかりしたかな？　それが、尾を引いたかもしれない」

「……」

「あ、それで。美奈子の猫に餌を？」

「……ああ、はい。そうです。娘さんが、ソウルに行くので、その間、猫の面倒を見てくれ、と頼まれまして」

重十郎は、俺の頭のてっぺんから爪先まで、つくづくと眺めた。

「……そういうお仕事を……」

「いや、仕事というか、ま、友だちに頼まれた、というわけです」

「……」

「ススキノに住んでいるものですから」

「はぁ……。で？　美奈子の猫の面倒を見ると、そんなに美奈子のことを気にしてくれるわけですか」

「ま、友だちでしたからね。……それに、私、娘さんの御遺体の発見者なんです」

「え！」

「猫に餌をやりに部屋に入って、それで御遺体を発見したんです」

「それは……」

「だもんで、……どんな事情があったのかな、ということが、どうしても気になりまして。警察は、なにも教えてくれないし」

「そうですか……驚いたでしょう」

「ええ」

美奈子の死に顔が目に浮かんだ。俺はサウダージを頼んだ。重十郎は、ビールを飲み干して「生ビール！」とバーテンダーに頼んだ。顔が全体として赤くなり、すでに酔っているように見えた。

「……そうですか……美奈子が猫をねぇ……やっぱり、寂しかったんでしょうかね」

「そうかもしれませんね」

「……寂しいなら、戸端舞に帰って来ればよかったのに……いくら寂しくても、戸端舞よりはマシだ、ってことですかね」

「さぁ……まぁ、ペットを買うのは、ごく普通のことですよね。今は。特に、ススキノじゃ」

「……それで、どうですか。娘の猫は。元気にしてますか」

「ええ」

「あれですか。引き取ってくれたんですか」

「ま、行き掛かり上、ですね。これからずっと飼うかどうかはわかりませんけど」

「……どんな猫ですか」

「人懐っこいんだか冷たいのか、さっぱりわかりませんけどね。私のことが好きなのか、嫌いなのか」

「……美奈子みたいな猫だな」

「え?」

「私のことが、嫌いなのか、好きなのか、全然わからない子供でした」

「はぁ……」

「……実は、……どうも私の娘じゃないみたいでね」

「え?」

重十郎は、しばらくの間俯いて、自分の太股のあたりをじっと見つめていた。こめかみや目の周りがはっきりと赤い。

「実は……」とゆっくり話し始めた。「私は血液型がA型、家内はO型で、美奈子はA型なんです」

「……はぁ。まぁ、普通ですね」

「……あなた、御自身の血液型、いつ知りました?」

「ええと……いつでしょうねぇ。……いつの間にか、A型だ、と知っていましたね」

「そんなもんですよね、普通。私はね、病院で生まれた時、血液型を検査してくれたらしくて、両親から、A型だ、と言われて、それをなんの疑問もなく、信じてたわけです。で、結婚して、娘が生まれて、娘もA型で。……で、娘が中学一年の時に、私、車をぶつけられましてね。で、手術したわけです。その時、輸血のために血液型検査をしたんですな。よく覚えていませんけどね。……で、そしたら、実際にはB型だ、ということが判明しまして」

「……」

「家内にも、娘にも、このことは話してません。……家内は、なにか知ってるかな。医者や看護婦から、なにか聞いてるかもしれません。でも、ま、そんな素振りは一切なし」

「……」

「娘には、全く話してません。……ただね……なにかこう、態度の端端に、なにかが出るかな、出てるかな、と思うこともありましてね。不思議なもんで、血が繋がってない、と思った途端、……なんというのか、愛情……と言うと恥ずかしいですかね、愛着、みたいなものがごく薄くなったのは事実ですね」

「はぁ……そんなもんでしょうか」

「思えば、娘とギクシャクするようになったのも、その頃からだったような……気のせいかもしれませんけどね」

「……」

「あなた、お子さんは?」

「息子がひとりいます。もうとっくに成人して、独立してますけど」

「どう思います、もしも後になって、血液型から、親子関係がない、ということがわかったら」

「私は、あまり関係ない、と思いますけどね」

「いや、そんなこと、ないですよ。……ほら、結構前ですけど、DNA鑑定をやる、っていう民間会社が話題になったでしょ？」

「そうでしたっけ」

覚えていない。

「ああ、やっぱり。きっと、他人事だと思って、聞き流してたんでしょうね、ニュースを」

「……」

「私は、そんなようなニュースとか、週刊誌の記事とかを見たり聞いたりすると、ついつい、真剣に聞いたり読んだりしちゃうんですよ。で、多感な時期の美奈子がですね、一緒に食事している食卓でも、つい、ニュースを熱心に見たりしちゃったんだな。それでいきなり美奈子が茶碗をテーブルに叩き付けてね、無言で部屋に引っ込む、なんてことがあの時期二度ありましてね。……だから、なにかを漠然と感じていたのかもしれないけど」

「……」

「そういうのとはまた正反対に、小遣いをねだる時は、もうトロトロに甘えるわけですよ。……で、こっちも、血の繋がりに疑問を持っている、というか、実際には親子じゃない、という意識があるせいか、必要以上に、甘くなっちゃって。言われるままに、ピアノが弾きたいと言われれば、安物ですけどすぐに買ってやって、ゴルフをやってみたい、と言われれば、クラブを揃えてやって。東京ディズニーランドに行きたいと言うから、ほいほい連れて行って。パソコンを買いたいから、いくらいくら出してくれ、と言われればそれも出して。とにかく、金には甘かったです。……思えば、いびつな親子関係だった、と思いますよ。……なんで、こんな話をしてるんでしょうね」

「……」

「でもね、なにしろたったひとりの子供だと思っていた一人娘が、血のつながりがない人間だった、とわかった時のショックは、想像も付かないと思いますよ。で、以来、なにかあると、クヨクヨとそのことばっかり、考えるようになって。……美奈子には、済まないことをした、と今になって、思います」

「それはまぁ……」

ちょっと言葉がなかった。だが、そんなにクヨクヨ気に病むほどのことでもないようにも思う。ま、人それぞれか。

「娘の育て方、完全に失敗したんだろうな、私は」

「はぁ……」

「でも、まぁ、あんな経験したら、……無理もないかな、とも思います」

それはどうかな。

「奥さんとは、それについては、話し合ったことはないんですか」

「……ええ。なにか、きっかけが摑めなくてね。……あまり触れたい話題じゃないですし。……でも、美奈子があんなことになって、これで、……別れることになるでしょうね。それも、できるだけ、早くね」

「……」

「手切れ金、ですか。慰謝料みたいなものも、相当値切れるですよね。向こうの不貞行為が原因ですからね。……ま、弁護士と相談、ですけどね」

悲しみの感情が徐々に収まってきて、現実的な事柄が頭に浮かぶようになってきたようだ。

重十郎は、ビールを飲み干して、タンブラーをトン、とカウンターに置いた。

「なんか、気持ちの整理ができました。つまんない話、聞いてくださってありがとうございました」

そう言って立ち上がり、「お愛想、お願いします」と言った。俺の嫌いな言葉トップ3に入る言葉だ。お愛想？　下品な田舎者が。

「ああ、あの」

俺は背筋の伸びた女性バーテンダーに右手で軽く合図した。彼女は小さく頷いた。レジのところで、ちょっと小声のやり取りがあり、重十郎がこっちを見た。深々と頭を下げる。俺も会釈した。重十郎は、さっさと出て行った。

これで、いいのだ。

「お愛想」なんて言葉を使う奴と、割り勘にしたら金が腐る。

20

〈ラウンジ　ゆり〉は、まぁまぁの賑わいだった。ママはもちろん、和装の喪服から、ストンとしたシルエットのワンピースに着替えていた。体の線をほとんど見せないのに、スタイルの良さがはっきりわかる、という不思議なデザインだった。なんとかドレス、というようなジャンルの名前があるんだろうが、俺は女性のファッションには詳しくないので、わからない。

ママの後について進む途中、女の子がふたり立ち上がろうとしたが、ママが目付きで制したらしい。すぐに腰を落ち着けて、客たちと笑顔で話し始める。

夜景が見えるコーナーの席に導かれた。

「こちらで、どうぞ」

「ありがとう」

「すぐに戻ります。ごゆっくり」

すぐにウェイターがバランタイン・ファイネストのボトルと、「セット」をテーブルに展開した。

そこにママが戻って来た。左の脇に大きな本を抱えている。若草色の布装の本だ。訓徳のアルバムだろう。俺の隣に、尻を横滑りさせる感じで座り、「すぐに見付かりました」と言い、差し出す。俺は受け取り、「ママは何組？」と尋ねた。

「やめて。私の写真なんか。それより、山越先生でしょ？」

「まぁね」

「教職員の写真は、後ろの方……あ、その次です」

広げてみた。思ったよりも人数が少ない。ママも同じようなことを考えたらしい。独り言のように言った。

「訓徳は、本当に小さな学校ですから。各学年、三クラスしかなくて。先生も少ないんです。その分、同窓会の交流は、熱心ですけど」

などと、なにか懐かしそうな雰囲気を漂わせながら、ページに見入った。名前はわからないが、なにか上等そうないい香りが漂った。

教職員は前後二列に並んでいる。その後列の一番右端に立っている女教師を、丁寧に手入れした指先で、ママは示した。

「これが山越先生」

一番の新入りなので、後列一番端に位置している、ということだろう。校長は、前列の真ん中で足を大きく開いて、パイプ椅子に座っている。そこから、位階の高い順に、並んでいるらしい。年齢も、校長から遠くなるに連れて、徐々に若くなって行くようだ。

山越麻紀子は、見た感じ、一六五センチほどに見える。女性としては背が高い方だろう。隣に立っている、スポーツマン体型の中年の男性の耳と並ぶほどの背丈だ。

「結構、背の高い女性ですね」

「あ、そうですね。その隣にいらっしゃるのが、体育の先生で、小柄な方なんで、なおさら、背が高く見えますけど」

「体育というと……」

「体操が御専門で。それで、ちょっと小柄なんだそうです」

「なるほど」

「体操を専門になさった方って、すごいですよね」

「へぇ」

「飛び込み前転、であるでしょ？」

「ああ、はい。やらされましたね」

「それがね、こちらの先生がやって見せてくれると、本当に、スローモーションで飛んでいるように見えるんです。フワッと、ゆっくり。驚いちゃった」

ママの話し方が、ちょっと女子高生っぽくなったのがおかしかった。

「で、これが山越先生、と……」

山越麻紀子は、なんとなく野暮ったい顔付きの女性だった。社会人になったばかりで、たとえば化粧とか着こなしとかが垢抜けないのかもしれない。また、緊張してもいるのだろうが、どうも魅力に乏しい容貌だ。目が細くて、唇のあたりがもたもたした感じだ。ママたちがいじめたくなった気持ちも、なんとなくわからないでもない。

「こんな、真面目な先生に、あんなひどいことをしたかと思うと、……自分がイヤになるわ」

「で、今、この山越先生はどうしているか、わかりませんか」

「ええ。心当たりを当たっているんですけど、さっぱり。……警察からも言われてるようなんです。同窓会の幹部たちが。でも、全然足取りが摑めなくて」

「警察は、山越先生の現住所などを把握していないんでしょうかね」

「さぁ……」

山越名義のソウル行きの切符はあった。ということは、当然パスポートもあるだろうし、その控えはノーザンセブンにあるだろう。だから簡単に山越を確保することはできると思うんだが、警察はまだもたもたしているらしい。

なぜだ。

もしかしたら、山越も、やられた？

……などと、少ない手がかりであれこれ考えるのは、愚か者のすることで、時間の無駄だ。

「このアルバム、ちょっとお借りしていいですか？」

「ええ。普段は使わないから。……でも、なぜ？」

「山越先生の写真をコピーしたいんです」

「あ、なるほど」

「それに、ママの高校時代の写真も見てみたいし」

ママはハッとして、アルバムに手を伸ばして取り上げようとした。だがそこで思い直して、「バカみたい」とふざけた口調で言い、「私は三組でした」と続けて、三組のところを開いた。集合写真、ひとりひとりの写真、日常のスナップなどがあり、「これが、私」とまた手入れの行き届いた細い白い指で示す。正統的な美少女だった。美少女であることには間違いないが、あまり美少女過ぎて、ツルンとした印象しか残らない。「お人形さんのような顔」というのは、きっとこういう顔のことなんだろう、と思った。だがとにかく、美人であることは間違いないので、「きれいですねぇ」と感心するのは自然にできた。

「肌が違うわね。青春時代なんて、いろいろややこしいことばかりで、あの頃に戻りたい、なんて全っ然思わないけど、……肌はね。……肌ばっかりは、あの頃に戻りたいな、って。本気でそう思う。……私、まぁ、学校が地味だったせいもあるけれど、高二の冬休みまで、化粧なんかしたことなかったのよ。それでも、全然、平気だったのに。……今はもう、鏡見る度に、ショック！」

＊

ママから借りたアルバムを小脇に抱えて、コンビニエンス・ストアに行き、山越麻紀子の写真を拡大コピーした。A4サイズいっぱいに引き延ばしても、あまり画像は荒れない。コピーなのかレーザーなのかデジタルなのかなんなのかわからないが、とにかく技術は日進月歩なのであるなぁ、と感心しつつ、コピーをアルバムに挟んで、一旦部屋に戻った。ビルの前に焼鳥販売車が駐まっていた。今夜は、西村が自分で焼いていた。俺に気付いて、笑顔になる。

「やぁ、どうも。先程は」

「ごちそうさまでした」

「あんなに飲んで、で、すぐに仕事？」

「ええ。まぁ。あれくらいは平気です」

「強いんだな」

「そんな。何を言うんですか。全然及びもつきませんよ」

酒飲み同士の他愛ない話をして、焼鳥二本、タン二本を買った。四百四十円。

「ありがとうございます！　あの、〈ケラー〉でしたっけ？　また、行きましょう。今度は、俺がオゴります」

「あ、いいね。いつでも誘ってください」

「では、また。毎度ありあたんす！」

西村は相変わらずの明るい笑顔で言った。

エレベーターを降りて、部屋のドアの前に立ったが、チリンチリンの音がしない。鍵穴に鍵を差し込んでも、鳴き声が聞こえない。ナナが隙間から飛び出したりしないように、注意しながらそっと玄関のドアを開けた。ナナはいない。俺は靴を脱いで、開けっ放しにしてあるリビングのドアを通り、中に入った。

「ナナ！」

上の方で、「んー」という声がした。そっちを見ると、ナナが『吾輩は猫である』の前で手足を畳み、落ち着き払って尻尾を動かしている。俺を見下ろして、大きくアクビをした。そして立ち上がり、「んー」と唸って、本棚の段をポンポンと降りて来た。「にゃ〜」と鳴きながら近付いて来る。しゃがんで抱き上げようとしたら、そっぽを向いて別な方に行く。

「どうでもいいよ。……だから、話しかけるなって」

自分を叱りつけて、そして俺は卒然として悟った。猫と一緒に暮らしていて、話しかけずにいるのは不可能だ。お互いに無視しあって、一言も口を利かない夫婦、というのはあり得る。だが、相手が猫だと不可能だ。いっそ潔く諦めて、自分を許すしかない。

テーブルの上に、アルバムと焼鳥の包みを置いて、上着を脱いでハンガーに掛けた。その間中、ナナは俺の右足に体をこすり付け、「にゃ〜」と鳴く。そして、足の甲に頭をこすり付ける。しゃがんで抱いてやろうとしたら、「いや」という仕種で離れ、床に積んである新聞紙の角に頭をこすり付け、幸せそうにしている。

「楽しいか？」

言いっ放しにすると、なんとなく楽しい。もちろん、ナナは返事をしない。

「いいんだぞ。お前が楽しけりゃな」

ナナは、物珍しい物を眺めるような、不思議そうな目つきで俺を見上げる。

うるさく音を立てるパソコンを起動させて、メールをチェックした。金浜から、リンクを添付したメールが送られていた。〈KSN会の入り口のひとつです。これは、FBではない、生活情報をまとめたサイトで発見しました。典型的な釣りです。並んでいる質問に、ひとつでもイエスのボタンを押すと、いきなり会員登録画面が現れて、自動的に会員登録をされてしまいます。〈実験済〉くれぐれもお気を付けて〉

リンクを踏んでみた。わりと稚拙なデザインのページが立ち上がった。

「私たちはKSNの会と申します。

黙っていても、毎週月曜日に、23万円が銀行口座に振り込まれる。そんな暮らしは、お嫌いですか。あるいは、毎月末に、200万円が口座に振り込まれる暮らしは?

おとぎ話ではありません。夢物語でもありません。もちろん、怪しげな詐欺でもありません。現実に、こういう暮らしをしている人々が、日本でも、毎日毎日増えているんです。

そんなバカな?

そうお考えですね?

それでは、実際にそういう暮らしを手に入れた方々の、生の声をお聞きください。」

という〈御挨拶〉があって、〈喜びの声を読んでみる。※yes ※no〉と続く。金浜のアドバイスに従って、ボタンを押さずに画面を閉じた。金浜は今頃、そういう作業用に用意してあるアカウントを使って、内部をいろいろと探っているのだろう。なにをどうしているのかはわからないが。結果は明日にでもわかるだろう。〈よろしくお願いします〉とメールを返信した。

華のケータイからもメールが来ていた。

〈何してる?

私は、今まで、あなたに〝何してる?〟なんて聞いたこと、一度もないよね。このこと、くれぐれも忘れないでね〉

忘れないよ、と返信した。

ほかにはめぼしいものはない。閉じようと思ったら、一本、メールが届いた。〈アキラです〉

開いてみた。

〈SBCを見ろ〉

すぐにテレビを点けた。

パトカーの赤色灯が回転している中、数人の制服警官に取り囲まれて、太った男が護送車のような車の中に押し込まれるところだった。

「怪我人はありません。男は、自分は被害者である、と語っているようです」

画面がスタジオに切り替わった。顔をよく見るアナウンサーが「次のニュースです。秋雨前線が北上し……」

電話が鳴った。受話器を取ると、アキラさんの声が「見たか?」と言う。

「見た」

「そうか。間に合ったか」

「あれは……」

「俺、店で寝てたんだ」

「床で？」

「ああ、そうだ」

面白がっている口調で言う。

「で、目を覚まして、椅子に座って、ぼんやりしてたんだ。そしたら、ＳＢＣのニュースで、塚本美奈子の葬儀に……」

「美奈子の？」

「そうだ。葬儀に、男が乱入、ってやりはじめたんで、……俺もよ、バカだからよ、なに考えたんだか、ま、寝ぼけてたんだろうけどな、メールを送ったわけだ。で、バカヤロウ、電話の方が早いし確実だろう、って気付いたわけだ。ま、間に合って、よかった」

「でも、最後の方だけだけどね」

「そうか」

「どういうニュースだったの？」

「つまり……塚本美奈子の通夜に、喪服を着た男が現れて、焼香をしてから、いきなり、父親を面罵しつつ、壁に押し付けて激しい口調で暴言を吐いたそうだ。ちょっとくらい殴ったかもな。で、ホールの職員が一一〇番して、駆け付けた警察官が取り押さえたらしい。男は、取り押さえられた後は冷静になって、自分は被害者だ、と話してるらしい」

「なるほど。お知らせ、ありがとう」

「どうも、ＳＢＣのスクープらしいな」

「へぇ」

「少なくとも、映像を撮れたのはＳＢＣだけだったみたいだな。ほら、ＳＢＣは、平安殿にわりと近い」

「あ、なるほど」

「ま、そんなわけだ。なにか役に立ったか？」

「ええ、もちろん」

「そうか。じゃあな。あんまり飲むなよ」

電話が切れた。俺は上着を着て、部屋から出た。

＊

ビルの前には、相変わらずヒロセの車が駐まっていて、西村が慣れた手つきで串を焼いていた。

「あ、またお出かけですか」

「ちょっとね」

近くに駐まっていたタクシーに乗り込み、平安殿と告げた。

「あ、なんか今、事件、あったらしいっすね」

若い運転手が言う。

「ラジオでやってたっすよ」

「へぇ。なんて？」

「なんか、通夜の席に、乱暴な男が乱入して来た？　とか」

「通夜か。遺族はいい迷惑だな」

「そっすね」

程なく平安殿に着いた。すでに警察車両は引き上げていたが、各局のテレビ・クルーが残っていて、あちらこちらでレポーターやディレクターが照明を浴びながら、マイクを持って何か喋っている。

あたりをざっと見回した。松尾がいないかな、と思ったが、どうやらここにはいないようだ。俺はテレビ局の連中の間をすり抜けて、平安殿の中に入った。警備が強化されているかも、と心配したがそういうこともなく、勝手に地下のロビーに降りることができた。そこに館内の案内板があり、「御遺族様控え室」は二階に六部屋あることがわかった。で、二階に上り、控え室の表示を見て回った。「塚本家」と筆で書かれた札がはまっているドアがあったので、ノックしてみた。

なかで誰かが立ち上がる気配があって、男の声、おそらくはミーナの父親、の声が言った。

「どちらさまですか」

警戒している。俺は名乗った。

「どちらさま？」

「あの、葬儀でお花をお供えした……」

「ああ、ああ、さっきの。グランドホテルの」

「ええ」

ドアが開いた。ジャージ姿の重十郎がいた。

奥は、二十畳ほどの和室だった。壁際の丈の低いテーブルには、酒やオードブルなどが乱雑に置かれていた。そして布団が何組か延べてある。奥の方で、ジャージに着替えた女性たち、パジャマの子供、シャツに黒いズボンの男たちなどが畳に座っている。

「いやぁ、わざわざ」

重十郎は、特に怪我をしたようすはない。

「テレビで見ましてね。驚きました」

「わざわざ、それはどうも……いやぁ、しかし、参りました」

「なにがあったんですか？」

「なにがあったもなんも、メチャクチャですよ。……もう、メチャクチャ。……一足お先に、グランドホテルから、タクシーで戻ったんですよ。で、この部屋で……ただ、ぼうっとしていたんですけどね。で、ノックされて、その時は、『はい？』ってすぐに開けたんです。そしたら、もう、いきなり。靴も脱がないで、だっと突進して来て、私の胸倉摑んで、壁に、ダァ～ン！　と叩き付けられて。で、私をぐらぐら揺すぶりながら、『俺から巻き上げた金を返せ！』って、もう、それだけを怒鳴り続けて」

「はぁ……お怪我は？」

「お陰様で、特にはないようです。念のため、ということで、さっき、救急病院で診てもらいました」

「そうですか。それはなにより。……しかし、それにしても大変でしたね。……その男の言っていることに、何かお心当たりは？」

「いやぁ……なにがなにやら、さっぱり……」

と言う目は、おどおどしていて、事情をよく理解していることを物語っていた。

「美奈子さんは、KSNという会を運営なさっていたんですか？」

一瞬、重十郎の左目が細くなった。軽く痙攣している。

「あんた、やっぱりそのテの奴か！」

吐き捨てるように言う。

「いや、違います。……このKSNって、なんなんですか？」

「知るか、そんなもん！　もう、成人した娘なんだ！　そんな者の責任、いくら親だからって、取らされるのはお門違いだろ！」

「抗議や苦情を持ち込む人たちが、多かったんですか？」

「うるさい！　帰れ！」

女たちが奥の方に下がり、男がふたり、立ち上がってこっちに来た。ここで警察を呼ばれたりすると、話がややこしくなる。俺は、「わかりましたよ」と言って、立ち去ろうとした。

ドアが、ものすごい音を立てて閉まった。

西村の焼鳥販売車は、いなくなっていた。札幌駅前にでも移動したのだろうか。

ドアの前に立つと、チリンチリンという鈴の音がした。鍵を差し込むと、「にゃ〜ん」と鳴く。

＊

俺は上着をハンガーに掛けて、皿を出し、さっき買った串を四本並べ、電子レンジで温めた。で、里の曙を十二オンス・タンブラーに満たして座り、足にじゃれつくナナを眺めて、立ち上がり、串と里の曙にラップをかけて冷蔵庫にしまった。こんな時間に、ススキノの外れの自室で、猫を相手にひとりで串をつまみに酒を飲むのは、なんだかあまりに寂しすぎる。そういう酒も嫌いではないが、今はちょっとそんな気分ではない。

で、結局、〈バレアレス〉に行った。華は、俺を見てちょっと嬉しそうに微笑んだ。すぐにその笑みを消すと、「おなか、空いてる？」と尋ねる。

「半分くらいね」

「わかりました。……フンダドールがあるわ。飲む？」

「いいね」

俺は頷いた。

「じゃ、ごゆっくり」

なんとなく、ミゾオチのあたりに漂っていた寂しさのようなものが、溶けるような気がした。

客の入りはまぁまぁで、静かだが楽しそうな談笑が店のあちこちで続いている。いい夜だ。営業中は、華はあまり俺のテーブルには近寄らない。まぁ、そういうものだろうと思う。揺らめくように動きながら、自分の店を運営している華を見るのも、これはこれで楽しい。

「はらだ」という名札を胸に付けた学生アルバイト風の女の子がトレイを支えてやって来て、俺の前にフンダドールのボトルを置き、その脇に、オリーブ各種のピクルス盛り合わせと、カナッペの皿を置いた。いや、カナッペではない。「ここはタパスの店だから、ピンチョスと呼んで」と華は言う。ピンチョスとはなんだ、と尋ねたら、爪楊枝のことで、元々はパンになにかツマミになるものを載せて、爪楊枝で差した食べ物だったんだそうだ。それが、今ではあまり爪楊枝を使わなくなったが、それでもピンチョスという名前はそのまま残っているんだそうだ。

「テレビ塔がテレビ電波を放出していないのに、テレビ塔と呼ばれるようなものよ」

と言う。札幌生まれなんだな、と俺は納得した。以来、俺もきちんとピンチョスと呼ぶことにしている。

「ありがとう」

俺が言うと、「はらだ」嬢は小声で「ママ、嬉しそう」と言う。なんとなく、心のなにかが冷めた。

なにやってんだろ。俺。

ぼんやりと夜景を眺めていたら、「まきの」という名札のお嬢ちゃんがやって来た。

＊

「お電話です。松尾さんから」

俺は礼を言って立ち上がり、レジの脇で受話器を受け取った。

「今日はそっちか」

「〈ケラー〉はどうだった？」

「結構忙しいみたいだったぞ。賑やかだった。塚本美奈子の通夜の話は聞いたか？」

「男が乱入した、というアレか？」

「そうだ」

「俺、すぐに現場に行ったんだ。お前が来てるかと思ったけど、いなかった」

「男の身元がすぐに割れたんでな。家族の話を聞きに行ってた」

「家族がいるの？」

「いや。いなかった。離婚していて、菊水のアパートで独り暮らし」

「へぇ」

「道庁に勤務していた男だ。勤続三十年で退職した」

「……」

「で、退職金を、全部塚本美奈子にパクられた、と言ってるらしい」

「……」

「離婚して、家族と別れたのも、塚本美奈子に退職金を全部やられたのが原因だ、と言ってるそうだ」

「なんの罪に問われるんだ？」

「暴行かな。怪我はさせてないから、傷害じゃない」

「……」

「威嚇だけでも罪に問えるんだけどな。あと、儀式を汚した罪、なんてのもあるんだけど、いずれにせよ、微罪だ」

「……テレビで見た感じじゃ、結構太ってたな」

「ああ。で、例のストーカーじゃないか、という意見も捜本にはあるらしい」

「どう思う？」

「わからん。なんとなく、違うような気がするけど、根拠はない」

「……でも、なんでそんなことを教えてくれるんだ？」

松尾はフッと笑った。

「誰も相手にしてくれないからだ。このネタの活かしようがない。だから、お前に喋って満足してるんだ。独り言よりゃましだ」

「ありがとう」

「なにか、動きがあったら、教えてくれ」

「了解」

受話器を置いた。

テーブルに戻り、またぼんやり夜景を飲みながら、飲んだ。時折、ミーナの顔がススキノの夜空に浮かんだ。

(なにをやってたんだ、お前は)

俺の横に「はらだ」が立った。

「お電話です」

忙しい夜だな。

「〈ケラー〉、大畑です」

マスターが言った。

「あ、お疲れ様です」

「先程、どうしても話がしたい、という人から電話が来てね」

「なんていう人ですか?」

「どうしても名前を言わないんだ。で、とにかく、是非伝えたいことがある、塚本さんのことだ、と何度も頼まれて、もしかしたら、この店にいるかもしれない、とそちらの番号を教えたから」

「あ、はい」

「くれぐれも、用心して」

「わかりました」

「じゃ」

電話は切れた。

テーブルに戻ろうとしたら、電話が鳴った。レジにいた華が、すっと手を滑らかに伸ばして受話器を取り、「お電話ありがとうございます。〈バレ……〉」と言いかけて、眉をひそめた。そして俺に受話器を差し出す。

「あなたに」

「誰？」

「言わなかったわ」

受話器を受け取った。

「もしもし」

女の声だ。切迫した口調で、俺の名前を確認する。

「そうですが」

「塚本美奈子を殺した犯人、知ってます！」

「え？」

「あんたが、犯人を探してる、って聞いたんで」

「なぜ、教えてくれるんですか？」

「そりゃ、美奈子は友だちだったし。一度、お金のことで助けてもらったこともあるし」

「どうすればいいですか？」

「あまり人に見られたくないので、……あのう、……南六条西五丁目の〈フィンランド・センター〉っていうサウナ、ご存知ですか？」

「ええ」

「その西側に、六条と七条の境目の通りがあるんですけど……」

「ああ、ありますね」

「その西の端っこ、六条五丁目の南西角、というのはいかがでしょうか」

「なるほど。わかりました。じゃ、目印に、私は……」

「あ、私、お顔は存じてます」

「あ、そうですか。じゃ、あなたは……」

「私が見付けますから」

「なるほどね。……では、……三十分後くらいですかね」

「あ、それで、お願いします！」

受話器を置いた。華が、気遣わしそうに俺の方を見ている。

「二時までには戻る。だから、酒と食い物は、取って置いて」

「それはいいけど……」

珍しく言葉尻を濁して、不満そうな顔をした。

21

用心しながら向かって、十五分で現場に着いた。一画をぐるりと一回りして、どうやら今のところは、おかしなところはないようだ、と判断した。で、近くにあるホテルの脇の暗がりに身を潜めて、六条五丁目の南西角を監視した。十分ほどして、白っぽい人影が現れた。どうやら、女だ。角に立って、黙ってあたりを見回している。人通りの多い路地ではない。また、立ちんぼのオバチャンたちが客を引く街でもない。女がひとりで、角に立ってあたりを見回している、その理由はひとつ。

俺を待っているのだ。

俺はホテルの暗がりから踏み出して、女に向かって歩いた。動きの少ない、誰もいない通りだ。女は俺に気付いて、丁寧に頭を下げた。俺も会釈を返し、そのまま進んだ。女まで数メートルのところで、右側から車が突っ込んで来た。轢こうとしているのではないことは、わかった。だからさほど慌てなかったが、とりあえず立ち止まって、身構えた。

車は、旧式のランドクルーザーだった。ドアが四枚開いて、目出し帽の男が四人、降りて来た。手に手に、棒状の物を持っている。襲って来た。

最初のやつが振りかぶった棒を左の上受けで跳ね上げて、鼻に正拳をぶち込んだ。その勢いを載せて、右肘を右側にいた奴の肋にぶち込んだ。そのまま胸倉を摑まえて、大外刈りの出来損ないで地面に叩き付けた。と同時に、左足のふくらはぎで激痛が炸裂した。棒でぶん殴られたらしい。立っていられなくなって、思わず左の膝を突いてしまった。ふくらはぎは鼓動に合わせて傷みを増幅している。

「あんたな、余計なことに首突っ込むなよ」

誰かが言った。

「覚えとけ」

そう言って、そいつはどうやら木刀であるらしい棒を振りかぶった。俺は両腕で頭と顔を庇おうとした。

その時、男たちの中に動揺が走り、俺を何か大きな物が飛び越えた。俺は地面に転がって、ちょっと離れたところに逃げた。膝を突いてなんとか立ち上がり、右足に体重を載せて、駐車場のフェンスに寄り掛かった。

高田が二人を相手に闘っている。ほかのふたりがどうなっているのかは、咄嗟にはわからない。高田が跳んで、ひとりが倒れた。動かない。俺はびっこを引き引き、高田の方に向かった。高田は前蹴りで最後のひとりをすっ飛ばして、俺の方を見た。

「バカだな、こいつら。この俺がノコノコと」

言い終わらないうちに、高田がはっとした顔になった。

え？

「後ろ！」

え？

後ろを見ようとしたが、後頭部をなにかでぶん殴られた。頭の芯で、酸っぱいような火花が弾けるのを感じながら、俺は闇の中に沈んだ。

＊

突然目が醒めた。世界がグルグル回っている。にしても、とにかく目だけは醒めた。あたりは濡れている。俺は地面に倒れている。だんだん記憶が戻って来た。世界がグルグル回っている。吐き気はあるが、それが急速に消えて行くのを感じた。

「気が付いたか？」

高田の声だ。そっちを見上げた。

俺は、四つん這いになって、ゆっくり回転する高田を見上げていた。高田は、右手にバケツをぶら下げている。

段々わかってきた。俺は、後頭部をぶん殴られて、意識が飛んだのだった。で、高田が、駐車場の人間か誰かからバケツを借りて、水をぶっかけてくれたんだろう。

「待ってろ。バケツ、返してくる」

俺はなんとか立ち上がったが、足許が定まらない。よろけて、後ろにタタタタと小走りで進み、なにかにつまずいて転んだ。もう一度立ち上がり、駐車場のフェンスにもたれて、頭を振った。世界の動きも、徐々に収まってきた。高田が戻って来た。

「大丈夫か?」

「あいつら、どうなった?」

「ランドクルーザーに逃げ込んで、さっさとフケた」

「クソ。ナンバーは?」

「ああいう時って、案外思い付かないもんだな。だいたい、お前が地面に寝っ転がってノビてたし。そうなると、なかなかそっちには頭は回らないもんだ」

のんきな口調で言う。ま、俺は文句が言えた義理じゃない。

「しかし、お前、すごいな」

高田が言う。

「なにが」

「超能力者だな」

「なんで」

「さっきの電話さ。オヤジ狩りを予言したじゃないか」

「……違うよ。そんなんじゃないんだ。説明したろ」

「それにしても、見事に当たったじゃないか。凄い。偉い。立派だ」

拍手をする。完全に、俺をバカにしている。

「歩けるか?」

「なんとか」

「池谷のところで、ＭＲＩでも撮ってもらうか？」

池谷は学生時代からの友だちで、一緒にミルトンの『失楽園』の自主ゼミを受けた仲だ。今は総合病院の整形外科部長をやってる。

「ま、少しようすを見ようと思う。……それにしても……」

「どうした？」

「俺、びしょ濡れだなぁ……」

「それはしゃーねーだろ。ずっと寝かしておくのもどんなもんかな、と。俺はさっさと帰ろうと思ったんだけどな」

「ま、礼を言うけど、……今、何時だ？」

「そろそろ日付が変わるな。俺、店に戻るぞ。今が一番忙しい時間なんだ」

「これから部屋でシャワー浴びて、着替えなきゃ」

「なんで？」

「ちょっと事情があるんだ。……そうだ、華に会っても、このことは、話すなよ」

「別に、言い触らす気はないけど。……でも、なんでだ？」

「……変に心配するからだ」

「ふ～ん……なんかよくわからないけど、ま、わかった」

高田は「じゃあな」と行って店の方角に向かう。

「助かった。ありがとう」

「気にしろ」

高田はそう言い置いて、去って行った。

俺は青泉ビルに向かって、とぼとぼ歩いた。

＊

部屋のドアの前に立ったら、チリンチリンと鈴が鳴った。鍵穴に鍵を差し込むと、「にゃ〜」が聞こえる。システムは正常に進行しているらしい。

ふと気付いた。こいつは、ひとりでいて寂しいから、俺の帰りを待っているんだろうか。

ドアを開けた。ナナは瞳孔の開いた目で、俺をじっと見上げる。

「お前は、寂しいのか？」

ナナはもちろん何も言わない。俺はスーツをハンガーに掛けて、ネクタイを解いてテーブルの上に伸ばして置いた。白いワイシャツは脱いでクリーニング屋に出す袋に入れて、新しいのを出した。ついでにスーツもハンガーから外して袋に入れた。で、シャワーを浴びた。髪は、一時間もすれば、乾くだろう。ミッドナイト・ブルーのスーツは、今まで来ていた一着しかない。もう一着、色が似ているのはあるが、これにはダーク・グレーのペンシル・ストライプが入っている。

……バレるかな。……なんで俺は、華にバレることを気にしてるんだ？

ま、いいや。

冷蔵庫からコントレックスの一リットルボトルを出して、ソファに座ったら、いきなり吐き気がこみ上げた。慌てて手洗いに駆け込み、便座を上げ、便器を抱えて吐いた。二、三度吐くうちに徐々に気分が良くなってきた。と思ったら、肩にポン、とナナが飛び乗った。首を伸ばして、便器の中を覗き、うわっという感じで飛び降りて、手洗いから飛び出して消えた。

キッチンで口をすすいで、キッチン・ペーパーで口の周りを拭きながらリビングに戻ると、『吾輩は猫である』の前ですっかりふてぶてしく寛いだナナが、同情するような、嫌悪するような、複雑な目つきで俺を見下ろした。

「なんだよ」

テーブルの上のネクタイを触ってみた。まだしっかり濡れている。

参ったな。

それから一時四十五分まで、ソファに座って里の曙を飲みながら、旺文社文庫版の内田百閒『随筆新雨』をあちらこちら読み散らかした。四十五分になったので、立ち上がり、ネクタイに触ってみた。

まだしっかり濡れている。

＊

「あら？」

華が不思議そうな顔になった。

「スーツ、それだった？」

「一応、通夜の当夜だしさ、ミーナへの弔意の表現で、これを着たんだ」

「それは、さっき見た時そう思ったけど、……なんか違ってない？」

「そんなことないだろ。変なことを言うね」

華は腑に落ちない、という表情で俺を見てから、言った。

「オリーブとピンチョス、取ってあるけど、食べる？」

「ああ」

「グラスに残っていたフンダドールは、私が飲んじゃった。まだ飲む？」

「飲みたいな」

「了解です」

おそらく店では、一時半にラストオーダーを取ったはずだ。その後に入って来て、酒や料理を頼む、というのは如何なものか。俺は、ほかの客の目がちょいと気になるんだが、華は全然気にせず、俺を特別扱いする。やっぱ、まずいんじゃないかな、と思うんだが。

「はい。どうぞ」

華がやって来て、俺の前に皿やグラスを並べる。ほろ酔いの感じだ。フンダドールのほかにも、結構飲んだのかもしれない。華は酒が結構強い。こんな感じに陽気になるのには、ワインに換算して、一本くらいは飲んでいるような気がする。

仕事中に珍しいな、と考えていたら、カウンターの方から一直線に俺の方に来て、「や！」と右手を上げて振り、後ろの方のテーブルに伝票を置きに行ったようだ。珍しい。はしゃいでいる。

で、二時五分過ぎには、客は全員帰った。華と女の子たちは、店の片付けを始めた。俺は、店の片隅、夜景が見えるひとり掛けのテーブルに安置され、華が「帰りましょ」と声を掛けるのを待つ。なんだか不甲斐ない。でも、ちょいと幸せでないこともない。

三十分ほどして、相変わらず機嫌のいい華が、「帰りましょ」と俺の肩を叩いた。

「お腹は空いてない？」

「ぺこぺこ。早く帰って、冷蔵庫を点検しましょ」

「帰る前に、寿司屋に寄らないか」

「あ、いいわね」

「うまい寿司屋ってのを教えてもらったんだ」

「なんてお寿司屋さん？」

「〈喜多鮨〉。喜びの多い、魚偏の鮨」

「へぇ……聞いたこと、ないなぁ……どこにあるの？」

「第二パープルビル三階なんだってさ」

「……聞いたこと、ないなぁ……じゃ、そこ行ってみようか。こんな時間でもやってるの？」

「店を終わった後のススキノ人がよく来るらしい」

「じゃ、行ってみよう！」

はしゃいだ華が、楽しそうに言った。

＊

〈喜多鮨〉は、比較的新しい店だった。白木の壁や柱、障子の桟なども まだ真新しくて、気持ちがよかった。だが、店主が俺の顔を見て、なにか表情が強張ったのが気になった。もしかしたら、さっきの目出し帽の男たちのひとりか？　などと思ったが、そんなことがあるわけはない。

酒は八海山にして、まず適当に刺身を盛り合わせてもらった。すぐに俺たちの前に並んだ。仕事がきびきびしていて気持ちがいい。

「なかなか盛り沢山の一日だった」

華が相変わらずの上機嫌のまま、一段落、という感じで肩を上げ下げして言う。

「確かに。いろいろと慌ただしかったね」

俺はあたりを見回した。確かにススキノ人種が多いようだ。店を終えたホステス、ママ、「アフター」の客とホステス。みんな物静かな人たちで、静かに飲んで食べている。

マスターが流しで手を洗い、前掛けで拭って、腰を屈めてカウンターから出て来た。

「すみません、すぐに戻りますんで」

ペコペコと小さなお辞儀を四方に振り撒いて、頭に載せた白い帽子を脱いで手に持ち、ガラガラと引き戸を開けて出て行った。

五分ほどで戻り、「失礼しました」とまた小さなお辞儀を四方に振り撒く。恰幅のいい頭のてっぺんまで赤くなったハゲおやじが、「おかえり！」と明るい声でいい、客たちは軽く笑った。

「八海山、おいしいね」

「そうだね。これが空いたら、加賀鳶、いこうか」

「そんなに飲めるかな。……眠っちゃいそう。……ナナちゃん、元気？」

「なんとかね」

「ナナちゃんに、好かれてる？」

「わからない。猫は複雑だ」

「女の気持ちがわからないんじゃね。猫なんて、とてもとても」

「人間は、他人の気持ちなんて、本当はわからないもんだ。相手を思いやって、気持ちが通じているように思うけど、実際のところは、どうなのか、全然わからないもんさ」

「そんなこと、どうでもいいの。……あなたが、たとえば、あ、自分はAさんのことが好きになったな、と思う時って、どんな時？」

「……たとえば、……いい店を発見して、そこでおいしい料理を食べた時、華に食べさせたいな、と思う。それから、たとえば、竹富島に行って、すっかり気に入っちゃって、今度は華と来たいな、と思う。そういう時は、あ、好きなんだな、と思う。……竹富島は、気に入らなかったみたいだけど」

「そんなことないって。あの時、私は、本当に楽しんでたんだから」

「ならいいけど」

「……私はね、……ある特定のAさんが好きだなぁ、と思う時はね、……一緒にいると、幸せな感じが……」

後ろで、引き戸がガラガラと開いた。なにも気にせず、華の話に耳を傾けていたら、目の前で店主が叫んだ。

「こいつです！　こいつです！」

俺を指差している。

は？

俺の後ろ、左右に男が立ったのがわかった。汗のニオイ、男性整髪料のニオイ、タバコのニオイ。

「ちょっとご同行頂きます」

右に立った男が、俺の肩を叩いて言った。そして、警察の身分証をパタンと開いて俺の顔に突き付ける。

「え？」

左側の男も身分証を提示した。

「すぐ近くです。交番でちょっと」

俺は首をねじ曲げて、左右の男の顔を見た。私服で、どちらも知らない顔だった。

「なんの容疑なんだ」

「塚本美奈子さん、ご存知でしたね」

「ああ」

「先日、殺害された」

殺害か。いい言葉だな。殺された、ってよりはなにか口当たりがいい。漢語の利点か。などと、関係ないことが頭の中を行き来する。

「知ってますけど。今日、通夜にも……いや、昨夜ですが、通夜にも行きましたよ」

「そうですか。……ここであれこれ伺うのも、お店やほかのお客さんの迷惑にもなりますからね。あなた自身も、ちょっと居づらいでしょう」

それは確かにそうだ。横を見た。華が、悲しそうな顔でこっちをじっと見ている。

「なんでもない。なにかの間違いだ」

「家に送ってくれるって、約束したのに」

「申し訳ない。なんとか……」

「怖い。一階の、ミスタードーナツで待ってる」

「そうだな。そうしよう。わかった」

俺は立ち上がった。

「おいくら?」

店長は首を横に振り、「いいです、いいです!」と言う。俺はとりあえず一万円札を二枚、置いた。

「あとで釣りを取りにくる」

「いいです、いいです!」

華が立ち上がった。

「私も、途中まで一緒に」

ミスタードーナツは、すすきの交番から歩いて一分もかからない。ふたりの刑事は渋い顔をしたが、断る口実は見付からないようだった。俺たち四人は、ひとかたまりになって、〈喜多鮨〉から出た。

*

すすきの交番の前で立ち止まり、「じゃ、待ってるからね」と言って歩み去る華の後ろ姿をちょっと見送った。だが、右側の男に背中をやんわりと押されて、交番に入った。中にいた若い制服警官が俺を見て、「あ、先日は」と会釈した。それから不審そうに俺の両側の刑事を見る。先日、ナナを引き取る時に会った警官だった。「どうしたんですか」と尋ねそうな気配が漂ったが、言葉にはせずに、自分の前にある書類に何かを書き込み始めた。

二階の会議室みたいなところに通された。で、そこでひとり、三十分ほど放置された。そろそろ飽きてきて、帰ろうかなとか、酒を買ってこようかなとか、あれこれ考えていたら、階段から茂木が姿を現した。

「お前ら、なにを考えてるんだ」

俺が言うと、茂木の顔がちょっと赤くなった。怒っている。

「七月二十一日、なにをやったか順々に話せ」

！　そうだよ！　そうだ、七月二十一日、大通ビヤガーデンの初日。アキラさんから〈喜多鮨〉のことを聞いた時、頭の中で、なにかが動いたんだ。そうだ、このことだ。俺は、素直に答えた。

「覚えてない」

「ふざけるな。なんで、塚本美奈子と〈間宮〉の前にいた？」

「知らないよ。いいか、よく聞け。俺はあの日、大通ビヤガーデンの初日を言祝《ことほ》ぐべく、パートナーと大通りに行ったんだ。で、彼女も楽しく飲んで食べたんだけど、紫外線を嫌がって、一時間ちょっとで、自分の用足しに行ったんだ。で、彼女の店で会うことにしたんだったと思う。……そこらへんから、記憶が曖昧だ」

「あんたは、ウィスキーをボトル一本空けても、つらっとしてるそうじゃないか」

「そうかもしれないけど、そう見えるかもしれないけど、本人としては、記憶を繋ぎ止める力を失ってる場合が多いんだ」

「本人て、自分のことだろ」

「そうなんだけどね。その前に、俺は少なくとも、あんたよりは十《とう》は年上だぞ。その口の利き方は、なんとかならないのか？」

「ならんね。で、どんな服装だった？」

「白麻のスーツ。ダブル、サイドベンツ」

「……何丁目だ」

「十丁目だ。クラシックが飲めて、ヱビスも飲めて、そのほかに世界のビールが飲める。世界のビールは、現金だけど、後はチケットで……」

「何杯くらい飲んだんだ」

「なんせ、ビールだからな。ロシアじゃ、酒扱いされてない飲料だし」

「何杯くらい飲んだんだ」

「大ジョッキで十三杯までは、覚えてる。その時はもう既に華はいなくて、俺がひとりで飲んでたんだ。で、ひとりで、『十三か。不吉なことが起こるぞ』って、クスクス笑ったのは覚えてる。手洗いに通うのが大変だった」

「……誰か、それを証明できる人間は、いるか？」

「探せば見付かるんじゃないかな。茶髪でソバカスのあるウェイトレスの女の子が『すごいですね』って、驚いてたからな」

「で？」

「あとは、はっきり覚えていない」

「……」

「俺は、例の太ったストーカーってのになってるわけか？」

「そういう意見の者もいる。なにしろ、第一発見者だし、部屋にいた理由も、わかったようなわからないような……猫に餌をやる、ってのが……」

「事実なんだから、しかたがない」

「ノーザンセブンに行った、その理由にも、俺は納得していない」

「事実を話して、納得してもらえないんなら、どうすればいいんだ」

「日頃の行ないが悪いからだ」

「道警の人間に、行ないをどうのこうの言われたくないね」

「早く帰りたくないのか？」

「事件を解決したくないのか？」

「なに？」

「こんな下らないことに時間を使ってないで、ちゃんと捜査しろよ」

「うるせぇ。酔っ払いが」

「……まぁ、そうだけど」

茂木が俺に一歩近付いた。

「いいか。余計なことをして、うろちょろすると、なんかの拍子に、俺の手がぶつかることがあるかもしれないぞ」

「あまりキマらないな。威しは苦手だろ」

茂木が口をモゾモゾ動かした。

覚悟を決めた。だが、茂木は思ったよりも下品ではなかった。ペッと唾を吐いた。唾は俺の靴の爪先ギリギリのところに落ちた。

「あ！　この野郎、なにするんだ。この建物は、道民の財産だぞ！」

「余計な口利かないで、さっさと消えろ」

へいへい。俺は立ち上がって、さっさと消えた。

22

華が店の奥に座っているのが、ガラス越しに見えた。不機嫌そうな顔をして自分のコーヒーを眺めている。ついさっきまでの上機嫌は完全に雲散霧消していた。

俺が店に入り、華に向かって歩くと、それに気付いた華は顔をプイと背けた。ちょっと芝居がかっている。俺は斜め向かいに座って、「待たせたね」と言った。

「絶対おかしい」

唐突に華が言う。

「なにが？」

「そのスーツ、絶対、さっき着ていたのと違う」

「……」

「ストライプが入ってる」

「だから、さっきからこれを着てるよ。ストライプが……」

「違う。さっきのは、無地のミッドナイト・ブルーだった」

「勘違いだよ」

疑うような目付きで手を伸ばし、ネクタイを撫でた。ちょっと眉をひそめる。

「湿っぽくない？」

「そんなことはないだろう」

「……どうも、変。なんだか、目に落ち着きがない」

「いい加減にしてくれよ。なにが気に障るんだ」

「全部。陰でコソコソ、なにやってるの？　なんで、警官の言うことを聞いて、交番に行かなきゃならなかったの？　そうだ、それに、あのお鮨屋さんの人は、なんで警察に電話したの？　なんであんなに怯えていたの？」

俺は顔を引き締めて、それからちょっと微笑んで見せた。

「つまりこういうことだ。……塚本美奈子には、太ったストーカーが付き纏ってた、って噂がある」

華は眉をそびやかして、頷いた。

「それは、聞いてるわ」

「で、七月二十一日、塚本美奈子は、太った男とあの〈喜多鮨〉の向かいにある〈間宮〉ってスナックの前で、目撃されてる。あの〈喜多鮨〉のマスターが見たんだそうだ」

「それで？」

「その、塚本美奈子と一緒にいた太った男ってのが、どうやら俺らしいんだな」

華が目をまん丸く見開いた。

「覚えてる？　大通ビヤガーデンの初日だ。ちょっと寒かったけど、やっぱり行ってみようか、ってことになって、ふたりで行ったじゃないか」

華は俺の目を見つめたまま、無言で頷く。

「君は、なにか買物があるから、って確か三時頃に引き上げた」

「……」

「で、俺は残って、飲み続けた。……十三杯飲んだあたりまでは、」

「ちょっと待って。十三杯って、大ジョッキで？」

「……まぁ、そうだな」

「……」

「で、そこまではなんとか記憶があるんだけど、その後は曖昧だ」

「……恥ずかしい」

「同感だよ。わざわざ言わなくてもいい、とは思うけどね」

「恥ずかしいわ」

「……」

「それで？」

「だから、後は推測だけど、そこに塚本美奈子が通りかかったんだろう。どっちから声を掛けたのかは、わからない。で、一緒に飲んで、ふたりとも酔っ払ったんだろう」

「……」

「で、塚本美奈子の友だちのスナックで、酔いを醒まそう、ってことになったんじゃないかな、と思うんだ。塚本美奈子は店に出なけりゃならないし、俺も多分、こんなに酔っ払っちゃまずい、と判断したんだろう」

「……」

「で、〈間宮〉に行ったら、まだ開いてなかった。で、ふたりで〈間宮〉のママが来るのを待っていたところを、〈喜多鮨〉のマスターに見られたんだろう。その後は、どうなったか、わからない。ま、多分、塚本美奈子は家に帰って酔いを醒まそうとしたんじゃないか」

「あなたは？」

「……部屋で目を覚ました。自分の部屋で。……午後八時過ぎだった。十三杯目のビールから、自分の部屋で目を覚ますまでは、……まぁ、空白だ」

「……恥ずかしいわね」

俺は小さく頷いた。

「いい年をして、そんな飲み方をして」

俺は小さく頷いた。

「……ちょっと待って。二十一日？」

「ああ」

「あなた、お店に来てくれたわよね」

「ああ。行った」

「覚えてるわ。大通ビヤガーデンの初日」

俺は頷いた。それから付け加えた。

「覚えてるよ。間違いない」

「あの夜、あなたが来たのは、お店を閉める一時間くらい前だったわ」

「そうだったな」

「……八時頃に起きて、……真夜中まで、どこにいたの？」

「記憶では、〈ケラー〉で飲んでた」

「……あなた、お酒の飲み方が、どんどんおかしくなってることに、気付いてる？」

「……」

「なんか、とってもだらしなくなってるよ。自覚、ある？」

「……ある程度は」

華の唇が、左右に震えた。なにかを言おうとしているのではなく、激しい感情を抑えようとしているのは、わかった。

「どうして、私のお願いを、真剣なお願いを、聞いてくれないの？」

「お願いって？　……いや、悪かった。わかってる。塚本美奈子殺害のことを、忘れろ、ということだろ」

「忘れて、とは言ってないわ。忘れないために、私もお通夜に行ったじゃないの。ただ、犯人を捜すのは、警察にまかせればいいじゃないの。そのための警察なんだから」

「……」

俺は十五秒ほど考えて、そして、頷いた。

「わかった」

「……信じてるわよ。本気で」

俺は、眉毛を吊り上げて、頷いた。

＊

華の部屋に向かいながら、俺は華に、ナナを見に来るか、とは尋ねなかったし、君の部屋で軽く飲もう、とも言わなかった。華も、そういう話はしなかった。ふたりは黙って、ススキノの灯りの中、並んで進んだ。

俺は約束通り、華を彼女の部屋の前まで送り、「じゃ」と右手を振った。

「送ってくれて、ありがとう」

華はそう言って微笑み、ドアの向こうに消えた。

俺はエレベーターで一階まで降り、ロビーにある、すっかり忘れ去られた緑電話にテレフォンカードを入れた。

この緑電話は、すっかり忘れ去られていて、どうやら料金回収のルートから漏れているらしい。コインボックスが満杯になっているようで、投入口にコインを入れても、すぐに返却口に戻って来る。だから、テレフォンカードを使うわけだ。俺は桐原満夫のケータイの番号をプッシュした。

桐原満夫は、桐原組というテキ屋系の組の組長だ。三十年以上の付き合いになる。俺がまだ学生の頃、ススキノからちょっとはずれた商店街の飲み屋でよく一緒になった、まぁ顔馴染みの飲み仲間だった。今思えば、橘連合菊志会丘上一家のチンピラだったのが、徐々に頭角を現し、自分の組を作って独立して、徐々に勢力を伸ばすのを、脇から見ていたことになる。友だち付き合いをしているが、お互いに貸し借りなしだ、と思っている。もちろん、カタギとヤクザの付き合いだから、俺の方がはるかに偉い。それが社会の秩序というものだ。

「どうした」

桐原が横柄な口調で出た。「公衆電話」の表示で、俺だということがわかったんだろう。

「あんたんとこの若いので、暇さえあれば車をいじってるやつ、いるよな」

「ん？　ゲンジのことか？」

「ああ、多分そいつだ。ゾク上がりにしちゃ珍しく使えるって、あんたが誉めてた奴だろ？」

「そうだな。ゲンジがどうした？」

「ちょっと話を聞かせてもらいたいんだ」

「なにがあった」

「ま、オヤジ狩りに遭ったわけだ」

「ほぉ。……あんたがなぁ。……歳は取りたくねぇなぁ。で、どうなった」

「高田が一緒だったんで」

「おお。そりゃよかった」

「で、そいつらが乗ってたのが、旧式のランドクルーザーなんだ」

「ほぉ」

「旧式のランドクルーザーをレストアして乗ってるなんてやつは、札幌でも、そんなに多くはない、と思うんだ」

「なるほどな」

「それに、そのゲンジか？　ああいうやつなら、たとえば……なんて名前か知らないけど、四駆サークルみたいなのもいくつか知ってるかもしれない、と思ってな」

「なるほど。わかった。……でも、そんな目立つ車でオヤジ狩りをするガキどもがいるかね」

「ランドクルーザーのオーナーは、そういう目的で使われるとは思っていなかったのかもしれない」

「なるほど。ガキどもが、おっさんから車を借りた、ってわけか」

「可能性はあると思う」

「わかった。なんかわかったら、メールする」

「よろしく頼む」

受話器を置いた。

で、どうしようか考えた。

ポイントは、山越麻紀子の現状だ。生きているのかいないのか。生きているとしたら、どこでなにをやっているのか。生きていないとしたら、どこでどうなっているのか。

……警察は、おそらく山越の住民票や現住所を把握しているはずだ。それなのに、なぜ彼女を確保できないのか。まだ警察が山越に到達できていないことは、さっきの茂木の態度でも明らかなように思う。なぜ山越の現状がわからないのか。

そして、やはり一番不思議なのが、なぜ教員と生徒という間柄のミーナと山越が、一緒にソウルに行こうとしていたのか。

これが山越にとって、初めてのソウル旅行なのか。それとも、ミーナと何度もソウルを訪れているのか。ふたりの関係は？　松尾が内心想像しているような、同性愛の間柄なのか。それとも、全然別な利害関係があるのか。……金浜の言っていたKSN会の繋がりか。

五里霧中、ってやつだな。……五里霧中は、五里・霧中じゃなくて、五里霧・中なのだ、というどうでもいい一行豆知識が浮かんだ。うんざりした。俺の脳は、相当退化している。

百合ママに、山越についてなにか知っていそうな訓徳ＯＧを紹介してもらおうか。……いずれにせよ、今夜は、というかもうそろそろ空が白んでくる頃だが、もう遅い。か、早すぎる。とりあえず部屋に戻って、寝よう。

＊

部屋に入るときは、通常通りのシステムが作動していた。ドアを開けるとナナがいて、瞳孔の開いた目で俺を見上げ、「にゃ〜」と鳴いた。

「お前はいつ寝てるんだ？」

なぜ自然に話しかけてしまうんだろう。……俺がバカだからだろうな。それにしても、本当に、こいつはいつ寝ているんだろう。起きているから、俺の足音に気付いて玄関にやってくる、ということだろうと思うんだが。……それとも、玄関で寝ているんだろうか。で、俺の足音に気付いて、目を覚まして、身を起こす。鈴がチリンチリン、と鳴る。

そういうシステムなんだろうか。

ナナは、リビングに入る俺の足に体を擦り付け、前になり後ろになりしてついてくる。で、俺が冷蔵庫から里の曙の五合瓶を出してグラスを持ってソファに座ると、俺の足の脇に立って、一所懸命俺の足を頭で押す。何がしたいのかはわからない。上着を脱いでソファの背に掛け、手を伸ばしてナナを抱いてやろうとしたら、「いや」と身をくねらせて、突然走り出した。そして、俺の目には見えないなにかを追って、ダッシュし、突然止まり、しげしげと目の前の一点を見つめ、そしてまたダッシュして……ということを繰り返し始めた。

意味がわからない。

ぼんやり見ていたら、ダッシュ、停止、ダッシュ、停止、を繰り返して、何度目かの停止で、突然俺の方を振り返った。驚愕の表情で俺の目をじっと見つめる。両耳を、ピッピッと動かす。どうするのかな、と思って見ていたら、突然俺に対する興味を失ったらしく、大アクビをして口の周りを舐め、尻尾をくねくねさせながら、寝室の方に消えた。

ま、いい。

里の曙のグラスを持って、パソコンの前に座った。メールチェックをしたら、迷惑メールや華からのお休みメールに混じって、桐原からのメールがあった。開いてみた。

〈お前はしかし、本当に車のことを知らない奴だな。旧式のランドクルーザーでわかるわけないだろ。今週はちょうど、ゲンジが当番の頭になってるから、今なら事務所にいるぞ。俺も、なんか酒があまり回らなくて、寝そびれた。来るんなら来い。イッセー尾形のＤＶＤでも見ながら、少し飲むか〉

そうしよう、と返信した。

で、着替えはせずにさっきまでの上着を着て、部屋から出た。

＊

「旧式のランドクルーザーっちゅのは、先輩にとってはどういうのを意味してんすか？」

ゲンジが言う。短く切った髪を金色に染めている。小柄な小太り体型で、今は下はスエット、上は黒いTシャツ。やや大きめの金色のネックレスを二連、首に掛けている。右手首には石で作った念珠、左手首には銀色のブレスレット。左手の手の甲に、なにかのマークのタトゥー。

「……今のみたいな、丸っぽいんじゃなくて、こう……直線的、というか……」

「直線的……」

「というか、こう、いかにも、ランドクルーザー！　というような」

「……」

「すっきりしてて、シュッとしてて、で、ゴツゴツ、と言うか」

「あー、なるほどね」

ゲンジは、ちょっとバカにしたような口調で、俺を眺めた。で、すっと立ち上がり、「ちょっと待っててください」と言い置いて、パーティションを抜けて隣の部屋に行く。そっちは、当番の連中の仮眠室だ。

「あのよ」

桐原が言う。サラ金〈マネーショップ・ハッピークレジット〉の応接室。桐原はエルメスのバスローブに、以前「ドミニック・フランスだぞ。裏地はシルクだ」と自慢していた地味な柄のガウンを着て、寛いでいる。そういう格好で、ドーム・デキャンターからドラマンを注いだブランデー・グラスを、右手の手のひらで温めながら、ゆったりと寛いでいるそのようすは、サラ金でそこそこ儲けている、テキ屋系暴力団の組長そのものだ。だが、時折見せる人の善さそうな笑顔と、冗談に混じることがたまにある知性のかけらみたいなものが、俺はちょいと気に入っている。

「この前、お前のビル……〈青泉ビル〉か、あの前を通りかかったら、〈ヒロセ〉の焼鳥売りの車が駐まってたけど、あそこに出張《でば》るようになったのは、最近か？」

「そうだ」

「食ったか？」

「何度かね」

「結構、うまいだろ」

「ああ。知り合いか」

「ちょっとな。……あそこで焼いてるのは、誰だ。西村か」

俺は頷いて、付け加えた。

「ほかに、若いのも何人か、交替で焼いてるみたいだ」

「そうか。繁盛してるか？」

「そこそこ、じゃないかな」

「そうか。ま、出張ってすぐだもんな。……ススキノじゃ、青泉ビルに移る前は、マルヨビルの前でやってたんだよな」

「そうか。それは知らなかった」

「結構長くやってたんだけどな。……三年くらいか」

マルヨビルはパチンコ屋の隣に建つ古いビルだ。広い通りからは外れているので、俺はあまり前を通ることはない。

「付き合い、長いのか」

俺が尋ねると、桐原は天井を見上げて暗算する顔になる。

「まぁ……。十年くらいんなるかな。最初はな、あいつは軽トラックで、産地直送の有機野菜を配達してたんだ。会員制でな。月何百円かの会費で会員を募集して」

「へぇ」

「ま、そんな中で、ちょっと知り合った。……まぁよ、物流は、俺らの専門だから」

確かにそうだ。物流には正規のものと不正規のものがあり、灰色の流通もある。そのあたりにじわりと食い込むのもまた、桐原たちの仕事だ。食い物で言えば、賞味期限切れの生鮮食品、放射能に汚染された牛肉や魚肉、密漁の毛ガニなどなど、連中が食い込めるダークな供給と需要のルートは至る所に転がっている。

「そんなんでな、農協にハネられた野菜や、規格に届かなかった肉なんかを秘密に捌くルートがあるんで、そこと絡めたりよ。お互いに利用し合って、コチョコチョ儲けたりした仲だ。……今は抜けちまったけど、前に、小林ってのがいただろ」

小林は、一時は桐原の腹心だったが、稼業人を辞めて、今は空知のどこかでラーメン屋をやっている、と聞いている。

「ああ。覚えてる。孫ができるんで、足を洗うって言って円満廃業した人だろ」

「そうだ。西村は、小林の息子と気が合ってな、しばらく一緒に暮らしてた時期があったぞ。今で言う、ルームシェアか。ふたりで共同生活して、有機野菜の販売ルートをいろいろと開拓してたらしい。でも、あまりうまくいかなかったんだな。小林の息子は、結局、親父のラーメン屋で職人になって、西村は、ヒロセの焼鳥移動販売に就職したわけだ。で、今に至る、と」

「ふ〜ん……」

「どうだ。結構、面白いやつだろ」

「そうだな。真面目な人だな」

「仕事は熱心にやるやつだったよ。……ああいう男を、仕込んでみたかったたな。……小林がフケたのは、痛かったたな」

桐原は、ちょっと複雑な顔になり、グラスの中で揺れるドラマンを見つめた。

そこにゲンジが戻って来た。

「こん中に、似たようなの、あるっすか」

コピーを綴じて作った冊子を数冊突き出す。

「ランクルのパーツ屋が、自分で作ったんすよ。わりと、こういうことに凝るやつで。ま、手作りランクル図鑑道央版っちゅうか」

見て驚いた。一口にランドクルーザーというが、本当に、さまざまな姿格好のものがあるのだった。

「ちょっと待ってくれ。……どれだったか、わからない」

「じゃ、似てるのを、これとこれとこれ、みたいにピック・アップしてもらえますか」

何枚か選び出した。

「全体のフォルムは、こんな感じなんだけど、……でも、四ドアだったんだ」

「して、ヨンジッケイのコウキ型か……ヨンゴーだな、きっと。ヨンゴーの初代あたりか、ヨンジッケイのコウキ型か……四十五だな、きっと。ヨンゴーの初代あたりですね」

「……」

言っていることの意味がわからない。

「そうなのかな？」

「で、四ドア？　それじゃ……」

一枚を選んで俺の胸元に突き付ける。受け取って眺めた。どうやら、これであるようだ。

「ヨンゴーの初代です」

「……これだと思う」

「なるほど……トソウは、どんな感じっすか」

「トソウ？」

「色、色。どんな色っすか」

「色……ああ、ええと、……なんて言うんだろう、なんか……カラシ色と茶色の中間、というか。砂漠色、というか。そんな感じの……」

「ああ、わかります。もしかしたら、持ち主、わかるかもっすね」

「そうか。札幌には、それ一台だけかな」

「少なくとも、俺の知ってる範囲では、そいつのだけですね。超レアもんですから。……ナンバーは、わかんねぇっちゅこってすよね」

「そうなんだ」

「ま、普通、そうっすよ」

ゲンジはちょっと慰めるような口調で言った。それから、背筋を伸ばし、両手を軽く握った握り拳を膝に置いて、桐原を真正面から見つめて、その目に向かって言った。

「じゃ、ちょっと確認して、間違いないようだったら、報告します」

桐原は、鷹揚に頷き、ドラマンのグラスを揺らして、香りを味わい、一口含んで、ゆっくり頷いた。

ゲンジは立ち上がり、俺に向かって会釈して「したら、これで」と言って桐原に最敬礼し、回れ右してパーティションの向こうに消えた。

「あんたに最敬礼して、俺に会釈ってのは、違うんじゃないのか？　俺はカタギの客だよ」

俺が言うと、桐原は頷いた。

「それは俺も思った。でも、ま、イイ線まで頑張ってただろ。とりあえずは、合格点だ」

そう言って、桐原はリモコンを操作した。六十型の液晶大画面にイッセー尾形が現れた。

スーツを着て、安っぽい鞄を持っている。たったひとりでステージに立っているのだが、彼はラッシュアワーの地下鉄の中でもみくちゃになっているのだった。

「すげぇな」

桐原が感心した口調で言う。

「自分の体を、自分で完全に支配してるんだろうな」

「だろうな」

「……おい」

「ん？」

「あんたは、東京のラッシュアワーを経験したことがあるか？」

「ないよ」

「俺は、ある。一度な。朝まで飲んでて、つい、紛れ込んじまった。……もう二度といやだ、と思ったね。カタギなんか、やってられねぇと思った」

いつの間にか、俺たちは一言も喋らずに、六十型液晶大画面のイッセー尾形を見つめていた。

「……首が痛くなるな」

桐原が呟いて、太い猪首の後ろを揉んだ。

23

飲みながらイッセー尾形のDVDを一枚見て、ソファに座ったまま眠っている桐原をゲンジに任せて、部屋に戻った。ドアの前に立っても、チリンチリンの音は聞こえない。鍵穴に鍵を差し込んでも、「にゃ～」が聞こえない。慎重にドアを開けたが、ナナはいなかった。空気の中に、いい香りが混じっていた。名前は知っている。ディーゼルのフューエル・フォー・ライフ・プール・ファム。俺が唯一名前を知っている香水で、そして華がいつも漂わせている香りだ。

ベッドで、華とナナが寝ていた。カーテン越しの青白い光の中、華が滑らかな背中を見せて俯せになっている。その背中に顎を載せるような感じでナナがどうやらぐっすり眠っている。完全に油断している、というか安心しているのがわかった。それでも、耳はピッピッと動いている。

目覚まし時計を見ると、朝六時をちょっと過ぎていた。服を脱いでベッドに潜り込もうかとも思ったが、ナナを入れて川の字、というのは気に食わない。リビングのソファで寝ることにして、回れ右をしようとしたら、ナナの右耳がピッとこっちに向かって動いて、ナナが目を開けた。眠そうな目で俺を見上げて、「にゃ～」と鳴いた。華がピクンと動いて、目を開けた。俺を見て、強張った笑みを浮かべる。

「おはよう」

俺が言うと、眉を寄せて頷き、「どこに行っていたの？」と尋ねる。ナナがゆっくりと身を起こし、尻尾をくねらせながらベッドから飛び降りた。トトトと足音を立ててリビングに出て行く。

「桐原のところで、イッセー尾形のＤＶＤを見ながら、飲んでた。寝そびれたんで、付き合え、とメールが来て」

「変なの」

「ま、そういう付き合いなんだ」

「あまり酔ってないね」

「桐原が、あっさり寝ちゃってね。俺自身は、あまり飲まなかった」

「相田さんに、会った？」

「いや。眠ってた」

相田というのは桐原の側近で、桐原組の最高幹部だった男だ。それが、脊髄小脳変性症という病気になって、今は寝た切りだ。桐原は〈マネーショップ・ハッピークレジット〉のビルの一フロア半分を、相田のための部屋にして、さまざまな設備を入れて、何人ものヘルパーを雇い、チーフとして石垣という男も雇い、石垣チームをフル稼働させて、交替で二十四時間、相田を介護している。今の相田にできることは、瞬き。そして、もつれた舌でなにかを語ること。なにを話しているのかは、桐原しか理解できない。

そんな相田は、そんな体になってから、俺の命を二度、救ってくれた。すごい男だ。だから俺は、月に何度か、相田に会いに行く。でも、眠っているのなら、起こしたりはしない。寝顔を見て安心して、戻って来た。

「シャワーを借りたわ」

俺は頷いた。

「部屋からここまで、怖くはなかったか？」

「だから、タクシーを頼んだの。うちからここまで、六百五十円で着くのね」

基本料金だ。

「そりゃそうだろ。二百メートルもないいんじゃないか？」

「そんなに近いのに。……なぜ、わたしたち、別々に暮らしてるの？」

「……そんなことを考えるのに、午前六時は早すぎるよ」

華はクスッと笑った。なにも言わずに寝返りを打ち、頭を枕の中で動かしたが、落ち着かないらしくもう一度寝返りを打った。俺に背中を見せ、チラリとこぼれた乳房をタオルケットで覆い、「もうちょっと寝かせて」と言う。俺は「ごゆっくり」と告げて、リビングに出た。ナナが、キッチンの床に置いたパイ皿の水を飲んでいる。俺の視線に気付くと、エジプトの壁画のポーズを取り、俺の目を真正面から見据えて、「にゃ〜」と鳴き、トトトと足音をさせて寝室に入って行った。すぐに、ベッドに飛び上がったのだろう、ポン、と音がして、

「う〜ん……」と華が呻いた。

一日が始まったのではない。昨日が、今、終わったのだった。

俺はスーツの上着を洗濯物袋に入れて、食器棚から十二オンス・タンブラーを取り出した。で、それに里の曙を注いで、ソファに座り、山越麻紀子を見付けるにはどうしたらいいか、あれこれ考えながら、ゆっくり飲んだ。

＊

いつの間にか眠ったらしい。自分がソファに座っているのはわかった。誰かが近くにいて、何かしている。俺は目を開けた。

俺の部屋に常備してある華用のバスローブをルーズに着て、華がしゃがみ込んでいた。俺の右側の床に落ちているタンブラーを拾い上げて、その辺りにこぼれている酒をダスターで拭いている。俺が頭を上げるとこっちを向いて、からかうような笑顔になり、「起きた？だらしないわね」と言ってタンブラーを振ってみせる。

「眠っちゃったのね。グラスを持ったまま」

「大人には、間々あることだ」

華は鼻で笑って、立ち上がった。キッチンに向かいながら、「あのね」と言う。

「なに？」

「とっても心が落ち着く曇り空よ」

窓からは、灰色の光が力弱く差している。

「どう？　これから、紅桜庭園に紅葉でも観に行かない？」

「……」

「それとも、中島公園か、北大の銀杏でもいいわ」

「……ちょっと野暮用があってね」

「どんな？」

「ややこしいことで、一言で説明するのは難しいんだ」

「……塚本美奈子さんについてのこと？」

「違う。全然関係ない」

「……よくわからないけど、人ひとり、完全に消えちゃったんでしょ？」

「そんな話、聞いたこともないよ」

「ウソ。だって、私だって知ってる噂話なのよ。それを……あなたが知らないわけ、ないじゃないの」

「本当に知らないんだ。……どういう話？」

華は（藪蛇だった）というように顔をしかめ、それから渋々言った。

「警察と、とかく噂のある人たちが、なんとか、っていう……塚本さんと一緒にソウルに行くはずだった人を探してるんでしょ？　でも、行方は杳《よう》として知れない、って……」

「へぇ。それは初耳だ」

「顔に、ウソだ、って書いてある」

「誰がそんなこと、したんだろう」

「バカ」

　華はそう言って、タンブラーを俺に向けて軽く放った。それを空中で受け取って、歩いて華に手渡した。ナナが、俺と華の足の間を、体を擦り付けながら行ったり来たりして、満足そうに「ん〜」と唸る。

「冗談じゃなく。ね。本当に、どこかに紅葉を観に行きましょう」

「……じゃ、その前にちょっとメールをチェックする。で、身支度をして、そうだな、十一時にタクシーを呼ぼう」

　華の顔がパッと明るくなった。

「どこに観に行くの？」

「小別沢はどうだろう。あの森も、結構きれいだと思うんだ」

「……聞いたこと、ない」

「旧トンネルの近くに、友だちが住んでるんだ。最近会ってないんで、ちょっと顔を出そうかな、と思ってさ」

　華の表情が、ちょっと曇った。どうも納得はしていない。だが、自分に言い聞かせるように、言った。

「じゃ、そうしましょ。私はどこでもいいの。ただ、あなたと一緒にいられたら、なんてね！」

　ちょっとふざけた口調で言って、「シャワー、貸してね」と言う。

「俺も一緒に入るよ」

「エッチ！」

そう言って、アハハ、と笑った。

「すぐに追い付くから、先に入っていて」

そう言ってガァガァうるさいパソコンを起動させた。

「急がなくてもいいわよ」

そう言って、自分の部屋から持って来たらしい籐でできた洗濯籠のようなものを小脇に抱えて、浴室に消えた。

めぼしいメールはなかった。〈なにやってんのか知らんが、気を付けろ〉という高田のメールに、昨夜は助かった、ありがとう、と返信した。金浜の方ではなにも成果はないらしい。メールはなかった。で、金浜宛のメールを書いた。

〈金浜　とっぴ〜　様
訓徳の元教員だった、山越麻紀子という人間を捜している。今年で38歳。元訓徳の社会科教員だ。どうも、塚本美奈子が訓徳を退学した前後に、山越も訓徳を退職しているらしい。このふたりが、一緒にソウルに行く予定だったんだが、塚本美奈子は殺されて、山越麻紀子は全く足取りが摑めない。警察は、パスポートや住民票など、山越のデータを把握はしてると思うんだ。それでも、山越を確保できないでいるらしい。俺は、ススキノの訓徳人脈を使って探してみるから、君はネットで探してみてくれないか。

で、今日の昼過ぎ、顔を出す。同行者がひとりいるけど、気にしないでくれ。よろしくお願いします。〉

メールを送信し、それから、いつもよりもちょっと早いが、ナナの餌皿二枚にカリカリ餌を入れて、パイ皿の水を取り替えた。ナナは、「なぜこの時刻に」というような、迷惑そうな表情で、俺を見上げ、「にゃ〜　にゃ〜」と何度も何度もしつこく鳴いた。

＊

タクシーを呼んで、華とふたりで乗り込んだ。まず華の部屋に寄り、彼女が持って来ていた籐の籠を部屋に戻して、それから小別沢に向かった。静かな住宅地である宮の森から、小別沢トンネルを抜けると、景色はいきなり農村のようになる。森の樹木の名前はわからないが、もう結構紅葉しているだろうと思ったのだが、あまりぱっとしなかった。

「まだ、だめだな。申し訳ない」

「いいよ、別に。ちょっと足をのばして、それだけで楽しい。……それに、ここから紅桜庭園に行ってもいいじゃない」

「そう言ってくれると嬉しいよ。……とりあえず、友だちのところに顔を出そう」

「何をやっている人？」

「フリーのシステム・エンジニアなんだ。自分じゃ、『SEはIT土方だ』、なんて自嘲してるけど、まぁ、優雅に暮らしてるよ。ブリーズって名前のスタジオを建てて気儘にやってる」

　その気儘の中には、美麗で残虐な女王様に拷問されることも入っているわけだが。

「え？」

「……どうした？」

「その人、……近藤さんが亡くなった現場の、防犯ビデオを解析した人？」

　近藤は、故人になった友人で、イラストレーターだった男だ。この男を殺した犯人を突き止めるのに、金浜の協力が非常に役に立ったのは事実だ。……だが、なんでそのことを華が知っている？

「そうだけど。……なぜ知ってる？」

「だって、あなた、話してくれたじゃない。……忘れたの？」

「かもしれない。……そもそも、最初っから覚えてなかったのかもしれない」

「そんなに酔っ払ってたようには見えなかったけどな」

「……」

「いろいろと、気を付けた方がいいわね」

「……」

「奥さん」

　突然、運転手が声を掛ける。

「はい？」

華が素直に返事をした。

「あんまり、責めるんでない。若い人には想像もつかないことが、五十過ぎたら、いろいろあるんだわ」

華がクスッと笑って、俺の顔を見た。俺は適当な笑みを浮かべて、無力に頷いた。

＊

小別沢のトンネルを抜けたあたりでタクシーを降りた。運転手は、「こんな山ん中でいいの？」と気にしたが、「近所に友人が住んでいるので」と言うと、「あ、したら安心だな」と納得して去って行った。

「トンネルをひとつ抜けただけで、街から田舎になるのね」

「それは、住んでる人に失礼かな」

「私、悪い意味で田舎って言ってないもん」

華が、ちょっと甘えるような口調で言う。やや珍しい。どうやら、デートの気分になっているらしい。

ふたりで、森の間の細い道をゆっくり歩いた。下り坂で、あまり遠くに行きすぎると、トンネル脇の小高い丘に建つ金浜のスタジオに戻るのにやや苦労する。

だが、「空気がおいしいね」などと言い、「枯れる森の匂いがする」と深呼吸する華が可愛くて、俺は彼女の足に任せてゆっくりとついて行った。森の物音のほかにはあたりは静かで、丘ひとつ越えた向こうが札幌だなどとは、ちょっと想像できない。と思った時、道の向こう端に灰色のミニバンが姿を現し、砂埃を巻き上げながら、どんどん近付いて来る。

「車が来たよ」

「うん。見えてる」

華はそう言って、道の右端に寄った。

すぐにミニバンとすれ違った。運転している若い男が、不思議そうな顔で華と俺の顔を見比べて、一瞬で消えた。

「戻ろうか。友だちのスタジオは、トンネルの出口のそばなんだ」

「……このいっぱいの緑が、そのうちに全部色づいて、……そして枯葉になって落ちるんだね」

「そうなんだろうな」

「……そしたら、雪が積もって、そして青空が広がって」

「……」

「冬にまた、来てみましょ、ここに」

「そうだね」

俺が言うと、華は俺の顔を見上げて、微笑んだ。

＊

「あ、どうも。遠いところまで、わざわざ。お疲れ様です」

「紅葉を観ようと思ったんだけど、まだちょっと早いみたいだな」

「あ、まぁ三分咲きってとこですかね。桜で言えば」

「金浜さん。さっき話した、フリーのSEの」

「初めまして」

微笑んで挨拶する華を見る金浜の目付きが、やや不気味だ。もしかしたら、華に拷問される場面を想像しているのかもしれない。やめろよな。

「華だ。パートナーだ」

「あ、どうも。いつもお世話になってます。ええと、こちらにどうぞ」

金浜は、俺と華をテラスに導いた。そこには、水と氷を張ったボウルに入れたスパークリングワインと、簡単なツマミが並んでいた。

「へぇ。いいねぇ」

思わず俺が言うと、金浜はちょっと得意そうに「ここからの景色は、なかなかですから」と言う。確かにその通りだった。そして、時折森から流れてくる、秋の香りの風が、なんとも言えず気持ちよかった。

「素敵ね」

華が言って、ワインを静かに飲み、あたりを見回した。

「ススキノから、車で十分でこんな……」

「いや、十分はちょっとオーバーだろうな。十五分はかかったよ」

「それにしてもよ。素敵だわ」

俺と華は、眺望を褒め、爽やかな風《ブリーズ》を褒め、秋の森の香りを褒めた。その度に金浜は「いや、まぁ、とりあえず。……そうですか。ありがとうございます」と謙遜し、嬉しがった。その間中、俺は山越麻紀子を見付ける方法を考えていた。

やはり、百合ママのところから始めるしかない。それが、俺の結論だった。で、もしも山越が生きていないとしたら、おそらくその原因は、塚本美奈子を殺した人間だろう。……そしてそいつは、俺の部屋の中に入ろうとして、ピッキングをしたやつだろう。……そうだ、鍵屋は何やってるんだ。すっかり忘れていた。

「あのう、お手洗いはどこかしら」

華が、ちょっと言いづらそうに小声で言う。

「あ、あの。そこ中に入って、一階に降りたら、すぐ右です」

「おいしいワインを飲んだから」

目尻に軽い酔いを漂わせて、華は立ち上がり、バッグを持って、ちょっと恥ずかしそうに強化ガラスの引き戸を引いて、スタジオに入り、螺旋階段を下に降りて行く。

「パソコンを貸してくれ」

「はい。起動させてあります」

俺は自分のメールボックスに入った。雑多なメールはあるが、鍵屋からの空メールはまだ届いていない。

「クソ」

「何か、トラブルでも？」

「そういうわけじゃないけど。……山越麻紀子は、どうだ？」

「一応、現状でわかったことをメールでお送りしましたけど、大した成果はありませんね。おっしゃる通り、訓徳女子高を退職したところまではいろいろとありますけど、以後、消息はぱったり途絶えた感じです」

「……ちょっと電話を貸してくれ」

「どうぞ」

立ち上がろうとしたら、金浜が自分のケータイを胸ポケットから出して、差し出す。そうなんだよな。今は、そうなんだ。

「……オンにしてくれ」

「……はい、どうぞ」

清田キーセンターの番号をプッシュした。四回目の呼び出しで出た。

「お電話ありがとうございます！　鍵のことなら……」

「アラシさん、お願いします」

そう言って、名乗った。

「ええと、どのような御用件でしょうか」

「アライブ札幌が管理している、南七西三の青泉ビルの、部屋の錠の交換をお願いしたのですが」

「はぁ、少々お待ち下さい」

オルゴールの音色で、ラフマニノフのヴィーカリーズが流れ始めた。結構待たされた。華が下から上がって来て、俺の隣に座った。金浜が、華のグラスにワインを注いだ。ヴィーカリーズが途切れた。

「大変申し訳御座居ません、アラシ只今出ておりまして、席を外しておるので御座居ますが」

どういう日本語だ。

「じゃ、とにかく、私のアドレスに、空メールを送るようにお伝えください」

「承知致しました」

俺は金浜にケータイを返した。

「オフにしてくれ」

「……しました」

「ありがとう」

華は、どこに電話していたの、というようなことは尋ねない。だが、俺の顔を見つめるその表情は、雄弁に、「どこに電話していたの？」と尋ねている。

「知り合いが店をオープンするんで、お祝いを贈りたいんだけど、いいのが見付からないんだ」

「なにを贈るの？」

「……いや、そもそもそこから、迷ってるわけだ」

「男性？　女性？」

「男だ」

「いくつくらいの人？」

俺の親は、「一度ウソをつくと、何度もウソを重ねなくてはならなくなるから、ウソをついてはいけないよ」と教えてくれた。本当にそうだなぁ、と思いながら、俺は華の質問に、上の空でウソを答え続けた。

24

華のケータイでタクシーを呼び、中島公園で降りた。銀杏並木の黄葉は、まだまだだった。華は並木を見上げ、「この分じゃ、北大の銀杏も、まだまだね」と呟き、俺を振り向いて「お腹すいた」と言う。で、そばに建つパークホテルの十一階の〈なだ万〉で、公園を見下ろしながら和味膳をつまみながら、俺は黒霧島をロックで五杯飲んだ。華はあまり酒が進まず、イエローテールの赤のグラスを、ちょっと残した。……ま、それが普通なんだろうな。

中島公園の紅葉はまだまだ浅く、華にとっては残念なはずだったが、さほど落胆した風でもない。要するに紅葉は二の次で、俺が勝手にふらふら歩き回るのを牽制するのが目的だったんだろう。

俺は今までに、何度か華を危ない目に遭わせ、また自分の身に危険が迫って、華を心配させたことがある。そのことを思うと、華のこういう気遣いに文句を言える筋合いではない、とは思う。だが、窮屈で、閉じ込められた感じがするのは事実だ。

どうしたらいいだろう、と考えつつ、いっそ別れるか、という方には心は全く向かわない。やはり、華のことを可愛いと思っているんだろうな、俺は。

さてどうしようか、とぼんやり考えながら、楽しそうに料理を口に運ぶ華を眺めた。

時間がするすると経過する。

こんなことをしている場合じゃない、と痛切に感じる。

「これを食べたら、どうしようか」

俺が尋ねると、華は首を傾げた。

「どうしようか。……あなたは?」

「俺は、部屋に戻ってちょっと寝ようと思う。変な時間に変な寝方をしたんで、なんだか調子がおかしくなってる。一度眠って、リセットしようと思うんだ」

華は素直に頷いた。

「確かに、なんか眠たそうね。規則正しい生活をしなきゃね。時間がずれていてもいいのよ。

ただ、規則正しく、ってのが大事なの」

　俺は、そうだね、と頷いた。

「すすきの市場で買物をするから、付き合って。そして、それを私の部屋まで運んでもらえたら、嬉しい」

　それくらいはお安い御用だ。

＊

　華の仕入れに付き合って、買い込んだ食材などを彼女の部屋まで運んで、礼の言葉を背中で聞いて、自室に戻った。いつも通り、ドアの前に立つとチリンチリンと鈴が鳴って、鍵を差し込むと「にゃ〜」と鳴く。慎重にドアを開けて中に入り、靴を脱ぐと、ナナがくるりと背中を向けて、俺の先に立って偉そうにリビングに向かう。まるでこの部屋の主《あるじ》気取りだ。

　パソコンを起動させた。メールボックスには金浜からのメールのほかには、めぼしいものはない。清田キーセンターからの空メールもない。こいつらは、仕事をする気があるのだろうか。アライブ札幌は、完全にナメられているのではないか。

　金浜のメールを開いてみた。ゴチャゴチャとまとまりのないことを羅列しているが、要するに、山越麻紀子は十年前に訓徳の職員録からいなくなった、ということ（訓徳サイト参照）、それっきりなんの痕跡もなくなった、ということを、あれこれ例を挙げて説明しているだけだった。塚本の中退と山越の退職の時期が、どうやら重なるらしいことについても、なにもわからない、と書いている。

　要するに、なんの成果もなかった、ということだ。

　……完全に、スタックしたか。

　俺は「ゆり日和」にアクセスして、コメントを送った。

〈通夜では、お疲れ様でした。

　ところで、アルバムをお返しに上がろうと思います。今夜、お店にお持ちしてもいいですし、あるいは昼間のうちにどこかにお届けしてもよろしいです。私は、今日は一日、いつでもOKです。取り急ぎ、御検討の程、よろしくお願い致します〉

　女は、ちょっとした荷物を重たがる。男が全く重たいとは感じないバッグなどでも、持ってやると本当に嬉しそうになる場合がある。そんなわけで、アルバムなどの重たい本は、自分で店から住居に運ぶよりは、届けてもらった方が楽だ、と考える場合もあるだろう、と思ったわけだ。そういう流れになれば、夜まで待たずに済むわけで、半日、時間が稼げる。

　五分ほど待ったが、松本百合からの返信はなかった。で、俺は金浜のアカウントを使ってFBにアクセスし、塚本美奈子の通夜について、誰か書き込んでいないか探してみたが、誰も何も投稿していなかった。メンバーのプロフィールを「訓徳女子高」で検索して、ヒットした数人の投稿を読んでみたが、塚本美奈子や山越麻紀子に少しでも触れている書き込みはなかった。……この程度のことは、金浜がもう調べてるんだろうな。

　無駄なことをあれこれやって、メールボックスに戻ったら、松本百合からのメールが届いていた。お届け頂けたら助かります、とあって、真駒内の住所と〈カフェ&ラウンジ　薬師喫茶室〉という店名が記してあった。お時間を指定してください、ということだったので、〈それでは午後三時ではいかがですか〉と返信したら、五分も経たずに〈承知しました。よろしくお願い申し上げます〉と返信があった。

*

〈薬師喫茶室〉というのはいささか変わった名前だが、内装はごく普通だった。「レジデンス真駒内」というマンションの一階にあり、緑豊かな公園に向いて、ガラスの壁から広々とした景色を見ることができるが、家具や調度は、みなどっしりとしたアンティークで、俺のようなシロウトにも、「すごく高い」ということがはっきりわかるものだった。

二時四十五分に到着した。「薬師」と名札を付けた、七十をいくつか過ぎた感じの、物静かな男性が丁寧にコーヒーをいれてくれる。短く刈った白髪混じりの髪が、妙な落ち着きを漂わせている。これらのアンティーク家具は、きっと道楽で集めたんだろうな、と思われる、なにかこう、……生活の苦労を経験したことがない、という雰囲気が漂っているおじいさんだ。

コーヒーの香りを楽しみながら、松本百合を待った。二時五十五分にやって来て、ガラスの壁の向こうで俺に気付き、丁寧に頭を下げる。店に入って来て、薬師マスターに挨拶してから、俺の前に座った。

「失礼しました。遅くなりました」

「まだ、三時前ですよ」

「でも。……アルバム、重かったでしょう？」

「とにかく、ありがとうございました。……ところで、ママは美奈子さんから、なにか儲け話に勧誘されたり、しませんでしたか？」

百合はちょっと警戒する表情になって、少し黙り込んだ。そして、小声で言った。

「実は、あるんです」

「それは、どんな儲け話でした？」

「ひとつは、化粧品。お店で、昼間に、ウチの女の子たちを集めて、パーティをして、その化粧品を紹介する、というお話。で、結局はマルチ商法なのね。そういうのは、私興味ないから、ってそれはすぐに断ったの」

「いくつかネタがあったんですか」

「そうみたい。……化粧品の話を断って、少ししたら、今度は北海道各地の風景写真の権利に投資する、という話で誘われたの」

「……風景写真の、権利？」

「そういう話だったわ」

「……具体的には、どういうことなんですか？」

「それがね……いくら話を聞いても、よくわからないの。……あたし、頭、相当悪いんだわ」

「いや、きっと違いますよ。話がおかしいんですよ、きっと」

「本当に、わかりづらい話で。……要するに、景色のいい土地の風景写真の権利をまとめる動きがある、というのね。中心になっているのは大手の広告代理店で、一度の投資で、観光地や地名を五件、セットで申し込めるの。一口五万円からで、それでその土地の風景写真一枚の権利を持つことになるの。それで、その写真の権利を、大手代理店がまとめて購入して、代金を払ってくれるんですって。それで、その人が所有している権利の件数や、それからその権利の市場価値で取り分を計算して、口座に振り込む、という仕組み。……私の説明、というか理解は、間違ってるかもしれませんけど、とにかく、お金の流れはこんな感じでした」

「……なんなんだろう、土地の風景写真の権利って」

「勧誘される度に、そのことについて質問したんです。それで、説明されると納得する気分になるんですけど、後になって考えてみると、意味がわからないの」

「それで、どうなったんですか？」

「胡散臭い話だとは思ったんですけど、まぁ、これもお付き合い、と思って、一度、一口五万円だけ、預けてみたの。美奈子さん、『実行』って言葉、使ってたわ。で、五万円預けて、実行してみたわけ」

「ほぉ……」

「そしたら翌月に、『実行終了したから』って、七万円くれたんです」

「……」

「今回はちょっと流れが悪かったけど、それでも七万円になってよかった、って。二十万円以上『実行』した人は、みんなリターンが百パーセントだったのに、って。それで、ソウルから帰ったら、今回五十万円実行して、百万円リターンした人を連れて、説明に行きます、って話だったの」

「それは……やっぱり、詐欺でしょうね」

「私も、そう思います。あの七万円は、釣りの餌なんだろうな、と」

百合は肩を竦めて溜息をついた。そして薬師マスターの「マイルド・ブレンド」を一口飲んだ。

「素直ないい子だな、と思うこともあったけど、……ふと、なにを考えているのかしら、とギクっとするようなことを言ったり、したりすることがあった」

そう呟くように言って、また溜息をついた。

「彼女が、旭川でどんな子供だったのか、訓徳を退学する時、なにがあったのか、……詳しくじゃなくてもいいんですけど、なにか、ほんの少しでもいいんですけど、なにかご存知の方、いらっしゃいませんかね」

「そうねぇ……」

百合は俯いて、考える振りをした。だが、答える気がないのは明らかだった。無条件でとぼけようとしている。ナナの魔法の効果も、そろそろ切れかかっているようだ。

顔を上げて、済まなそうな表情を作り、「ちょっと思い付かないかな」と言って、「ごめんなさい」と頭を下げた。

深追いはしないことにした。百合は、今の返事に、軽い後悔を感じているように思えた。だとしたら、その後悔の念をうまく育てる方向に導く方がいい。

「警察の一部は、美奈子さんの太ったストーカーってのを、私のことだと思っているようなんですよ。だから、それもあって、私自身の身の潔白を証明したくもあるので」

「その太ったストーカーなら、昨日のお通夜の後、捕まったんじゃないんですか？」

「それが、どうやら人違いだったようで」

「……そうなんですか。……いろいろと、大変ですね」

そう言って、百合は「マイルド・ブレンド」を静かに一口飲んだ。

＊

部屋に戻ってパソコンを起動させたら、濱谷のオバチャンからメールが来ていた。

〈ミーナのこと、知ってる人がいたら5000円ていうの、まだ利いてるの？ 利いてるんなら、八の六の和籐荘ってアパートの210号室に行ってみな。今いるとさ。5000円もいいけど、それプラス、ビッグマンとかいう焼酎があるんだろ？ その4リットル入り、喜ぶらしいよ。赤井宏和っていう男。キッちゃんの同居人さ。あたしにも、5000円、忘れんでないよ。

一応、念のためにキッちゃんのケータイの番号、書いておくよ〉

キッちゃんが誰なのかは思い浮かばなかったが、会ったらきっとわかるだろう。メールは16:23に届いていた。二十分ほど前だ。俺は慌てて「キッちゃん」のケータイに電話してみた。

「はい、もしもしぇ」

中年女の声が出る。俺は名乗って、「濱谷のオバチャンの所で……」と付け加えたら、

「あ、あんたか。なしたのさ。電話、遅いべさ」と言う。

「申し訳ない。ちょっと外出してたんだ」

「ああ、そうか。あんた、ケータイ、持ってないんだもんね」

「ああ」

「今、うちの人、いるよ。話聞きたいんなら、聞かせちゃるっちゅってっけど?」

「ミーナとは、どういう関係だったんだろ」

「直接話してや」

ガサゴソと雑音がして、ガラガラ声が出た。

「もしもし」

「もしもし」

「俺、宏和っちゅいます」

「塚本美奈子さんのお知り合いの方ですか」

「ま、カタっちゅもんでもないけどね。遊び仲間だったんだわ。繁華街《さんろく》で。ミーナが中三の

頃から知ってるんだ、俺」

「じゃ、これからお邪魔してよろしいですか？」

「いいよ。今、暇だし。……なんか、お礼が出るって聞いたけど？」

「ええ、その通りです」

「エヘヘヘヘ」

という笑い声は、なんだか素直で、人柄が丸出しで妙に好感が持てた。

「じゃ、これからすぐに向かいます」

「どれくらい、かかる？」

「すぐです。今私、南七西三ですから」

「あ、そうか。すぐだな。したら、待ってる」

部屋を出る時、玄関までナナが出て来て、「ニャッニャッニャッニャッ」と変な声で見送ってくれた。いや、「くれた」わけじゃない。「猫」如き相手に。

＊

南八西六は、真新しいホテルや大きなマンションが建ち、その足許に木造二階建て外階段のアパートがぎっしりとひしめき合う、という一画だ。「和籐荘」もそんなようなアパートで、各階に住居が四つずつあり、二一〇号室は二階の一番右端だった。外階段を上ると、二一〇号室のベランダのレースのカーテンが揺れて、見覚えのあるやつれた女の顔が覗いた。

すぐに引っ込んだ。玄関に回ったんだろう。俺が玄関のドアに到達する前に、ドアが内側から開いた。

「すぐわかった？」

そう言いながら、俺が右手にぶら下げているコンビニエンス・ストアのレジ袋を見ている。俺は頷き、「どうもありがとう」と礼を言って、導かれるままに、二一〇号室に上がり込んだ。

「おう、いらっしゃい」

腰まであるような長い髪をポニー・テイルにして、金色と黒が斑になるように染めた男が座布団に胡座をかいていた。痩せていて、ダブダブの薄手のズボンに長袖の黒いトレーナーを着ている。左胸に、ピンバッジを三個付けているが、なにを主張しているのかはわからなかった。ガラガラ声といい、落ち着きなく動かしている胡座の膝といい、いかにも無神経な感じなのだが、なにか繊細さのようなものが漂っているのが不思議だった。

「そこ、ソファに座って。俺は、ソファに座ると、腰が痛いもんだから、ちょっとこっちで胡座かかせてもらうけど」

「はぁ」

「いやぁ、毎日毎日、十時間以上、向こうの部屋に座って、インカン彫ってるからさ、もう、腰がワヤでさ」

「インカンというのは、あの、判子のことですか？」

「そう。そのインカン。普通に判子屋で売れば、まぁ、千円てとこかな。それを、濱谷のオバチャンを通せば、一万になるんだから、ちょっと頑張っちゃうよな」

「やめなさい、そんな話すんの」

キッちゃんが男の肩を叩いた。

俺は、コンビニエンス・ストアのレジ袋から焼酎ビッグマンの四リットル入りペットボトルを取り出して畳の床に置いた。そしてその横に、「寸志」と書いた小さなご祝儀袋を二つ、並べて置いた。

「お納めください」

「え？　ふたりにくれるの？」

「ええ。そのつもりです。……焼酎は、濱谷さんから、お好きだ、と伺ったので」

「あのバアサン、また余計なことを……」

と口では言ったが、嬉しそうに自分の膝元に引き寄せた。そしてキャップを捻って開け、ニオイを嗅いで笑顔になる。

「俺は、これが一番だ」

そう言ってから、付け加えた。

「キッコ、グラス」

そして俺に向かって「あんたも飲むか？」

「いいんですか？」

「いい、いい。一人で飲んでもつまらん」

「じゃ、遠慮なく」

赤井は、キッちゃんが持って来てくれたオールドファッションドグラスに、ジャバジャバとビッグマンを注いでくれた。

「じゃ、ま、とりあえず。濱谷のババアに」

そう言って、グラスとグラスを合わせ、俺たちは飲み始めた。キッちゃんが季節外れの冷凍枝豆を茹で始めた。

「で、ミーナな」

「ええ。どういうお付き合いでしたか」

「どういうもなんも、……俺は、別に、ホモやレズに偏見なんか持ってないんだ」

いきなり変なことを言い出した。

「はぁ……」

「そこんとこ、誤解しないでほしいんだけど、おれ自身はストレート、ってか、どストレートってかな。ホモっ気は全然ないけど、でも、別にホモの男とだって、普通に友だち付き合いしてる、そういう男。それは、レズでも同じ。わかる？」

「ええ。わかります」

「でもね、俺の経験からすると、……バイ？　つまり両刀遣い？　ありゃもう、……ただの、誰彼見境なしのスケベだな」

「はぁ……」

「いや、俺の経験、というか、ま、知り合いの話だけだから、実際にはどうなのかは知らないよ。でも、少なくとも、俺が知ってるバイは、みんな、誰彼見境なしの、ただのスケベだった」

「……ミーナもそうだった、という話ですか？」

「おう。もうもう、相手は誰でもいい、男でも、女でも、子供でも、おっさんでも、下手したら犬ともやりかねない、って女だったよ。……女だったのかな、あれ。……なにか、バケモンでないのか、と思ったこともあったな」

「……中三の頃からのお付き合いですね？」

「そう。俺が、二十四くらいの時だったかな。俺はその当時、十二号線沿いのスタンドで働いてたんだ。バイトでない、正社員だったんだよ」

「はぁ」

「で、ま、夜は普通に三六《さんろく》で飲んでさ。……俺、当時は、ちょっとイラストを描いたりしてたんで、ま、そんな関係の仲間が集まる、スナックってか、創作料理レストラン？　なんかそんなような店に溜まって、うだうだしてたわけ。いろんな面白い連中が集まる店でさ。音楽やってる奴とか、絵ぇ描いたり、詩ぃ書いたりしてるような連中がさ」

「……」

「で、そこに、いつの間にか、中学生みたいな女の子が混じるようになってさ。キレイな子で、大人っぽくてね。下手したら、女子大生でも通用するような、でも歳を聞いたら、中三です、って答える、ま、美少女」

「……」

「それがミーナさ。ビールやチューハイを平気で飲むわけ。いくらでも飲むんだ。で、酔っ払ったら、誰彼見境なしに、……まぁ、ベタベタして、……そして、誘われたらどこでも付いて来るのな」

「……」

「……はじめのうちは、ちょっとマセたガキンチョが、大人に混じって背伸びしてるのかな、そんな年頃なのかな、って思ってたんだけどよ。そのうちに、俺らの方が振り回されるようになってよ」

「……」

「もう、あのガキぃ巡って、熾烈なバトルよ。いい年をした若いもんたちが。なんとなく、俺らが支配されてる、ってか、操られてる、ってな感じでさ。……なんか、雰囲気、極端に悪くなってな」

「……」

「とにかくあの時期、三六の一部じゃ、相当知られたガキだったんだ。あのガキに勝手に熱を上げて、その挙げ句あっさりポイされて、自殺しちゃったやつもいるんじゃないかな」

「……」

「いや、はっきりとは知らないよ。知らないけど、何人かが遺書ぉ残して死んだ、なんて噂がまことしやかに流れてたほどだったさ。もちろん、その『何人か』ってのは、男だけじゃないらしいけどな。女も混じってる。……さすがに、犬はいないみたいだけどな」

「……」

「で、親が、金持ちなんだな。小遣いは、好きなだけ貰える、なんて嘯《うそぶ》いてたさ。親父が大甘なんだとよ。でも、いろんなことをする時には、必ず金を取るのな。本番で一万、口で八千、手で五千。あそこを見せるだけなら二千。インちゃんて、ちょっとオツムの弱いのがいてさ。車の運転はできるから、配達の仕事なんかで小遣い稼いでて、……なにが楽しいのか、バカにされても、へらへらして、その店に馴染んでたんだけど、このインちゃんは、あそこを見せてもらって、自分でシコシコ、ってのが好き……だったのかどうか、多分、二千円しか出せなかったんだろうけど、そんなのまでいてさ。あの時期、あの店の客たちの性欲の処理は、ミーナが一手に引き受けてた、って感じでないかな。大忙しで、そして大儲けしたんでないか？」

「あんたも金払ったの？」

「払うわけねぇべや、バァカ。俺が、そういうの好きでないの、知ってるべや」

キッちゃんは、フン、と鼻で笑って「どうだか」と吐き捨てた。

「ホントなんだって。あのな、ミーナはな、酔っ払うと、とにかくスケベになるんだ。抑えが利かない、みたいな、な。して、とにかく誰でも見境なしに、太股に跨《また》がるんだ。そして、キスしたり、耳舐めたりしながら、腰を揺するのよ。なにを擦り付けてるか、わかるべ？」

俺は頷いた。キッちゃんがそっぽを向いて、「ケッ」と呟いた。

「して、ずっと続けてて、そのうちに、段々顔が赤くなって、プルプルって痙攣みたいになって、そしてぐったりして、抱きついてくるのよ。荒い息してな。……まぁ、あれが営業ってぇか、誘惑ってぇか、客をとっ捕まえるやり方だったのかもしれないけど、とにかくそんなことをされた日にゃあ、男も女も、ボォッとした顔になって、まぁ、あっさりと『どっか行くか？』ってなもんよ。で、あっさり商売成立。ミーナの貯金がまた増える、って寸法さ」

「で、あんたもそれでコロリと参っちゃったのかい」

「だから、それはないって。もしもそうだったら、お前の前で、この人にこんな話、してるわけないべや」

「どうだかね」

「お前、俺が、そういう流れが好きでないの、知ってるべや」

キッちゃんは眉毛を持ち上げて、ちょっとなにかを考え、満更でもなさそうに、ふふん、と笑った。

「ええと、……赤井さん、彼女のそういう行動は、家族とか、学校とかには……」

「伝わってなかっただろうな。ミーナはきちんと世界を分けてたみたいだし、……こっちは、まぁ、店の常連……もちろん、マスターもだけど、連中にとっては、都合のいいオモチャだったしな。それに、万が一、ミーナのことが警察なんかに知られたら、やっぱ淫行条令とかに引っかかるんだろ？　パクられるのは、まぁ、絶対に避けたいわけでよ」

「……でしょうね」

「そんなんで、ことはほとんど秘密に進行していたわけさ」

「なるほど……」

「そうこうするうちに、事件が起きて、訓徳の先生が、退職することになったわけだ」

「え？」

「なんか、垢抜けない、社会科の先生だったかな。……詳しく報道されなかったからな。旭川の人間も、はっきりと知ってるのは少ないと思うよ。俺ら、あの店とミーナを知ってる人間くらいでないかな。なにが起きたのか、知っているのは」

俺は、うっすらと、季節外れの汗をかいていた。

「それは、どういう事件ですか？」

「新聞では、人間関係に疲れて、遺書を書いて線路に飛び込んだ、ってなってたはずだ。……ま、人間関係に疲れて、ってのは事実間違いないんだけど、その人間関係ってのが複雑でな。……ミーナは、中学出て、訓徳に通うようになっても、その店には顔を出していたわけだ。ってぇか、学校が近くなった分、店には頻繁に顔を出すようになった」

「……でも、戸端舞から、毎日母親が車で送り迎えしていた……」

「ああ、そりゃウソ嘘。ミーナのおっ母ちゃん、浮気してたのか、援助交際してたのか、そこらへんはよくわからんけど、遊び回ってたらしいもんな。ミーナは、まぁだいたい店の看板までだらだら店にいて、それからタクシーで帰ってったよ。まあ、タクシー代はだいたい五千円くらいだから、店から戸端舞までな、だから、ふたり手でイカせたら交通費が出て半分が利益、ってわけだ」

どんどん流れ込んで来る情報は、耳新しいものばかりで、俺はなんとなく夢を見ているような、押し潰されそうな感覚を味わっていた。だが、「まさかそんな」とか「嘘っぱちだ」とは思えなかった。心のどこかで、「ない話ではない」と感じてもいた。ミーナは、俺に対してはそんなような気配は見せなかった。だが、それでもなお、「そういうことも、あり得るんだろう」と感じてしまう何かの雰囲気が、ミーナには、そういえば確かにあった。

「……で、その、訓徳の女生徒が亡くなった、人間関係の疲れというのは、どういうものですか」

「……ま、こっからは、うわさ話だよ」

俺は頷いた。キッちゃんが身を乗り出した。

「自殺した女生徒は、実は、教員……その社会科の先生と、同性愛関係にあった、ってんだな」

俺は頷いた。キッちゃんは、もっと身を乗り出した。

「で、ミーナが、なにを考えたのか、その女子高生を誘惑して、やっちまったらしい」

「……」

「さぁ、怒ったのは、その社会科の先生だ。で、ミーナと先生が険悪な関係になった時、間に挟まれてやり切れなくなっちまった女生徒が、なに書いてあるんだかわからない、変な曖昧な遺書を残して、ＪＲに飛び込んだ、って話さ」

「単なる噂なんですか？」

「う〜ん。……俺は、事実だ、と思うよ。なぜだ、と言われたら、答えるのは難しいけど、直接ミーナを知ってるからね。多分、そんなことだろうな、と思うのよ」

「……」

「で、そんなことがあって、社会科の先生は学校にいづらくなって、退職したらしい。ってか、ま、有り体に言やぁ、スキャンダルを恐れた名門女子高校幹部から、退職に追い込まれた、って感じかな。懲戒免職じゃないからね、退職金は出たらしいよ。……あの当時は、俺らは、『大人は汚ねぇ、退職金まで出して闇から闇に』なんて憤慨したもんだけど、……ま、この歳になってみると、ちょっと考えは変わってさ。……あれで、はいさよなら、っておっぽり出すわけにも、そりゃいかねぇわな、とは思うさ。……大人になった、ってことか？それとも、薄汚くなった、ってことかな？」

「あんたなんか、元々薄汚いんだべさ」

「へへへ」

宏和は軽く笑い、俺の方を見て、「この女、言う時は言うんだ」と言って、「口に気を付けれ」と吐き捨てると、グラスに残っていた焼酎を顔にかけた。女はケロリとして、「あんただら、結局それしかないもね」と言い、手許にあったティッシュの箱から数枚取り出し、顔を拭う。

「これだも。俺は、いつも頭が上がらなくてさ」

俺を見てにやにやする顔は、もうすでに酔っ払っていた。

「ま、だいたいこんなところだ。俺が、ミーナについて知ってることは」

なるほど。

「助かりました。ありがとう。……せっかく差し上げた焼酎なんですから、もっと大事に飲んでくださいよ」

「あ！　そうだな！　面目ない！」

そう言ってから、ニヤリと笑って続けた。

「でもね、この畳、ビッグマンが好きなんだ、なにしろ」

「いいですね。畳と気が合って」

キッちゃんと宏和が同時に笑った。俺も笑顔で立ち上がった。

25

ススキノの街角に辛くも生き残っている緑電話ボックスから、松尾のケータイにかけた。

「どうした」

「北日のデータベースを検索してくれ」

「キーワードは？」

「訓徳、学生、自殺。あとＪＲ？　飛び込み？」

「いつ頃だ」

「十年くらい前だってんだけど」

「結果は？」

「メールで送ってくれ。もしかしたら、俺からも、電話するかもしれないけど」

「了解。……で？　どういうわけだ？」

俺は、赤井宏和から聞いた話をかいつまんで教えた。

「ふ〜ん……以来、山越の消息は知れない、と」

「らしいね」

「税金や年金の記録は、どうなってるのかな」

「さあな。当然、警察はそこらへんをつついてるだろうけど」

「ま、いい。じゃ、わかったことを、メールで送る」

「よろしく」

電話を切った。

することがなくなった。

で、俺はすすきの市場の果物屋でキウイを三パック買って、タクシーを拾った。

もちろん、桐原は事務所にはいなかった。ヤクザの組長ってのは、朝起きてから夜寝るまで、とんでもなく忙しいのだった。

＊

で、桐原は予想通りいなかったが、相田は起きていた。俺が当番の取り次ぎに従って部屋に入ると、相田は瞼をちょっと大きく開けて、俺の視線を捉え、俺をずっと目で追う。相田が何を考えているのか、何を感じているのかはわからない。だが、俺は勝手に、相田は喜んでくれている、と思うことにしている。

「どうも」

介護チームのチーフの石垣が、頼りない声で言い、ちょん、と会釈をする。得体の知れない、引きこもり上がりの、ふにゃふにゃした青年だが、相田への献身的な介護は、素晴らしい。俺は、この青年を尊敬することに決めている。

「これ。頼む」

キウイのパックを差し出すと、「ありがとうございます」と受け取って、相田の視界の中にそれをいれ、「相田さん、頂きました」と告げた。相田は俺の目を見て、ちょっと口を開け、「おあ〜」と小さく言った。今、相田が動かせるのは、目と瞼、そして唇と舌だけだ。

……喜んでくれた、と俺は勝手に思い込むことにしている。

「オキタさん」

石垣が言うと、部屋の隅のソファに座って「女性セブン」を読んでいた、四十年輩のおばさんが「はい」と言って、脇のテーブルに「女性セブン」を置いた。

「これ、頂いた。お願いします」

「あ、ありがとうございます」

オキタさんは俺に丁寧にお辞儀をして、キウイのパックを捧げ持ち、隣のキチネットに消えた。

「俺、今朝一度、来たんだよ。でも、あんたは寝てた。だから、声を掛けなかったんだ」

相田は俺の目をじっと見ている。俺は、まだ紅葉は浅いこと、〈なだ万〉から見下ろした中島公園も、緑と紅葉が中途半端でキレイではなかったこと、知り合いにドMのヘンタイがいて、そいつにある仕事を手伝ってもらった結果、そいつが美麗な女王様に拷問されるのを見物する羽目になっちまったこと、などを話した。相田は、ちょっと口を開けて、「あああ～」と言った。表情はなにも変わらないが、きっと面白がっているんだろう、と俺は勝手に思い込んだ。

で、オキタさんが持って来た、皮を剝いて食べやすく切ったキウイを食べながら、相田や石垣を相手に、最近見た映画の話や、ランドクルーザーの連中に襲われたけど、高田とふたりで闘って撃退したこと、住んでるビルの前に焼鳥車が駐まるようになって、部屋で飲んでいる時、ツマミが切れたら重宝する、印鑑を彫って、普通なら千円くらいなのが、自称霊能者を通すと一万円になるらしい、ボロイ商売だな、というような、取り留めのないあれこれを話した。

で、気付いたら窓からの光に夕方の気配が漂い始めたので、俺は立ち上がった。

「そろそろ、行く。じゃ、また」

俺が言うと、相田は俺の目をじっと見つめた。表情はなにも変わらないが、「またな」と思っているんだろう、と俺は勝手に思い込んだ。

＊

エレベーターで一階に降りる。扉が開くと、そこが裏の通用口だ。そこから出ると、体に合ってない、ちょっと大きめのスーツを着たゲンジが、神妙な顔で立っていた。両手を体側に合わせてピッと伸ばし、ズボンの縫い目に手の中指を合わせている。俺が出ると、四十五度の礼をして、「お疲れ様です！」と言う。

「お疲れ様」

「あの、ランクルヨンゴーの件、わかりました」

「おお。そうか」

「持ち主は、豊平に住んでます。水車町で、ラルズの近くです。エンドウ自工って工場です。エンドウは、普通の遠藤、俺は直接は知りませんけど、木造の壊れそうな工場で、その横に建っている三階建ての建物が、住居らしいです。遠藤ユウヘイ、ユウは英雄の雄、ヘイは兵隊の兵です」

「どんなやつ？」

「さぁ……それは知りません。とにかく、カーマニアで、丸一日、車をいじってりゃ幸せ、ってやつらしいです」

「あんたと同じか」

「いや、俺とは違いますよ」

心外だ、という顔で言う。

「そうなのか。わかった。ありがとう。桐原にも、礼を言っておく」

「お願いします」

*

「それが、俺になんの関係がある」

高田が、ぶっきらぼうに言う。

「いや、だって……」

「メンド臭い」

俺は、緑電話の受話器を握り締めた。なるべく落ち着いて、穏やかな、大人らしい、知的な声を出すことに傾注した。

「でも、高田君、君だって、昨日のあの連中が、いったいなんだったのか、その目的はなんだったのか、ということは知りたいんじゃないの？　知的な人間てのは、そういうもんだ。

知識への欲求。それが、人類文明の進歩のアクセルだったし、科学技術が……」

「うるさい、うるさい。ああ、うるさい！　とにかく、俺はあんなバカどもや、お前みたいなバカとは関わるつもりはないから」

「じゃあさ、……そうだな、お礼に、好きなCDを買ってやるよ」

「ほぉ。……何枚だ？」

「ま、とりあえず、一枚ってことで」

「ふ〜ん」

「……なにがいい？」

「今決めるのか」

「できれば」

「じゃ、チック・コリアの『ピアノ・レジェンド』を買ってくれ。二〇〇〇年にDVDになったんだ。もう新品は出回ってないと思うけど、中古で許してやる」

「わかった。『ピアノ・レジェンド』、チック・コリアな。いくらくらい？」

「値段か？」

「ああ」

「五万円、てとこかな」

「……」

「探せば、三万前後のもあるかもしれない」

「……」

「ありがとう。じゃ、これからそっちに行くよ。じゃ、後で」

電話は切れた。

五分後、ボックスの脇でぼんやり立っていた俺の前に、高田のティアナが停まった。ドアを開けて、「ありがとう」と乗り込むと、高田が「『ピアノ・レジェンド』だからな」と言った。

*

ゲンジの言った場所に、確かに「遠藤自工」があった。豊平のこのあたりは、昔の佇まいがところどころに残っているが、「遠藤自工」もそんな感じで、昔、街中や住宅街にポツンとあった、木造の町工場そのものの建物だった。下手すると、数年で崩れそうだが、そうならなければ、十年後には札幌市歴史的遺産なんてのに登録されるかもしれない。

で、その崩れそうな町工場の横には、ゲンジが言った通り、レンガ色の洒落た、そして大きな三階建ての邸宅が建っている。

高田はティアナをゆっくり進めて、「遠藤自工」の前に停めた。

「遠藤自工」の工場内部は、扉が開け放してあるので、よく見えた。俺には車種などわからないが、いかにも図体の大きい、アメリカ車らしい高そうな車や、洒落たフォルムの、イタリア車らしい高そうな車などが並んでいて、純正では絶対にないだろうな、と思われる部品などが棚に収まっていた。そして、工場の真ん中、高い天井から鎖などが垂れ下がっている下、パイプ椅子に、スキンヘッドで油染みだらけのツナギを着た中年の男が、居眠りをしているのか、項垂れて座っている。

「よし。行くぞ」

俺が言うと、高田が言った。

「行け」

「あのう……『ピアノ・レジェンド』なんだけど」

「なにも、一緒に行く必要もないだろう。まず、お前ひとりで行けよ。で、なんかマズくなりそうだったら、駆け付けてやるよ」

「マズくなりそう、って？」

「一、二発、ぶん殴られるとかよ」

「そうならないように……」

「それくらい、我慢しろ」

「あのよ、俺も、五十も半ばに来て、そうそう殴られたり蹴られたり、したくねぇよ」

「仕方ないだろう。根がバカに生まれちまったんだから。それに、俺も五十も半ばに来て、そうそう、飛んだり跳ねたりしたくないんだ」

「いいじゃないか。お前、足がすらぁっと長いんだから」

高田は口をひん曲げて、鼻先でフン、と笑った。満更でもない笑顔だ。

「とにかく、まず、ひとりで行け。俺はようすを見てるから」

俺は渋々ティアナから降りた。男は、椅子の上でがっくりと項垂れている。ティアナのドアを、結構な強さで閉めたのだが、バム！　という音にも反応しない。よっぽど深く眠っているのだろうか。

俺が工場に近付くと、玉砂利が音を立てる。そのまま近付いたら、男が顔を上げた。真っ黒のサングラスを掛けている。スキンヘッドで、真っ黒のサングラス。鼻の下のチョビ髭。肉の締まった、大柄な体軀。桐原よりも太いかもしれない、猪首。なかなかの圧迫感のある男だ。歳は、俺と同じくらいか。

「あのう」

「なんだ？」

「遠藤雄兵さん？」

「そうだけど？」

「ランクル四十五をお持ちですか？　色は……」

俺が言いかけた途端、遠藤は、「あ〜〜〜〜！」と悲鳴のような大声を上げて、両手で頭を抱え、両肘を両方の太股に叩き付けるようにして、スキンヘッドの頭を掻きむしった。

「どうしたんですか？」

「あ〜〜〜〜〜〜！　あ〜〜〜〜〜〜〜〜！」

しばらく、喚き続ける。

「あのう……」

「なんの用？　俺のランクルに、なんの用？」

「いやあの。……実は、昨夜、おそらくあなたのだろう、と思われるランクル四十五に乗った四人組に襲われましてね。いわゆるオヤジ狩りというのでしょうか。それで、その時の車の特徴を覚えていたので、知り合いの……」

「あ～～～～！　そういうことなんだ！　あ～～～～～～～！　そういうことなんだよな～～～～～！」

　スキンヘッドの頭を、ガリガリと掻きむしる。

「……どうしたんですか？　……あの……」

「盗まれたんだよ！　盗まれたんだよ、あのクルマ！　あ～～～～～～～～～！　俺がどれだけ丹精込めて、あ～～～～～！」

　下手すると、椅子からドサリと工場の床に転げ落ちて、ゴロゴロ転げ回りそうな勢いだ。

「そういうことなんだろ！　人のクルマを盗んで、それで悪いことをして、そして、クルマをどっかに沈めて、平気な顔をしてるんだろ！　あ～～～～～～～！　俺がどれだけ丹精込めてっ！　あ～～～～～！」

「あのう……鍵は掛けてなかったんですか？」

「掛けてたさ！　当然だろ！　……ただ、この鍵は掛けてなかったんだ」

　工場の大きな壁を指差す。

「開け閉めが面倒なのと、……俺みたいな男の車、盗むやつがいると思うか？」

スキンヘッド。真っ黒のサングラス。チョビ髭。厳《いか》つい体軀。太い猪首。それに、猪首の周りに金のネックレス。両手首に念珠。

なるほど。本人が、油断してしまうのも無理はないかもしれない。こういう見てくれの男の場合、コンビニエンス・ストアで、店員が間違えて十円多く渡した釣り銭から、「間違えてるよ」と十円玉を返すだけで、周囲に感動の輪が広がるのだ。

自らの演出もあるのだろうが、「俺みたいな男の車を盗もうとするやつがいるわけない」と油断してしまったのだろう。

「クルマの鍵は……」

「あんなもん、道具さえあれば、誰でも開けられる！　あんたもやったこと、あるだろ、ガキの頃！　あ～～～～～～～～！」

遠藤はまた呻き、両手の拳で頭をガンガン殴り始めた。振り向いてティアナを見ると、運転席で高田が、ちょっとヘンな顔をしてこっちを見つめている。何かあったらすぐに飛び出せるように、態勢を整えているのはわかった。ま、「ピアノ・レジェンド」だ。

「警察には、もう届けは……」

「出したさ！　こっちは、仲良しがいっぱいいるんだ！」

興奮と落胆で、関係ないことまで喋っているらしい。

「今頃、小樽か苫小牧か、どっかに沈んでるか、パキスタン人の工場でバラされてるだろ、ってよ！　それが友だちの言うセリフか？」

「ひどいですよね。残念でしたね」

「あんただけだぁ！　そう言ってくれるのは！」

遠藤はそう言って、立ち上がった。俺の前に立ちふさがる。ティアナのドアが開く音がした。

「あんただけだぁ！」

そう言って、遠藤は両手で俺の右手を握り、上下に大きく振った。

「あんただけだぁ！　友だちはぁ！　あ〜〜〜〜〜〜〜！　ありがとう！　ありがとう！」

「どうしたんだ？」

脇に立った高田が不思議そうに言う。

「遠藤さんは、大事にしていたランクルを盗まれちゃったんだそうだ。可哀想にね」

「あ〜〜〜〜〜〜〜！」

「あっりゃ〜！　そりゃ災難でしたね」

「あ〜〜〜〜〜〜〜！」

＊

「要するに、無駄足を踏ませよう、という計算なんだろ。やっと探り当てて訪ねたら、全然無関係な盗難被害者だ、と。今頃連中は、『や〜い、ザマミロ』なんて、大喜びで騒いでるんじゃないか」

　俺が言うと、高田が鼻先で笑った。

「お前は結構、頭が良いな」

「ん？　そうか？」

「ただ、残念なのは、その良い頭が稼働し始めるのが、結果が出ちまってからだ、って点だな」

「……勝手に言ってろ。……あ〜あ、無駄足だった」

「ピアノ・レジェンド」

「ああ。それはわかってる。もちろん、『ピアノ・レジェンド』だ」

　しばらくふたりともなにも言わなかった。ティアナは、淡々と走る。ふいに高田が言った。

「……レガシーとレジェンドは、どっちが上級車種なんだ？」

「知らない。俺、クルマのことなんか……」

「ああ、そうだったな。お前はクルマ音痴だったな」

「自慢じゃないけど」

「昔、『レガシー』って映画があっただろ」

「あったな」

「主演はキャサリン・ロスでさ」

「ああ」

「……俺、あの映画、観たんだ。……でも、ほとんどなにも覚えてない。主演が、キャサリン・ロスだった、ってことだけだ」

「へぇ」

「俺としては珍しい」

「なんだ。本当に好きな女とのデートだったのか」

「……お前、凄いな」

「当たりか」

「ど真ん中」

「……キャサリン・ロスか。……『卒業』!」

「あと、『明日に向って撃て!』……だよな。『俺たちに明日はない』は……」

「フェイ・ダナウェイだ」

「あ、そうか。……『さすらいの航海』じゃ、フェイ・ダナウェイとキャサリン・ロスが共演したんだよな」

「昔の話だねぇ……」

なんとなく、話題が途切れた。

＊

チリンチリン、と鳴って、「にゃ〜ん」と鳴く。いつもの通りだ。ナナが、握り拳の前足で床を踏んまえ、俺の目を見上げて、尻尾をくねくねさせる。俺が靴を脱ぐと、先に立ってリビングに向かう。

スーツやシャツを洗濯物の袋に入れて、薄い鼠色に臙脂のペンシルストライプが入った、秋っぽいスーツをクロゼットから出して吊した。それから、シャツ・下着類一式をテーブルに広げた。それから下着靴下類を洗濯機に放り込んで、シャワーを浴びた。で、腰にバスタオルを巻いたまま、パソコンを起動させた。相変わらずガァガァうるさい。ナナがポン、と飛び上がり、俺の太股に座って、パソコンの液晶モニターを眺めている。

松尾から、メールが届いていた。ほかには、たいして見るべきものはないようだ。

〈訓徳の生徒の自殺事件、確かにあった。氏名や居住地はデータ・ベースから削除されているが、縮刷版で確認した。自殺の原因は、遺書に、人間関係に疲れた、と書いてある、と記事にはある。以上だ。〉

助かった、ありがとう、とメールを返した。

パソコンを終了させよう、と思った時、ポ〜ンと小さな音がして、メールの着信があった。高田からだった。

〈ピアノ・レジェンド

は、もういいや。ナシにしよう。で、その代わり、というのはナンだけど、付き合ってくれないか。あの「喋りバー」ってバカな店、この目で見たくなった。三好は、端にも棒にも掛からないバカだけど、あんなバカでも、ま、友だちだからな。なにかできることがあったら、やってやりたい、ってな気分にもなってきたんだよな。迷惑だろうけど、どうだ。よかったら、返信してくれ。しばらくは、パソコンの前にいる。〉

お前、バカじゃねぇのか?

俺は高田の部屋に電話した。

「お前か」

「電話が一番手っ取り早いだろ」

「そうだな。お前が電話を持ってるのを忘れてた。お前が持ってないのは、ケータイだもんな」

「で、俺はいいよ。付き合うよ。でも、三好には、俺とお前は知り合いだ、ってことは話してないよ。俺は、あの場所に以前あった、〈ナユタ〉って店はどうなった、って聞きに行ったんだから。最初は」

「ああ、そうか。……ま、そこらへんは、どうでもいいんじゃないかな。正直に言うさ。この前のは、実は事実とは違ってた、とかなんとか。それでもいいさ」

「それでいいんなら、いいけど。……じゃ、……早い方がいいんだろ?」

「そうだな。店に出る前に、ちょっと顔を出す、という感じで」

「じゃ、六時に『あけぼののビル』の前、ってのはどうだ?」

「了解。じゃ、六時に」

もう一度パソコンをチェックすると、華からメールが届いていた。

〈お元気？　ひと休みしたら、リセットされた？　今日は、ヒヨコ豆の煮物がおいしくできたわ。好きでしょ？〉

まぁ、……嫌いじゃないことは、確かだ。

＊

「しかし、酔っ払いに三階まで上らせるのは、骨だな」

ぶつくさ言いながらも、高田はさほど大変でもなさそうに階段を上る。日頃、鍛えているのだろう。変な色気のある奴だ。俺は徐々に遅れ始めた。これがススキノの外れのビルの階段だからまだいいけど、劔岳を登っている時など、本当に心細いだろうな、と思った。ま、絶対に劔岳に登るようなことはないだろうけど。

〈ごきびる〉はじめ、三階の営業している店は、みな開店していた。六時を過ぎたのだから、当然だ。だが、〈喋りバー〉の行灯は点いていない。

「だらしないやつだな」

高田がボソッと呟いた。

だが、おかしい。行灯は暗いままだが、シャッターは上がっている。そして、ドアがほんの少し、内側に開いている。

「おい、高田。おかしいぞ」

状況を説明した。

「つまり、どういうことだ？」

「中に誰かがいる、ということだ。あるいは、いた、ということだ」

「……」

「覚悟しろよ」

俺はそう言って、ドアを押して、開けた。中は、通路からの光で薄暗かったが、店の真ん中ちょっと奥の方に、人がぶら下がっているのははっきりとわかった。糞尿の臭いが濃い。

「三好！」

高田が叫んで、三好の足に縋り付こうとしたが、自分の足が、糞尿を踏みつけているのに気付き、一歩退いた。俺は店の明かりを点けて、カウンターの内側に入り、そこにあったゴミ箱を逆さまにして踏み台がわりにカウンターの上によじ登った。そこで自分のヘマに気付いた。

「高田、悪い。そこの包丁、どれでもいいから一本、取ってくれ」

牛刀を、柄をこっちに向けて差し出す。受け取った。

三好は、複雑な方法で首を吊っていた。荷造り用の、ビニールの紐をカウンター内に剝き出しになっていた水道管に結び付け、それをカウンターの上の天井にあった、二個の頑丈な吊り輪のようなものに通して、それから自分の首に巻き付けてぶら下がったのだった。かれがぶら下がった頑丈な吊り輪は、〈ナユタ〉の前の前の店、焼き魚の店〈光永丸〉のオーナーが付けたものだ、ということが後になってわかった。このオーナーは光栄丸という漁船の船長だったのだが、海を引退して、ススキノに焼き物の店を出した。その時に、長年一緒に海に出た光栄丸の、非常に精密で本格的な模型を専門家に作らせて、カウンターの上に吊していたんだそうだ。

ま、それは後になってわかったことだが、とにかく俺は高田から受け取った牛刀で、三好の頭の上のビニール紐を切ろうとした。なかなか切れなかった。だが、闇雲にゴシゴシやっているうちに、紐は徐々にほつれてきて、不意に切れた。

ドサッという音と同時に、ビチャッという気持ちの悪い音がした。糞尿が飛び散ったんだろう。この音は、死ぬまできっと忘れないな、と俺は思った。

なんなんだ、今月は。

俺にとっての、死体発見月間か？

＊

「なんなんだ、あんたは。今月の、ススキノの死体発見当番か？」

駆け付けた制服警官に遅れること十二分、不機嫌そうな顔で現れた茂木は、顔をしかめてそう言った。同じようなことを考えるんだな、とちょっとおかしかった。

俺と高田は、通路の端と端で、別々に同時に、話を聞かれた。俺の相手は、橋立という名刺を寄越した若い刑事で、高田の相手は茂木だった。話はさほどもつれずに、三十分程で俺たちは解放された。ついでに、茂木に山越麻紀子はどうなってるか、と尋ねたが、茂木は聞こえないふりをした。一通り話をして、あたりを見回したら、三階で営業している各店の前に、人が立っている。〈ごきびる〉の女将が店の前にいて、俺の視線に気付いて、手を振る。俺は頷いた。

茂木は、俺に「じゃ、行っていいぞ」と言い、高田には「御協力、ありがとうございました。お友達のこんな姿を見て、さぞ驚かれたと存じますが、お気をお落としにならずに」と言って、見送った。階段を下りる途中、三階と二階の中間の踊り場ですれ違った老人は、おそらくこのビルの家主だろう、と思われた。

俺たちは、そのままビルから出た。

「どう思う？」

高田が独り言のように呟いた。

「なにが」

「あの頑丈な吊り輪。……三好、あれを意識してたのかな」

「意識って？」

「いよいよとなったら、あれで首が吊れるとかなんとか。……結構、店の造りってのはヤワだからな。首吊りなんか、とてもじゃないけど無理、ってのも多い。でも、あの吊り輪は……」

「……そんなこと、気を回しても始まらないさ。気にすんな」

俺が言うと、高田は自分の爪先に視線を落とした。

「お前はそう思うだろうけど、……俺は……」

しんみりした口調で言う。

「ちょっと、今日は飲むか？」

「店が……」

「じゃ、これから店に行って、女の子たちに指示を出して来いよ。結構仕事ができる子もいるんだろ。なんてったっけ、四十近い人」

「マミコか」

「だったっけ？　彼女なんか、一人前に動くし、同僚を回すのもうまいじゃないか」

「ああ、……まぁな……じゃ、そうするか」

「じゃ、一時間後に〈ケラー〉ってのはどうだ？」

「わかった。じゃ、後でな」

高田はそう言って、西の方に歩み去った。

俺は駅前通りを北に向かう。途中、青泉ビルの前を通ったら、ヒロセの焼鳥車が駐まっていた。車の中で若いやつが焼き、その横に背広姿の西村が立って、手許をじっと見ている。チラッと視線をこっちに投げて、俺に気付いて笑顔になった。

「お出かけですか？　お帰りですか？」

「どっちかって言うと、お出かけ、かな。これから〈ケラー〉に行って……あ、そうだ。よかったら、一緒にどうですか。この前、〈喋りバー〉の後、行った……」

そこで、三好の姿と表情、そしてビチャッの音が目の前に甦って、俺は一瞬全世界のど真ん中で立ち尽くした。

「え？　どうしたんですか？」

「いや、失礼。実は、……〈喋りバー〉の三好さんが、……自殺したんだ」

「え⁉」

西村は絶句した。俺は手短に事情を話した。

「それは……」

相変わらず呆然として、「それは……」と何度か繰り返す。

「いや、本当に驚いてね。……で、どうも心の整理ができないから、高田……この前、〈喋りバー〉の後に行った店、そのオーナーなんですけど」

「あの、ジャズが流れていた」

「ええ、そうです。その高田と、〈ケラー〉で飲むか、ってことになって」

「はぁ……そうですか」

「よかったら、御一緒にいかがですか」

西村はちょっと考え込んだ。

「あ、お仕事中ですもんね」

「いや、ちょっと今日は、もう私の仕事は、昼のうちに済ませたんですよ。納入業者との折衝で、ちょっとハードだったんで、今日の夜は休み、ということにしてたんです。だからこんな、今日はスーツを着たりしてるわけですけど。……そうですか。〈ケラー〉ですか。……いいですね。……三好さんもね。満更知らない仲じゃないし。……ちょっと、こう、故人を偲ぶ、みたいなのも……」

そう言って、ちょっと考え込んだが、「あ、そうだ」と俺の目を見た。

「大羽先生にもお知らせした方がいいですよね」

「ああ、そうですね。お亡くなりになったことは、お知らせした方がいいでしょうね」

「ですよね」

西村はスーツの内ポケットからスマートフォンを取り出し、番号をプッシュして耳に当てた。

「あ、西村です。はい。ええ、それはまた。……あの、ご存知ですか、三好さんが、お亡くなりになったそうですよ。……ええ。……ついさっきだそうです。……ええと……それは……」

困った顔で俺の方をチラッと見て、続ける。

「はぁ。……ええ。自殺、だそうです。……結局、うまくいかなかったんでしょうねぇ。……ええ。残念ですね。……今日ですか？　いや、これからちょっと、予定がありまして。……ええ、是非、また。お願いします。では。失礼します」

スマートフォンを内ポケットにしまいながら、「大変、驚いていらっしゃいました」と言う。

「無理もないですよね」

「全く」

そして、俺たちはどちらからともなく、〈ケラー〉に向かって歩き出した。

26

〈ケラー〉のカウンターに並んで座ると、岡本さんが俺の前にピースの缶とサクロンを置いてくれた。それを西村は面白がった。甲高い声で笑う。

「ツ、ツボにはまりました。ハハハ！　缶ピーはわかります、サ！　サ！　サクロン！」

しばらくクスクス笑っている。

「サウダージ、お願いします」

俺が言うと、岡本さんが「最初から、いきなり飛ばしますね」と言った。

「なんかね。なんか、……とんでもないものを見ちゃってさ」

俺がついそんなことを言ったので、岡本さんの顔が好奇心全開になってしまった。そして、何を見たんですか、なんてことを尋ねようとしてるな、と思った時、その気配にかぶさるように西村が言った。

「へぇ。そのお酒、サウダージ？　そんなに強いんですか？」

「まぁね。弱くはない」

「じゃ、俺も飲んでみようかな。……同じの、お願いします」

「畏まりました」

「どんなレシピなんですか？」

「ドライ・マティーニのベルモットを、ティオ・ぺぺに換えるんだ」

「あ、シェリーの」

「そう。で、シェイクしてもらう。オールドファッションドグラスに、丸く削った氷をいれて、シェイカーから注ぐ。アンゴスチュラビタース1ダッシュ、レモンピール。オリーブは、お好みで。以上」

「へぇ。どんな味になるんだろう」

程なく、サウダージがふたつ並んだ。

俺が手を伸ばすと、西村も「じゃ」と言って手に取った。

「今、この瞬間に至る前に、死んだ、総ての人類に哀悼の意を表して」

俺が言うと、西村も頷いて、「哀悼の意を表して」と言って、俺たちはグラスをカツンと合わせた。

「今までに、人間、何人くらい、死んでるんでしょうね」

岡本さんがしみじみした口調で言った。

「想像もつかないね」

「人類の祖先が、チンパンジーの祖先と分かれたのが……一千万年くらい前？」

「っていうように、学校では習ったね。一千万年から、七百万年くらい前だ、って。それを習ったのが、確か……中学校三年の時だから、俺は十五歳。つまり、四十年前だ。ということは、人類の祖先がチンパンジーの祖先と分かれたのは、一千万四十年前から、七百万四十年前、ってことになるな」

岡本さんが、やれやれ、という顔でそっぽを向いて、すぐにこっちに顔を戻した。

「ちょっと、想像もつきませんね。何兆人って単位でしょうね」

西村が噛み締めるように言った。

「確か……原人が地球に現れたのが、百万年くらい前でしたっけ」

「……なんとなく、そんなような受験知識が、頭の片隅のクモの巣に引っかかってるような気がする。となると、俺が受験生だったのが……」

岡本さんが、俺に構わずに話を進める。

「じゃ、百万年前から、として、……やっぱ、何兆とか何十兆って単位になるんでしょうね」

「そうかな。……でも、一兆人ってのは、日本の人口が一億として、日本の国千個分の人口だよ。……相当なもんだよ」

「でも、百万年ですよ」

「そうか……」

なんとなく、貯金のない者同士が世界経済の流れについて語っているような気分になってきた。

「それにしても……」

西村がポツっと言った。

「ん？」

「爽やかな酒ですね」

「そうです」

岡本さんが微笑んで言う。

「でも、結構強いですからね。お気を付けて」

そんな話をしているところに、高田がやってきた。

「おう」

と言って、俺の隣にドサリと座る。そして西村に会釈した。

「こちら、西村さん。昨夜《ゆうべ》、お前の店に一緒に行ったんだけど、覚えてるか？」

「ん？」

高田は西村の顔を見直して、すぐに思い出したようだった。

「ああ、昨夜は、ありがとうございました。確か、女性と御一緒で」

「ああ、ええ。料理、おいしかったです。それに、選曲が素敵でした」

高田の左頬がぴくりと動いた。

「ありがとうございます」

「何飲んでる？　聞くまでもないか」

サウダージは、丸く削った氷を使うので、見ればすぐにわかる。

「じゃ、俺もサウダージ」

「畏まりました」

「西村さんは、焼鳥の移動販売車の会社をやってるんだ。世界のヒロセ、って書いてある軽トラック」

「……ああ、言われてみると、いろんなところで見るな。石山通りのスーパーの前で、やってませんでしたか？」

「ええ。あそことは長いお付き合いを頂いています。あと、札幌市内各所、そして遠くは北広島や江別でも商売させていただいています」

「塩味専門でね、非常にうまい」

「ありがとうございます」

「あ、そうか。そう言えば、お前のビルの前にもいたな」

「ええ。最近、引っ越しまして。ずっと商売させていただいていたビルの、テナントさんから苦情が出たらしくて。焼鳥のニオイがしつこい、なんてことなんでしょうね。……どのお店か、だいたい見当は付くんですけどね。まぁ、事を荒立てても始まりませんからね。……場所割りは、その道の専門家の助言を得て、それなりに筋を通すところは通してるんですけど、……ビルのオーナーさんに直接言われたら……」

西村の話が、ちょっとくどくなってきた。サウダージは、効く。

「その専門家ってのは、たとえば桐原とか？」

俺が言うと、西村の目が輝いた。

「あ、桐原さん、ご存知ですか」

「腐れ縁が、三十年くらい続いている間柄です」

「そうなんですか。……いわゆる筋モンですけど、……いい人ですよね」

「まぁ……『いい』の定義に依るけどね」

いつの間にか、俺はサウダージを二杯、ギムレットを三杯飲んでいた。高田がジン・リッキーのタンブラーを空けて、コツン、とカウンターに置いた。

「どっか、キレイな女がいる店に行こう」

なるほど。確かに俺も、そんな気分だ。こう、目の前に三好のぶら下がった姿が浮かび上がり、耳の底に「ビチャッ」という音が聞こえるんじゃ、キレイな女のキレイなお顔を踏み台にするしかないか。

「〈バレアレス〉か？」

「バカ。俺が華さんに会ってどうするよ。どうにもしようがないじゃないか」

俺は思わず苦笑した。

「ああ、まぁな」

「どっか、キレイな女がいっぱいいいる店を知らないか？」

「そりゃ、いくらでも知ってるけど……」

ま、近場なら、〈ラウンジ　ゆり〉が手頃だ。俺はストゥールから立ち上がった。

「岡本さん、また戻って来ます」

「お待ちしてます」

「行こうか」

高田と西村が立ち上がった。

＊

北斗ビルのエレベーターの中で、高田のようすがおかしくなった。体を小刻みに揺すって、「う〜む。う〜む」と小さく唸る。ひんやりした空気の中で、額に脂汗が滲んだ。

「どうした？」

「トイレはどこだ？」

「知らん。マネージャーに聞いてみろ」

「う〜む……う……む」

「大か小か」

「大だ。下手したら、大惨事になる」

「大はなぁ……大変だ」

「空きっ腹に、いきなり強い酒を飲んだからかな」

「……大丈夫ですか、本当に」

西村が心配そうに言ったところで、扉が左右に開いた。

顔を見知ったマネージャーが、額をぴかりと光らせて、お辞儀をする。

「いらっしゃいませ」

「トイレはどこですかっ！」

高田が裂帛《れっぱく》の気合いを込めて言った。

「はい！　こちらです！」

マネージャーが慌てて高田を奥に連れて行く。すぐにサブらしいのが出て来て、「いらっしゃいませ」とお辞儀をした。

「こちらへどうぞ。……まだお時間が早いので、お席をお選びいただけますが、……夜景のお席はいかがですか」

「あ、じゃ、そちらでお願いします」

「こちらへどうぞ」

導かれて進む道々、あれこれ考えた。つまり、「お席」ってのはこれでいいのかどうか。〈百合〉の「席」は、サブマネージャーにとっては「手前どもの席」であるわけだ。それに「お」を付けるのは、「私の御子息」というような、間違いなのではないか。だがまた一方で、「席」は、客が店の中にいる間は、客の物であって、「お客様」の物に「お」を付けるのは当然だ。……いや、それとも、この場合の「お席」は、尊敬でも謙譲でもなく、ただの丁寧か？

それとも、こんなこと、どうでもいいのか？　そして、どうでもいいことをこんなにあれこれ考えている俺は、酔っ払ってるか？

「うわぁ！　本当に、夜景がきれいだ」

西村の甲高い声が、耳に突き刺さった。で、我に返った。目の前に、ススキノの夜景が、華麗に広がっている。本当に、綺麗な街だな、と思う。

なにも頼まないのに、鏡月が一本、そして水割りの「セット」がテーブルに並んだ。せめて、酒の種類くらい聞いてくれ。できたら、飲み方も聞いてくれ。

「サツキです、よろしく」

「アヤカです、よろしくおねがいします」

女の子がふたり来た。すぐに鏡月の水割りを作り始める。せめて、酒の種類くらい聞いてくれ。できたら、飲み方も聞いてくれ。

「お仕事、なになさってるんですか」

鏡月の水割りを俺の前に置きながら、サツキが言う。まず、こういう話題から入れ、と教育されているんだろう。自分から口を切るだけ、ましだ。最近の女の子の中には、話しかけられないと、ずっと黙っている、という珍種も多い。

「仕事か。……年金生活だな」

「え!?」

アヤカが目をまん丸く見開いた。

「そんなお年なんですか!?」

「まぁ、世の中には、冗談、というものがあってね」

「え？　なんですか？」

「私はね」と西村が口を挟む。女の子を助けようとしたんだろう。「食品販売の仕事をしています」

「え？　食品て、どんな？」

「焼鳥です」

「焼鳥屋さん？」

「そうなんだけど、……ちょっと説明しようかな？」

「お願いします！」

話題ができたので、安心したらしい。女の子ふたり、西村に視線を向けて、話を聞く態勢になった。

そこに、百合ママがやって来た。銀色に光るドレスを着ている。

「いらっしゃいませ。あら」

俺を見て、微笑む。

「いつも、ありがとうございます」

お辞儀をして、それから西村を見た。

とたんに、空気が凍り付いた。俺は西村の顔を見た。西村の顔が、鬼のような表情になっている。

なんだ？

ママが、自分の口を両手で覆った。甲高い悲鳴を上げる。

「キャー！」

西村がものすごい勢いで立ち上がった。俺の視界の隅で、銀色の物が光った。

「どけろ！」

俺は怒鳴って、右手でアヤカを突き飛ばし、上体を屈め、西村に右肩から体当たりした。左手で西村の腕を固めて、捻り、一度放して持ち替え、右の手刀を西村の右手首に叩き込んだ。アーミー・ナイフが床に落ちた。脇からマネージャーがすっ飛んできて、ナイフを拾い上げて、飛び退いた。

ママは叫び続けている。顔面は蒼白で、メイクの色が、汚らしい斑に見えた。体からふっと力が抜けたのがわかった。ガクッと後ろに揺れて、そのまま床に崩れ落ちる。額をテーブルにぶつけそうになった。俺は、西村を放して、ママを支えていた。

「どうした⁉」

ママは、がっくりとのけぞり、俺の腕に全体重を預けて、「山越先生……」と呟き、完全に意識を失って、無防備な喉を俺に晒した。ここまでのけぞって、喉を露《あらわ》にすると、女性にも、小さな喉仏があるのがわかる。いやしくもリンゴの芯まで食べちまったのは、アダムだけじゃないんだな。

俺は、西村の喉仏を見たことがあるか？

ない。

だが、喉の周りで弛んでいる、皮膚と脂肪の中に埋まっている、と思い込んでいた。

あれが、山越？

27

気が付いたら、西村はいなかった。

「ここの男は？」

つい、そう聞いてしまった。本当は女なのか？　山越なのか？

「ものすごい勢いで、走って出て行きましたよ」

マネージャーが言う。

「これ、どうしましょう」

アーミー・ナイフを差し出す。

「あんたが持ってろ」

絶対に触るもんか。

俺は膝に抱えていた百合を、ゆっくりと床に横たえた。

「冷たいおしぼりを」

俺が言うと、サツキがおしぼりをアイスペールにジャブっと浸して、絞って差し出す。なかなか機転が効く。それを百合の額に載せた時、マネージャーがおしぼりを持って駆け戻って来た。

アイスペールに右手を突っ込み、百合の顔にピンピンとしずくを飛ばした。百合の瞼が動き、顔色に生気が戻った。瞼が震えて、ゆっくりと開いた。俺の目を見て、曖昧に微笑む。

「あの男が、山越麻紀子か？」

そう尋ねたが、俺は既に確信していた。あのアルバムの写真、あのちょっと大柄な、垢抜けない社会科女教師を、四十キロほど太らせたら、確かに西村になる。

……西村が、ミーナの「太ったストーカー」だったのか？　そして、ふたりでソウルに行く予定だった？

わけがわからない。

「……山越先生？」

百合が呟いた。そして突然、目を見開き、また「キャー！」と叫び出した。俺は思わず抱き締めて、頭の後ろに回した右手で、百合の右頬を軽く撫でた。

「大丈夫だ。もう、大丈夫だから」

「大丈夫？　本当？」

子供のようなあどけない口調で言う。

「大丈夫だ。もう、大丈夫だ」

俺は、何度か繰り返した。

＊

後片付けはマネージャーに任せて、〈ゆり〉を出た。マネージャーは「警察に話した方がいいでしょうか」と心配そうに言う。「ママの判断だろうな」と答えたら、安心した顔になって、「ですよね」と言う。自分の管轄外になったので、安心したんだろう。

「俺は、店に戻る」

高田が言う。

「こういう時は、仕事するに限る。酒や女に逃げたのは間違いだった」

「そだね。あと、いざって時のために、腹の具合には常日頃から気を配るようにな」

「お前に言われたくないね」

高田の店のあるビルの前で別れて、タクシーを拾った。〈マネーショップ・ハッピークレジット〉の住所を告げた。

＊

運良く、桐原は事務所、というか自室にいた。またバスローブにガウンで寛いでいたらしい。当番頭のノセがインターフォンで通じてから十二分後、螺旋階段をゆっくりと降りて来た。女のニオイが微かに漂う。俺の前のソファに腰を下ろして、「どうした」と偉そうに言う。


「西村な、あれ、女だったのか？」

桐原が、完全に虚を衝かれた、って顔になり、俺の顔をしばらく見つめた。

「なに？　……お前、何言ってんだ？」

「西村は、実は、山越って女だったらしい」

「……お前……」

そう呟いてから、ハッとした顔を上げた。

「そういうことか……」

「ん？　なんだ？」

「……いやよ、小林の息子、ラーメン職人になった、そいつが言ってたんだ。西村と小林の息子は、一時、同じ仕事をして、共同生活をしてたんだよ」

「聞いたよ」

「話したか。そうか。でな、小林が、何度か言ってたんだ。西村の体を見たことがない、ってな」

「……どういうこと？」

「どういうことも、こういうこともねぇさ。だってよ、男ふたりが、今で言うルームシェアしてたら、風呂に入る時とか、着替える時とか、普通に裸んなる時ってあるだろうよ。変な意味じゃなくて、普通に」

「だろうな」

「小林の息子も、ごく自然に、西村の前で、上半身裸んなるくらいは普通でよ。パンツ一丁で風呂場に行くのも普通なわけだ。普通なら」

俺は頷いた。

「でも、西村は、一度も体を見せたことがない、ってな。不思議がってたんだ。だからよ。俺は、やっぱデブは裸んなるのが恥ずかしいのかな、とかよ。ああ見えて、刺青《がまん》でも入れてんのかな、とかよ。もしそうだとしたら、ちょっとは見どころがあるかもな、とかよ。そんなことを考えたこともあったんだ」

「……」

「女だってのは？　どういうことなんだ？」

俺は、ミーナのこと、山越麻紀子という女のこと、旭川でのミーナ、そのほかのことを、かいつまんで話した。

「じゃ、その山越ってのが、そのお嬢さん学校を辞めて、札幌に来て、男のフリして働いてた、ってのか」

「そんな感じだな。塚本美奈子を追いかけて、ススキノに来たんじゃないか。それから、ヨリを戻したり、別れたり、複雑な関係だったような気がする」

「……薄気味悪い話だな」

　俺は頷いた。

「それにしても、ツジツマが合わないところがいっぱいある。もっと事実を集めないとダメだな」

「どうでもいいさ。酒飲んで、寝るべ」

「そうはいかない」

　俺は立ち上がった。

「どこに行くのよ」

「一旦、部屋に戻る」

「どっちの部屋よ。手前ぇの部屋か。女《ばした》のか」

「猫がいる部屋だ」

＊

　ドアの前に立った。チリンチリンが聞こえない。鍵穴に鍵を差し込んだ。「にゃ〜」と鳴かない。慎重にドアを開けた。ナナはいない。

「ナナ」

　そう呼びながら靴を脱ぎ、リビングに入った。灯りのスイッチを入れると、部屋はパッと明るくなる。ナナが、『吾輩は猫である』の前に落ち着いて座り、尻尾をくねくねさせている。気のせいか、鼻の下がちょっと膨らんでいるような感じだ。なにか怒っているのだろうか。

「ナナ。どうした?」

大音響が世界に充ちた。寝室のドアが、とんでもない勢いで壁にぶつかったのだ、ということはわかった。

さまざまな想いが、頭を突っ切った。そうだ。寝室へのドアが閉まっていた。これはあり得ないことだ。あのドアを閉めたら、ナナは排泄ができなくなる。だから、常に開け放してあるのだ。そのドアが、閉まっていた。うっすらと漂っている、俺のでも華のでもない、汗のニオイ。ナナの、膨らんだ鼻の下。

そんなあれこれが右のこめかみから左のこめかみに突き抜けるのを意識しながら、俺は上体を屈めて、右に思い切り、跳んだ。分厚い窓ガラスにぶち当たって止まった。体勢を整えて身構えた。

西村が、というか山越が、立ちはだかっていた。恐ろしかった。

負けるわけはない。相手は、女だ。そして、デブだ。体の動きも鈍い。

だが、俺のペティナイフを右手に持っている。あれは、切れるんだ。切れ味は、俺がよく知っている。テレビの通販番組じゃないが、トマトだってとっても楽にシャープにキレイに切れるんだ。

山越は、目をらんらんと光らせて、無言で、ペティナイフを突き出して、近付いて来る。

ナイフなど、怖くない、と高田は教えてくれた。ナイフを相手にする時には、ナイフを見ちゃいかん、と言うのだ。ナイフに気を取られると、大怪我をすることがある。ナイフではなくて、相手の目を見つめたまま、視野の下側で、相手の足の運びを意識しろ、と教わった。足の運びを意識すれば、相手がどう動くか、いつナイフで突っ込んでくるかがわかる。

ＯＫ。師の教えに従って、その通りにしよう。……それはその通りにするけれど、ナイフで突っ込んでくるタイミングがわかったとして、その後、どうすればいいの？

そこを教わっていない。

これでは、診断はできるが治療投薬ができない、間抜けな医者と同じだ。

しっかりしろよ、師！

ちゃんと学べ、弟子！

今更、叱責しても始まらない。

とにかく、相手は女だ。そしてデブだ。負けるわけがない。

……刺されたら、死ぬぞ。

などというあれこれの想いが、一秒程の間に頭の中で渦巻いた。

山越は無言で間合いを詰めてくる。俺はゆっくり右に動いた。すぐに本棚にぶつかる。山越を見つめたまま、右に動いた。山越は、徐々に近付いて来る。

足が止まって、そして左足がすっと出た。俺は右に体を捻って、突き出されたナイフをやり過ごし、そのまま一歩踏み込んで、山越の右腕を抱え込んだ。さっきの〈ゆり〉での時と同じ体勢になった。あの時は、一度放して持ち替えたが、今回はそれは無理だと感じられた。山越も一度経験して、その動きを警戒しているようだ。俺は山越の右腕をキメたまま、背中から本棚に体当たりした。ナイフが本に刺さって山越の手を離れるか、山越が慌ててナイフを取り落とすことを狙ったが、うまくいかなかったようだ。

「死ね！」

山越が、紛れもない女の声で叫んだ。

俺はキメている山越の右腕を、ひねり上げた。これで、この女の肩の関節を外すことができたら、こっちの勝ちだ。そこまではわかる。だが、俺は肩の関節を外す方法を知らない。

「死ね！」

そう叫んで、山越が俺に一歩近付き、いきなり俺の左耳を噛んだ。

突然、自分が、デブの女とほぼ互角の勝負をしていることに激怒した。

なにやってんだ。

左耳、痛いし。

すんげぇ、痛いし。

俺は山越の左のこめかみに、鶴頭拳を叩き込んだ。山越が、クラッと揺れた。俺は右腕を抱え込んだまま、右に一歩ずれて間合いを取り、額を山越の鼻にぶち込んだ。

「うわっ！」

山越が呻いた。右腕の筋肉の動きで、ナイフを取り落としたのがわかった。俺は左腕をほどいて体を離し、前蹴りで山越を吹っ飛ばした。つもりだったんだが、思ったよりも山越は重く、飛ばなかった。その場でミゾオチを押さえ、呻いて、膝を突いた。

その時、俺の頭の上に何かが落ちて来た。

ドサッと落ちて来たと思ったら、ポン、と飛んで、膝を突いた山越の頭に、ナナが降りた。すさまじいうなり声と叫び声を上げて、山越の頭の上で暴れ狂う。山越が耐えきれずに俯せになると、今度は背中の上で暴れ狂った。山越は、転げ回って逃げようとした。ナナは、山越が仰向けになった瞬間を逃さず、その顔の上に飛び乗り、凄まじい声を上げながら、山越の鼻血まみれの顔を、両手両足の爪でずたずたに引き裂いた。

あんまりだ、と思った。

いくら殺人犯だとしても、これは、ない。まだ絞首刑の方が、ましだ。

怖かった。

だが、勇気を出して、暴れ狂うナナを、背中から、そっと持ち上げた。ナナは首を捻って俺を睨み、憤怒の形相で、鼻の下を膨らませ、「フンギャ！」と怒鳴ったが、俺だ、ということがわかったんだろう。怒りの色を露にしたまま、暴れるのはやめた。俺はそのまま、ゆっくりと、ナナを抱いた。ナナは、ほんの何秒か、俺を睨んだが、不意にだらしなく弛緩して、喉をゴロゴロ鳴らし、幸せそうな顔になり、満足そうにアクビをした。そして、「どうです」というような、誇らしげな顔で、俺の目を見つめた。

28

初雪が降って、それが全部溶けて、町がビショビショになった夜、種谷からのメールが俺のパソコンに届いた。

〈今夜暇だったら甲田に濃い。〉

〈甲田〉というのは、種谷が行きつけにしている居酒屋だ。店としては、行きつけにされて迷惑なんだろうが、偏屈な爺さんを持て余す気配もなく、愛想良く相手をしているので、俺は女将を人間として尊敬している。で、「濃い」ってのは、「来い」の変換ミスだろう。

俺は、種谷に「濃い」と言われて、ほいほい行くような立場ではないが、聞きたいこともあり、午後六時には〈甲田〉の前に立った。退職警官は、時間を持て余しているので、店の開店時間には既に飲み始めているのだ。

「おう。来たか」

「別に暇なわけじゃないけど」

「用事があるんなら、そっちに行け」

「いや、まぁ、今夜のところは、お相手するよ」

種谷は溜息をついた。それから、忌々しそうに言った。

「茂木が、礼を言ってる。……それだけ、伝えようと思ってな」

「大羽貴子も殺したんだな」

「ん？　ああ、藻岩下中学の先生か」

「ああ」

種谷は一夜雫を一口飲み下して、頷いた。

「……てぇか、あの人間関係の中では、大羽が中心人物だったみたいだな。……まぁ、山越の話によるとな」

山越は、大羽の自宅で彼女を絞め殺し、自分も死ぬ気で、スーツを着て、ススキノに出て来たらしい。最後の夜、楽しく飲み食いして、どっかで死ぬ気だった、ということまでは聞いている。つまり、俺の前で三好の縊死を伝えるフリをした時には、すでに大羽は自宅で遺体になっていたことになる。なかなかの演技力だ。……十年以上、男のフリをした演技力の持ち主だしな。

「山越は、三好を自殺に追い込んだのも大羽だ、と言ってる。かなりしつこく、ネチネチと、イヤミを言ってからかったらしい。実際、大羽から三好には、大量の、……悪口メールってかな、罵倒メールってかな、そんなのが送られてた。そのほかに、店に、おんなしようなファックスもな」

俺は思わず溜息をついた。種谷は一夜雫をまた一口、薬を飲むように飲み下し、続けた。

「旭川でのことは、これからの調べだけど、山越と、イナガキ……飛び込み自殺した女生徒だ」

俺は頷いた。

「このふたりは、どっちから、ということもなく、……デキたらしいな。本当の恋だった、と山越は言ってる。で、それに塚本が気付いて、……嫉妬なんだろうか。……それとも、ただの嫌がらせか。ほんのイタズラだったのかもな。……とにかく、イナガキは、塚本に誘われて、デキちまったんだな」

そう話す口調は、文化や風習が、さっぱり理解できない異国での経験を、戸惑いながら話す素朴な旅行者のようだった。

「で、イナガキが線路に飛び込んで、訓徳の一部の人間が事情を知るようになって、山越は退職、塚本は退学して、ススキノに来た」

ススキノに来りゃ、なんとかなる、ってか。

「……ふたりはすぐに、ススキノで、よりを戻したらしいな。……ってぇか、それが、ふたりがススキノに拠点を移した理由らしい」

「つまり、こっちで、ふたりの世界を作る、ってこと？」

「そうだ。……少なくとも、山越は、そのつもりだったらしい。だが、塚本には、そんな気はサラッサラなかったんだな。自分は、ホステスをやって、結構稼いでたのに、山越には一文も援助をしなかったそうだ。で、山越は食うに困って、ススキノの外れにある、鍵屋でバイトをして、凌いだらしい」

「その時は、男だったの？」

「そうだ。札幌に来たのをきっかけに、男の格好をするようになったんだとよ。で、体の線を隠すためと、喉仏のないことを隠すために、ダブダブに太ることにしたらしい」

「デブが、塚本の好みだったのかな」

「ってーよりは、デブの方が、男になりやすい、ってことだったらしいぞ。……塚本に、デブだデブだとバカにされてたらしいからな」

「ヘンな話だな」

「……聴取した婦人警官の話だと、そいつの個人的な印象だけど、もしも、塚本と、そして男でいることと、どっちか選べ、と言われたら、山越は、男でいることの方を選ぶんじゃないか、って話だったな」

「ヘンな話だな」

種谷は頷いて、続けた。

「……一番大変だったのは、病院にかかれないことだったんだとよ。西村名義の保険証もないしな。一度、歯医者に行ったことがあるんだってよ。そしたら、口を開けた瞬間に、実は女だ、と見破られたらしい。で、震え上がって逃げて来たんだとよ」

「それは……大変だなぁ……」

「今、あいつが抱えてる病気は、腰、股関節、痛風、糖尿だ。どれも治療してない。あと、口を開けたら、歯がボロボロだ」

「歯の痛みを我慢するってのは……」

「虫歯のことは、塚本にさんざんバカにされたらしい」

「……気付かなかった」

「口を大きく開けない癖がついてたからな」

「……」

「なんて話をする前に、注文だ。寒ブリ、うまいぞ」

「じゃ、それと、里の曙をロックでお願いします」

「俺は、一夜雫を、もう一本、冷やで」

「ありがとうございます」

ママが明るい声で言う。

「今になると、思い当たることはある。山越の会社の焼鳥車が、青泉ビルの前に出るようになったのは、塚本美奈子の遺体を俺が発見して、すぐだった」

俺が言うと、種谷は頷いて続けた。

「山越は、あん時、あんたが入って来たのに気付いて、トイレに隠れてたらしいな」

「！　そうだったのか！」

「ああ。で、あんたが一度、外に出たんだろ？」

「……まぁね。ちょっと用事があったんで」

「その時に、逃げ出したらしい。……でも、あのマンションの斜め向かいの喫茶店に座って、ようすを見ていたらしい」

「で、制服が駆け付けて、茂木が来て、で、猫を運んだのは、わかったんだそうだ」

俺は頷いた。

「山越は、猫を殺したかったんだそうだ」

「なぜ？」

「あの目で、じっと見つめられたからだ、ってんだが」

「……」

「責めるような表情で、山越をじっと睨んだんだそうだ。……山越はそれを無視して、一旦は自分の部屋に戻った。……でも、猫の目つきが頭から離れなくて、一晩寝て、朝になっても、まだ猫の目が忘れられなくて、で結局、猫を殺しに部屋に戻ったんだそうだ。そこに、あんたが来たんだな」

「……」

「で、猫がすすきの交番に運ばれたのはわかった。で、並びのロッテリアに入って、延々と待ったらしい。そこにあんたが来て、猫を入れた箱を受け取って、タクシーに乗った。山越はタクシーで後を尾けて、青泉ビルにあんたが猫を連れて行ったことを知ったわけだ」

「そうか……」

「で、焼鳥車を青泉ビルの前に出して、ようすを探ったんだな」

「……そういうことだったのか」

「なにが」

「普通は、ナナは」

「ナナ？　猫に名前を付けてんのか」

バカにしたような顔で言う。

「俺が付けたんじゃない。塚本が付けた名前だ」

種谷は鼻でせせら笑った。

「で、俺がドアの前に立つと、なぜかそれを予知してるみたいで、鈴がチリンと鳴るんだ」

「鈴？」

「猫の首の鈴だよ」

「ふん。で？」

「で、鍵を鍵穴に差し込むと、にゃーと鳴く。必ずそうなんだけど、そうじゃない時が、何度かあった。あの時、直前まで、誰かが部屋の中に入ってたわけだな。それがイヤで、猫は隠れてたんだな」

「らしいな。山越や、あるいはあいつの手下が、ビルの前で焼鳥を焼く。もうひとりが、あんたの部屋に忍び込む。鍵を開けたのは、山越だ。あいつは、鍵屋でバイトをした経験があって、道具も持ってる。で、中に入ったやつは、猫を探す。いくら探しても、見付からなかった、と山越は言ってたけど、それはなんでだ？」

「うちの猫の定位置があるんだけど、本棚の一番天辺で、知らないと気付かないと思う」

「そうか」

「つまり、俺が青泉ビルに帰ると、焼鳥車のやつが、俺の部屋に入っているやつに、ケータイで教えるわけだな」

種谷は頷いた。

「自分の部屋に、好きなように入られて、気付かないんだってな。……アホか？」

俺は相手にならなかった。相手にしては、いけない。

「……旭川で、塚本に弄ばれて自殺した、って人間は、男女問わず、何人かいるらしい」

種谷が、話を替える口調で言った。

「らしいね」

「札幌でも、少なくとも、ひとりいるらしい」

「誰？」

「去年な、二月に、……『世界のヒロセ』の社員……焼鳥車のドライバー、兼焼き手のタニグチってガキ……二十一だったそうだ、そいつが、自分の部屋で練炭自殺をした。部屋ってか、風呂場でな」

「……」

「遺書には、塚本への恨みつらみが書いてあったそうだ。……塚本は、面白半分にタニグチをからかって、相手にして、甘やかして、そして手酷く捨てたらしい」

「……」

「問題は」

「ん？」

「タニグチは、塚本以外には、ああ、大羽もいたか。西村が、実は山越って女だ、と知ってたのは、塚本と大羽だが、そのほかに唯一、タニグチも、西村が山越だ、と知ってた人間なんだ。そして、山越とタニグチは、愛人関係だったたんだな」

「……なんと言うか……」

「どうも、タニグチはホモだったらしい。で、なにかの機会に、山越に告白したらしい。好きだ、とな。で、山越は、実は自分は女だ、と打ち明けたらしい。……山越も、タニグチに惹かれてたんだな。……で、その辺りの心理は、俺なんかには到底わからないけど、ふたりはデキたんだな」

「……そういうの、アリか？」

「アリなんだろう。現実に、あるんだから」

「……」

「つまり、わかるか？」

「なにが？」

「山越は、自分が真剣に惚れた、恋人ふたり、男と女を、ふたりとも、塚本のおかげで、喪った、ってことだ」

「……」

「それでも、塚本に惚れちまった気持ちは、どうしようもない。整理が付かなくて、いっそこうなったら、ってことだったようだ」

「……」

「英語で、ティーザーって言葉、知ってるか？」

「……さぁ。ちょっと意味がわからない」

「塚本はティーザーだった、と山越は言うんだ。なんか、他人をスケベなこととして刺激して、興奮させて喜ぶ、そんな人間のことらしい」

「……」

ちょっと考えた。そうだ。確かにあったな。teaser、というのだったか。カント・ティーザーだの、プリック・ティーザーだのという汚い言葉を思い出した。なんの映画で聞いたんだったか。

「とにかく、塚本はそのティーザーだったんだと。……で、塚本がその気になれば、連戦連勝だったんだとよ。……まぁ、人間てのは、だらしないもんだからな」

「……なんだか……なんだか、やりきれないな」

「……山越は、さんざん塚本にからかわれて、バカにされて、それでも時折は甘い顔を見せられて、ずるずると引きずり回されたんだな。で、詐欺の片棒を担がされて、……詐欺の前面に出るのは、世界のヒロセの社長、西村充三郎だ。被害者の対応にも追われていたらしい。……その上、訓徳時代に、ほんのちょっとした気の迷いで、塚本に出した脅迫状みたいな物をネタに、さんざん威されてもいたらしい。……若気の至りってのは、恐ろしいな」

俺は思わず、大きな溜息を付いてしまった。これで何度目だろう。

「で、あんなこんなを、全部仕切ってたのが、大羽だったんだな」

「……」

「少なくとも、山越はそう言ってる」

「全部仕切ってた、ってのは？」

「……ええと、まずな。……山越は、中学高校と訓徳だったんだな。訓徳OGだ。あの学校の女先生には、そういうのが多いらしい」

「……」

「で、山越は、訓徳女子高を卒業して、教育大学の旭川校に入って、教員免許を取得、古巣の訓徳の社会科教師になったわけだ。よくあるパターンらしい」

「なるほどね」

「で、実は大羽も訓徳OGなんだな」

「へぇ」

「大羽のオヤジは、道立高校の教員でな。ま、転勤族だ。大羽は小学校は、美唄だ。で、美唄の小学校を卒業した春、オヤジが旭川に転勤になったんだな。で、大羽はそこそこ成績が良かったんで、中学受験で訓徳を受けてみて、めでたく合格したわけだ。で、三年後、オヤジさんは札幌に転勤。どうも訓徳の校風が肌に合わなかった大羽は、それにくっついて、訓徳を辞めて、札幌に引っ越して、道立高校に入った。で、教育大学札幌校に進学して、社会科教師になったわけだ」

「訓徳では、山越と大羽は？」

「大羽の方が一年上だけど、顔はお互いに知ってたらしい。で、ふたりとも、相手が何をやってるのかは知らなかったんだそうだ。それが、社会科教師の研修か何かで、偶然ばったり出会って、付き合いが始まったらしい」

「……」

「で何年かして、山越は訓徳を辞めて、札幌に出て来た。……まぁ、塚本の後を追って、ということになるのかな。で、山越を通して大羽と塚本も知り合って、……ススキノで、三人は……まぁ、なんと言うか、……まぁ、仲間？　そんな感じになったんだな」

「で、大羽がそれを仕切ってたって？」

「ああ。塚本も、大羽には頭が上がらなかったらしい。なにか秘密を握られているか、それとも体の関係だったと思う、ってのが山越の意見だ。……つくづく、気持ちの悪い連中だ。……どんな関係だったのかは、山越もわからない、と言ってる。本当かどうか、これはわからない」

「……」

「で、塚本はいつも山越に、大羽をなんとかしてほしい、つってたんだな。いくら儲けても、大羽に全部持って行かれる、と訴えていたらしい……で、山越は、塚本をやっちまって、こうなったら、もうオシマイだ、と思ったんだな。いっそ、大羽もやって、キレイさっぱり関係を清算して、自分も死のう、と」

「……」

「ついては、心残りなのは、猫だ。それと、昔書いた脅しの手紙」

「……俺を襲った連中は？」

「平和の滝あたりに屯ってたガキどもらしいぞ。全然事情は知らないらしい。山越が声を掛けて、小遣いをやって雇って、自分でランクルを盗んで、あんたを襲わせたらしい」

「でも、なんで？」

「警告の意味だったようだな。変なことに、首を突っ込むな、ということらしい。……つまり、大羽をやって、自分も自殺する、それに邪魔が入るのを嫌ったんだな」

「……でも、なんで俺が山越のことを探ってる、ってわかったんだ」

「鈍いな、あんたも」

「……」

「あんた、焼鳥車の西村の前で、訓徳のアルバムを持ってたことがあるんだろ？　それで、山越は気付いたんだよ。こいつが、自分のことを嗅ぎ回ってる、ってな」

「……なるほど。……わかった」

「あんたは頭がトロいからな。死ぬまで、一人前にはなれないやつだよ」

……好きに、言ってろ。

＊

部屋に戻った。ドアの前に立ったが、チリンチリンは聞こえない。鍵穴に鍵を差した。

「にゃ〜」は聞こえない。ここ何週間も、こうだ。

ドアを開けた。ナナが、エジプトの壁画のポーズで、座っている。俺の顔を見上げて、

「ニャッニャッニャッ」と鳴いた。

鍵屋が錠を替えて以来、こういう出迎えになった。なぜなのか、そのシステムは不明だ。

「なんでこうなったんだ?」

ナナはそっぽを向いて「にゃ〜」と鳴き、俺の先に立って、リビングに入って行く。

本書はフィクションであり、登場する団体名、店名、個人名等はすべて虚構上のものです。

本書は、二〇一一年九月に早川書房より単行本として刊行された作品を文庫化したものです。

ススキノ探偵／東直己

探偵はバーにいる

札幌ススキノの便利屋探偵が巻込まれたデートクラブ殺人。北の街の軽快ハードボイルド

バーにかかってきた電話

電話の依頼者は、すでに死んでいる女の名前を名乗っていた。彼女の狙いとその正体は？

消えた少年

意気投合した映画少年が行方不明となり、担任の春子に頼まれた〈俺〉は捜索に乗り出す

探偵はひとりぼっち

オカマの友人が殺された。なぜか仲間たちも口を閉ざす中、〈俺〉は一人で調査を始める

探偵は吹雪の果てに

雪の田舎町に赴いた〈俺〉を待っていたのは巧妙な罠。死闘の果てに摑んだ意外な真実は？

原尞の作品

そして夜は甦る

高層ビル街の片隅に事務所を構える私立探偵沢崎、初登場！　記念すべき長篇デビュー作

直木賞受賞

私が殺した少女

私立探偵沢崎は不運にも誘拐事件に巻き込まれる。斯界を瞠目させた名作ハードボイルド

さらば長き眠り

ひさびさに事務所に帰ってきた沢崎を待っていたのは、元高校野球選手からの依頼だった

愚か者死すべし

事務所を閉める大晦日に、沢崎は狙撃事件に遭遇してしまう。新・沢崎シリーズ第一弾。

日本冒険小説協会賞最優秀短編賞受賞

天使たちの探偵

沢崎の短篇初登場作「少年の見た男」ほか、未成年がからむ六つの事件を描く連作短篇集

ハーモニー

伊藤計劃

二一世紀後半、人類は大規模な福祉厚生社会を築きあげていた。医療分子の発達により病気がほぼ放逐され、見せかけの優しさや倫理が横溢する〝ユートピア〟。そんな社会に倦んだ三人の少女は餓死することを選択した——それから十三年。死ねなかった少女・霧慧トァンは、世界を襲う大混乱の陰に、ただひとり死んだはずの少女の影を見る——『虐殺器官』の著者が描く、ユートピアの臨界点。

ハヤカワ文庫

Self-Reference ENGINE

円城　塔

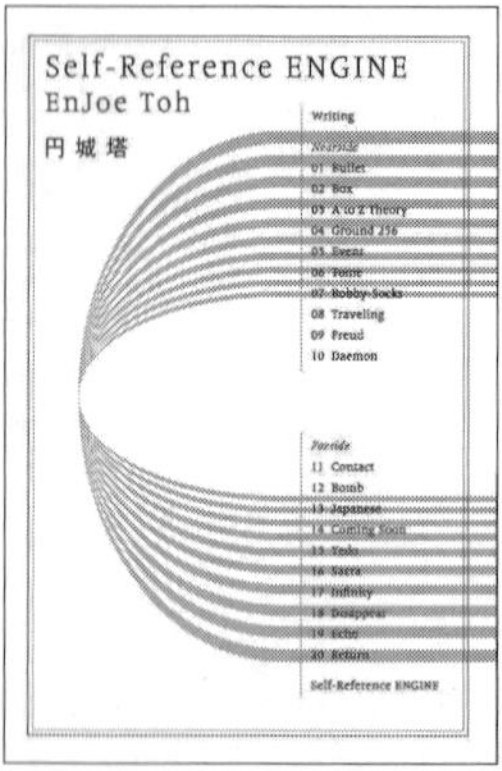

彼女のこめかみには弾丸が埋まっていて、我が家に伝わる箱は、どこかの方向に毎年一度だけ倒される。老教授の最終講義は鯰文書の謎をあざやかに解き明かし、床下からは大量のフロイトが出現する。そして小さく白い可憐な靴下は異形の巨大石像へと果敢に挑みかかり、僕らは反乱を起こした時間のなか、あてのない冒険へと歩みを進める――驚異のデビュー作、二篇の増補を加えて待望の文庫化

Boy's Surface

円城　塔

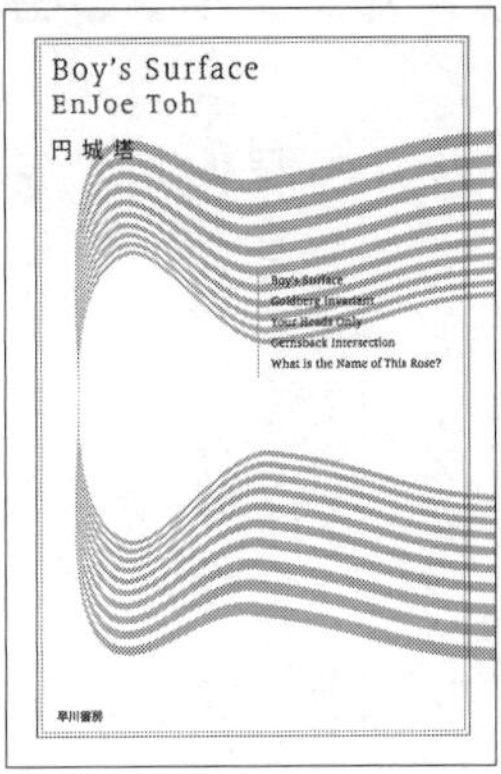

とある数学者の初恋を描く表題作ほか、消息を絶った防衛線の英雄と言語生成アルゴリズムについての思索「Goldberg Invariant」、読者のなかに書き出し、読者から読み出す恋愛小説機関「Your Heads Only」、異なる時間軸の交点に存在する仮想世界で展開される超遠距離恋愛を描いた「Gernsback Intersection」の四篇を収めた数理的恋愛小説集。著者自身が書き下ろした〝解説〟を新規収録。

ハヤカワ文庫

野尻抱介作品

太陽の簒奪者

太陽をとりまくリングは人類滅亡の予兆か？　星雲賞を受賞した新世紀ハードＳＦの金字塔

沈黙のフライバイ

名作『太陽の簒奪者』の原点ともいえる表題作ほか、野尻宇宙ＳＦの真髄五篇を収録する

南極点のピアピア動画

「ニコニコ動画」と「初音ミク」と宇宙開発の清く正しい未来を描く星雲賞受賞の傑作。

ヴェイスの盲点

ロイド、マージ、メイ——宇宙の運び屋ミリガン運送の活躍を描く、〈クレギオン〉開幕

フェイダーリンクの鯨

太陽化計画が進行するガス惑星。ロイドらはそのリング上で定住者のコロニーに遭遇する

野尻抱介作品

アンクスの海賊

無数の彗星が飛び交うアンクス星系を訪れたミリガン運送の三人に、宇宙海賊の罠が迫る

サリバン家のお引越し

メイの現場責任者としての初仕事は、とある三人家族のコロニーへの引越しだったが……

タリファの子守歌

ミリガン運送が向かった辺境の惑星タリファには、マージの追憶を揺らす人物がいた……

アフナスの貴石

ロイドが失踪した！　途方に暮れるマージとメイに残された手がかりは〝生きた宝石〟？

ベクフットの虜

危険な業務が続くメイを両親が訪ねてくる!?しかも次の目的地は戒厳令下の惑星だった!!

著者略歴　1956年生，北海道大学文学部中退，作家　著書『探偵はバーにいる』『バーにかかってきた電話』『旧友は春に帰る』（以上早川書房刊）他多数

HM=Hayakawa Mystery
SF=Science Fiction
JA=Japanese Author
NV=Novel
NF=Nonfiction
FT=Fantasy

ススキノ探偵シリーズ

猫《ねこ》は忘《わす》れない

〈JA1087〉

二〇一二年十一月十日　印刷
二〇一二年十一月十五日　発行

（定価はカバーに表示してあります）

著者　東《あずま》　直《なお》己《み》
発行者　早川　浩
印刷者　大柴正明
発行所　株式会社　早川書房

郵便番号　一〇一 - 〇〇四六
東京都千代田区神田多町二ノ二
電話　〇三 - 三二五二 - 三一一一（大代表）
振替　〇〇一六〇 - 三 - 四七七九九
http://www.hayakawa-online.co.jp

乱丁・落丁本は小社制作部宛お送り下さい。
送料小社負担にてお取りかえいたします。

印刷・株式会社亨有堂印刷所　製本・株式会社川島製本所

ISBN978-4-15-031087-5 C0193

本書は活字が大きく読みやすい〈トールサイズ〉です。